고려에서 날아온 궁녀

A could lady who flew from Gorye

# 고려에서 날아온 Gorae

### when from Gorae

김홍석 장편소설

생각나눔

## 〈일러두기〉

이 작품은 고려 말 공민왕과 노국공주의 이야기를 중요 모티프로 삼았다. 그러나 소설의 허구성을 살려 두 사람의 러브스토리를 뛰어넘는 줄거리가 많다. 따라서 이름도 영민왕(穎敏王)과 계연공주(系妍公主)로 바꿨다.

I.

'철퍼덕'

엉덩이의 꼬리뼈가 쿵 부딪치면서 시큰해진다. 정신이 뻔쩍 든 연화는 주위를 살핀다. 어느 계단에 널브러진 자기 모습도 모습이지만, 주위가 확 트인 공간에 큼지막한 건물들이 솟아있고, 왼쪽의 작은 숲엔 잎이 좁은 소나무와 전나무가 우두망찰하며 서있다. 나란히 넙데데한 잎의 붉가시나무도 이에 질세라 의연하게 자리 잡고 있다. 낮고 둥글게 자리 잡은 주목, 그 위에 일렬로 죽 늘어선 남천, 맨 뒤엔 이를 굽어보는 부모마냥 낙하하는 물방울 모양의 측백이 질서 정연하게 울타리를 이루었다. 찬기를 머금은 살랑 바람이 그 나무들 사이를 요리조리 휘돌고 있다. 그리고 대문으로 보이는 곳에 장대처럼 높은 돌을 세워놓고, '한국미래과학연구원[韓國未來科學研究院, Korea Institute of Future Science(KIFS)]'이라 글자가 세로로 선명하게 쓰여있다.

'이것이 무슨 일, 여기가 어디인고?'

지나가는 사람은 변발도 아니요, 비녀를 꽂은 것도 아니요, 아주 괴상망측하게 생긴 사람들이 무엇이 그리 바쁜지 왔다 갔다 난리다. 오가는 사람이 많지 않고 듬성듬성 있는데, 행색이 꼭 왜인이나 타국인, 그도 아니면 호인 모양이다. 그녀는 가끔 개경 시내에서 아라비아 상인들이 별스러운 차림으로 무역차 오가며 이목구비가 고려인과는 아주 다른 별종 인간들을 본 적이 있다. 그들과 겉치레가 같지는 않지만, 요상스럽게 남정네들은 짧은 머리, 여인들은 긴 머리를 묶지 않고 찰랑거리며 거리를 활보하고 있다. 정신이 하나도 없다. 상투는 어디에다 넣었는지, 아주 상스럽게 변발을 하고, 여자들은 얼굴이 하얀 것에 입술은 뻘겋고, 머리에는 노리개를 달았을 뿐만 아니라, 귀에 금속이나 보석 같은 것을 달아 흉측하기 이를 데 없다.

거리의 모습은 또 어떤가. 검회색으로 판판하고 단단하게 다져놓고 그 위를 철마나 큰 수레들이 오가는데, 그 안에 사람이 타고 있다.

'이게 뭔 조화 속인고?'

이게 꿈이라 생각하고 눈을 여러 번 깜빡거려 보기도 하고, 자기 뺨을 여러 차례 때려보기도 하고, 고개를 절레절레 흔들어 보기도 한다. 정신을 똑바로 차린다고 해놓고, 다시 왕방울 눈으로 보아도 눈앞에 풍경은 그대로다. 이대로 그냥 우두커니 있을 게 아니었다. 지나가는 사람을 붙잡고 물어봐야겠다. 헝클어진 옷맵시를 툭툭 떨며 가지런히 놓는다. 마침 저만치서 여인네 둘이 조잘대면서 연화 쪽으로 향해 온다. 그들은 연화 쪽에 잠시 눈을 주더니, 고개를 한 번 기우뚱하고 자기들 대화를 계속 이어간다. 연화는 그들을 잡아 세운다.

"처자들, 여기가 대체 어디오?"

지나가던 그들은 연화의 부름에 멈칫 선다. 그리고 다시 한번 위아래를 훑어본다. '처자들?'. 두 사람은 눈을 마주치고 킥킥대며 나오는 웃음을 참는다. 무슨 드라마를 촬영하는 조연 배우로 보인다. 과거 어느 시대인지는 모르겠으나 비단에 연갈색과 비췻빛 등 두세 가지 색으로 염색을 한 복색이다.

"아! 드라마 촬영 중이세요? 여기요? 옆에 쓰여있잖아요. 한국미래 과학연구원이라고. 크크."

그러면서 눈짓으로 대문처럼 우뚝 솟은 긴 돌을 향한다. 연화도 그들의 시선을 따라 보았지만, 몰라서 묻는 것은 아니다.

"아! 네. 그 장소를 묻는 게 아니라, 5도 양계 구역으로 어디냔 말이오. 여기가 서해도 어딘 게요? 아니면 양광도? 나는 개경성 나인인데, 개성에서 왔소."

둘 중 키가 좀 작고 날카로운 눈매를 가진 처자가 귀찮은 표정으로 그 옆에 서있는 단짝을 보며,

"뭐래? 참! 이 아가씨 좀 이상한 사람 아니야?" 하면서 검지를 들어 자기 관자놀이 근방에 동그라미를 그린다. 그리고 연화 쪽을 향해

"여기는 대전광역시 유성구이고요. 정신 차리셔요. 부모님이나 친구 없어요? 개성이면 북한 아니에요. 지금 무슨 말을 하는지 도통…."

성가신 듯 그 둘은 자기들 가던 길을 마저 간다. 연화는 깜짝 놀란다. 대전광역시는 뭐고, 또 유성구는 무엇인가? 고려의 구역은 서해도, 교주도, 양광도, 전라도, 경상도 5도에 북계와 동계로 나누고, 개경은 도읍지로서 특별 행정구역이다. 자기가 듣기에 대전광역시는 난생처음 듣는 지명이다.

마침 이를 먼발치에서 지켜보던 한 사내가 바퀴가 앞뒤로 달린 수레를 타고 오다가 연화 앞에 '끼이익' 하는 소음을 내며 멈춰 선다. 약관의 나이로 보이며 얼굴이 동안으로 귀티가 흐른다. 팔자 모양의 노리개를 귀에 걸고 묘한 눈빛으로 연화를 수레에서 내리면서 쳐다본다.

"무슨 일이에요? 혹 길을 잃으셨나요?"

연화는 멀뚱한 표정으로 거침없이 훅 들어오는 동안의 사내에게

"여기가 어디인 게요?"

사내는 재밌다는 표정으로 고개를 한 번 갸우뚱하고,

"네. 여기는 대전광역시 유성구 한국미래과학연구원 앞이에요."

연화는 순간 되풀이되는 장소 안내에 짜증이 섞인 목소리로

"아니, 그러니까. 거기가 어디냔 말이오?"

사내는 잠시 생각에 잠기다가,

"도움이 필요하신 분 같은데, 경찰서로 안내해 드릴까요?"

이건 또 뭔 말인가. 경찰서는 또 어디를 일컫는단 말인가?

"경찰서가 무에인지?"

사내는 연화의 반응에 좀전의 재밌는 표정이 삭 가시며 난감하게 바뀐다.

"죄를 지어 고발하거나 길을 잃을 때 안내하는 경찰서요, 경찰서 몰라요?"

연화는 그 눈치로 보아, 치안을 담당하는 금오위의 순검들을 지칭하는 것이리라.

"아! 네. 순검을 말하시는구려. 네. 좋소. 경찰선가 뭔가가 어디인 게요?"

사내는 이 여인이 완전 미쳤거나 제정신이 아닌 사람임을 직감한다. 그런데 뭔가 이상하고 다른 건 분명히 있었다. 행색도 그렇고 머리 모양도 그렇고 행동거지도 그런데, 참 이상하게 끌리는 묘한 데가 있다. 머리 모양은 이마 가까이에 2개의 상투를 틀어 올리고 머리 양쪽에 둥글게 뿔 모양처럼 빗어 올려 고정시켰다. 얼굴도 이목구비가 오종종하며 이쁘장한데 참으로 안타까운 마음이 함께 든다. 자기 또래 젊은이치고는 뭐가 의젓하고 기품이 있다.

'참! 재미있는 사람이다.'

그는 한국미래과학연구원에서 3D 프린트 업무를 담당하는 연구원으로, 막 입사한 지 달포가 채 되지 않은 신입이다. 한국미래과학연구원은 ABCI로 대표되는 인공지능(A), 빅데이터(B), 클라우드(C), 그리고 사물인터넷(I)을 연구하는 기관으로 초지능, 초성능, 초연결 그리고 초실감 기술개발을 통해 국가 혁신성장을 지원한다.

그는 마침 그쪽으로 가는 길이라,

"좋아요. 저를 따라오세요. 제가 안내해 드리죠."

연화는 과객치고는 예의범절이 깍듯하고 믿음직해 보이는 그 청년을 무턱대고 일단 따라나선다. 석 자가량 거리를 두고 뒤를 따르는데, 뜬금없이 그 청년이 묻는다.

"저는 좀 전에 나온 한국미래과학연구원에서 연구원으로 있는 최성주라고 합니다. 실례하지만 어디서 오셨는지 여쭤봐도 될까요?"

연화는 신사답게 대거리를 하는 그 청년의 모습이 귀엽다. 성씨가 최 씨라니, 약간 거리를 둔다. 과거 최충헌, 최우 가문에서 얼마나 궁궐을 힘들게 했는지, 스승항아님을 비롯해 많은 상궁 나인에게 들은 바가 있기 때문이다. 나이는 자기보다 서너 살 더 먹어 보이는 듯한데, 행동거지가 귀엽고 얼굴에는 장난기도 남아있다. 천둥벌거숭이 같다고 할까? 일단 자신의 출처를 물으니, 이를 어찌 답하나 고민하다가,

"아, 네. 나는 개경성에서 왔소."

청년은 귀를 의심한다. 어디? 개경. 그럼 이북의 개성을 말하는 것이 아닌가? 이 여자 뭐지? 새터민으로 정착한 사람인가? 그는 재차 확인하고자 묻는다.

"어디요? 개경요? 그럼 개성 말하는 거예요?"

연화는 개성을 알아봐 주는 그가 반갑다. 낯빛이 환해진다.

"맞소. 개성. 거기를 아시오? 거기 궁에서 처소나인으로 있소만."

청년은 점점 실타래가 꼬임을 직감한다.

'궁이니, 처소나인이니, 이게 뭔 말인가?' 여하튼 여기의 평범한 사람은 아님이 분명하다. 아마 북에서 살다가 월남한 지 얼마 되지 않는 새터민으로 보인다. 그런데 참으로 행색이 독특하긴 하다.

"네. 멀리서 오셔서 길을 잘 모르시겠군요."

참 별종을 만났다는 생각으로 터벅터벅 경찰서를 향했다. 이제 백여 미터가량 남았다. 백이십 보면 도달할 거리다. 허튼짓하는지는 모르겠으나 자기 지갑에서 명함 하나를 뺀다. 지난번 회사에서 처음 명함을 만들어 주었는데, 지난주 부모님을 찾아뵙고 첫 명함을 돌린 이후로 두 번째 명함을 돌리는 것이다. 왜 이 여자에게 주고 싶은지는 모르겠다. 그냥 처량하고 특이하고 이상한 여자이지만, 뭔지 모르는 끌림이 있다. 외모는 곱상하고 정갈한데, 말이나 옷차림이 좀 색다를 뿐 크게 문제가 되어 보이지는 않는다. 나이도 얼추 자기보다 한두 살 어린 것 같고, 키도 자기와 어깨동무를 하면 착 맞는 그런 신장이다. 앞으로 또 보면 인연일 테지만 참으로 연구할 만한 대상이 되는 사람이다.

평범하게 자기는 살아왔다. 그래서 그는 좀 특별한 것을 남다르게 좋아한다. 그래서 취미도 독특한 것을 가졌다. 남들이 하지 않는 것을 좋아했다. 예술에 대한 취미도 그러하여 아코디언 연주와 보리 줄기를 잘라 만드는 맥공예를 취미로 한다. 역사 다큐멘터리를 좋아하고, 네일 아트도 배우는 중이며 과거의 의복도 관심이 높다. 그래서

인지 이 여자가 너무 매력적이고 연구 대상으로 삼았으면 하는 마음이 들었다. 인연이 되면 꼭 다시 만나리라 기대하면서.

"저 여기 제 명함인데, 혹 도움이 필요하면 연락 주세요."

청년은 연화에게 손바닥 반만 한 종이 하나를 건넨다. 이게 또 무언가? 연화는 놀란다. 여기 사람들은 무슨 이러한 종이를 서로 건네며 연락처를 주고받는 모양이로구나. 명함을 받아 눈으로 먼저 읽는다.

---

한국미래과학연구원 韓國未來科學研究院
Korea Institute of Future Science(KIFS)

연 구 원   최성주(崔成主)
Researcher   Choi Seongju

M. 010.8200.1234
T. 042.123.4567
E. csj77@korea.com
A. 대전광역시 유성구 가정로 991

---

한자는 친숙하게 보였으나 온통 숫자와 이상한 문자뿐이고, 정말 이곳은 어디를 말하는가 머리를 굴려본다. 이러는 사이 백 보를 넘어섰고, 유성치안센터가 코앞에 다다랐다. 성주는 연화를 치안센터 문을 열고 처음에 보이는 경찰관에게 친절히 이른다.

"길을 잃은 새터민 같은데, 좀 집을 찾아주세요. 수고하십시오."

의자에 연화가 앉는 것을 보고, 성주는 문을 닫고 나온다. 경찰서와 똥숫간은 멀수록 좋다는 옛말처럼, 경찰서는 정말 가고 싶지 않다. 죄

지은 것 없이 그 안이나 경찰 제복만 보아도 주눅 들고 쪼그라든다. 피하는 게 상책이라는 일념으로 살고 있다. 연화를 넘겨주고 자기 갈 길을 향한다. 왼발로 자전거 페달을 힘껏 굴리며 안장에 오른다.

힐끗 연화를 본 젊은 경찰관은 귀찮게 번거로운 건이 생겼다는 내색을 하며 다가가 묻는다.

"아가씨! 어디 살아요?"

연화는 아까 청년에 한 이야기를 또 묻는구나 하며 대꾸한다.

"개경성이오."

"어디? 개경성? 중국집 이름인가? 주소가 뭐냔 말이에요?"

"개경성. 개성에 있는 개경성."

젊은 경찰관은 혀를 끌끌 차며, '이거 또라이 아가씨 하나 들어왔구먼.' 하는 생각에

"그래 저 이북의 개성에 산다고? 새터민이라면서요. 남한에 와서 사는 곳이 어디예요?"

연화는 순간 숱한 생각을 한다. 이북, 새터민, 남한. 이 말들이 다 무슨 뜻인가? 잠시 공간을 살펴본다. 오른쪽 벽면에 지도 하나가 전지 크기로 떡 하니 붙어있다. 한반도 지도인데, 고려 시대의 영토보다는 약간 다른 모양이지만 여하튼 모양이 비슷하다. 자리에서 불끈

일어나 지도를 향해 선다. 그리고 개성을 찾아본다. 이내 개성을 찾는다. 그리고 검지손가락으로 그곳을 찍는다.

"저, 여기서 사오. 거기서 왔소이다."

젊은 경찰관은 어이없다는 눈초리로 헛웃음을 지으며,

"글쎄. 새터민이라면서요. 아까 아가씨를 넘겨주고 간 청년이 그러던데…. 그래 나이는 몇 살이에요?"

연화는 웬 남정네가 나이를 다짜고짜 묻는데 적지 않게 놀란다. 그러나 빨리 이곳을 벗어나 내 갈 곳을 찾기 위해서 어쩔 도리가 없음을 알고,

"원<sup>元</sup> 지원<sup>至元</sup> 2년. 병자년<sup>丙子年</sup>(1336년)생이올시다. 그러니 금년 나이 방년<sup>芳年</sup>, 스물이오."

젊은 경찰관은 바로 '이거, 완전히 미친 여자가 들어왔구먼. 돌아버리겠네.'라고 생각한다.

"주민등록증이나 신분증 좀 봅시다."

연화가 알아듣지 못하고 엉거주춤하는 사이,

"신분증 없어요?"

연화는 화가 섞인 경찰관의 물음에 순간 움찔한다.

"신분은 개경성 내전 침방의 처소나인으로 있소."

경찰관은 이내 포기한다. 그리고 정신 나간 여자로 판단하고, 그의 지문을 통해 소재지를 찾아 가족에게 인계해야겠다고 마음먹는다.

"손 이리 주세요. 지문 한번 확인해 봅시다."

외간 남자가 처음 보는데 덥석 손을 달라는 태도가 영 미덥지 않았지만, 둘만 이 안에 있는 것도 아니고, 주위 다른 사람들이 힐끗힐끗 자신을 쳐다보는 분위기가 이러니저러니 할 것 없어 아주 기분이 좋지 않다. 그냥 그의 의견을 따르기로 하고 오른손을 내민다. 젊은 경찰관은 연화의 엄지손가락을 쥐고, 지문 검색기에 지문을 갖다 댄다.

잠시 후 검색 결과가 나오는데, '확인 불가'라는 글자가 뜨며 등록되지 않은 지문임을 안내한다. 아마 북에서 내려온 지 얼마 되지 않은 새터민이라 등록되지 않은 듯하다. 그런데 사실 새터민 등록은 지문 등록이 최우선이다. 그들의 신원 확보와 함께 정보 보호 대상자로 당분간 분류되기에 가장 먼저 행할 사항인데, 아마 행정기관이 실수한 것으로 보였다. '요즘 새터민 담당 기관들, 근무를 어떻게 하는 건지? 등록이 되지 않았네.' 하고 속으로 곱씹는다.

간단하고 쉽게 끝날 일이라고 알았는데. 요즘은 생각대로 쉽게 풀리는 일이 없다는 신세 한탄을 하며, 젊은 경찰관은 연화를 책상 앞 의자에 앉힌다. 오늘 아침 갓 결혼한 아내와 친정 일로 옥신각신하면서 말다툼해 아침부터 재수가 없다고 하며 출근했는데, 아니나 다를까 재수가 옴 붙었다. 간단하게 조사나 하고 처리하고 말아야겠다고 판단한다.

"몇 가지 물을 테니, 성실하게 답하세요."

그리고 크게 숨을 들이쉬고 컴퓨터 자판에 앉아 묻는다.

"성명, 주민등록번호, 주소, 부모 성명, 기타 순으로 말씀해 주세요."

연화는 자신도 모르게 바짝 쪼그라든 채 그의 질문에 선선히 응한다.

"유연화(柳蓮花), 주민번호인가 뭔가는 모르고 나이는 스물, 병자년 생이오. 주소는 개경성 좌춘궁 처소나인의 숙소인 원덕전. 양친 성명은 유달수, 박막딸. 기타는 무엇을 말하는지?"

경찰관은 흥 하며 코웃음을 짓는다.

"뭐, 그 외로 하시고 싶은 말이나 참고가 될만한 말을 하란 겁니다."

연화는 그제야 알았다는 듯,

"내전 침방에서 왕의 침실을 담당하는 처소나인이오. 열한 살에 입궁하여 이제 아홉 해가 되었소. 입궁 전 살던 곳은 양광도 청주목 새뜸골에 살았소."

젊은 경찰관은 점점 꼬이기 시작하는 상황에 머리가 지끈거린다. 선임인 김 경장에게 다가가 자문해 보니, 그냥 근처 새터민 관리하는 기관에 넘기고 말라는 이야기를 듣는다. 다시 자리로 돌아와 인터넷을 통해 대전새터민지원센터를 찾았다. 그리고 주소와 전화번호를 알아낸 후 전화를 건다.

"안녕하십니까? 저는 유성치안센터 순경 김만수입니다. 지금 저희 센터에 새터민으로 보이는 젊은 아가씨가 있는데, 전혀 이야기가 통하지 않고 좀 이상합니다. 수고스럽겠지만, 이곳에 오셔서 이분을 데리고 가셨으면 합니다. 가능하신가요?"

다행히도 그쪽에서 이곳 근처를 들를 일이 있어, 한 시간 안에 데리러 오겠다는 답을 받았다. 김만수 순경은 이 건을 그렇게 처리하기로 일단락짓고 차석인 이 경위에게 간단히 구두로 보고한다. 그리고 처리 결과를 간단히 문서로 남긴다. 이제 좀 안도의 숨을 쉬며,

"거, 아가씨! 조금 있다가 새터민 담당자가 오셔서 데리고 갈 테니 그때까지 좀 기다리고 계슈. 커피 한 잔 드시면서."

하면서 사무실 커피포트에서 커피 한 잔을 따라 준다. 갑작스러운 젊은 경찰관의 처분에 그냥 눈만 꺼먹꺼먹하고 있는 연화는 커피 한 잔을 받아든다. 따뜻한 온기가 느껴진다. 그러고 보니, 오랫동안 물 한 잔도 먹지 못했다. 갑자기 일어나는 갈증을 해소하기에 적당한 시간이었다.

"고맙소. 잘 먹겠소."

김순경은 젊은 아가씨가 말투도 그렇고 행색도 그렇고 정상이 아님을 직감한다. 괜히 이 아가씨와 엮여 골치 아픈 일이 생기느니, 선임 김 경장의 말대로 차라리 새터민 센터로 잘 넘겼구나 한다.

연화는 커피 한 모금을 조심스레 먹다가 순간 내뱉을 뻔했다. 향이 구수한 숭늉과 한약이 섞인 듯한데 맛은 익모초즙처럼 쌉싸래하

게 쓰면서 끝맛은 신맛과 단맛이 어우러졌다. 오묘하고 처음 맛보는 별난 맛이다. 마치 탕약 한 첩을 먹는 느낌이랄까. 그러나 곧 다시 한 번 음미한다. 약은 입에 쓰다고 하지 않던가? 아마 탕약 형태의 보약이라 생각하고 마시기로 한다.

이렇게 한 시간이 지났을까? 중년의 아주머니가 치안센터 문을 열고 급하게 두리번거린다. 그리고 대번에 연화가 경찰관이 말한 그 사람임을 알아본다.

"아가씨! 새터민으로 여기 있는 사람 맞죠?"

연화는 아무 생각 없이 고개를 끄덕인다. 자기 어머니의 나이에 머리는 짧으면서 머리카락이 돌돌 말려있다. 예전에 개성 시내에서 예성강 하구의 벽란도를 통해 입국한 아라비아 상인들이 떠오른다. 그들은 '코레아, 코레아!'를 외치며 개경 시전을 활보했다. 얼굴빛은 우리보다 좀 검고 머리는 두건을 써서 잘 보이지 않았지만, 턱과 코밑에 구불구불한 수염이 참 많이 나있었다. 이 중년의 여성 머리가 그 수염처럼 느껴졌다. 좀 급한 성격처럼 보였지만 통통한 몸매에 정이 많은 사람 같았다. 입도 넙데데하고, 여자치고는 골격이 크다. 어머니 나이 또래에 나이도 지긋하고 두상이 엇비슷하며 일단 친근감이 갔다. 그 아주머니가 손을 잡았다. 그리고

"대전새터민센터 이 주임입니다. 이 아가씨를 제가 데려가면 되는 거죠?"

특정 한 사람을 향해 말하는 것이 아니라, 사무실 공간에 크게 소리를 내고 만다. 일하던 김 순경은 일어서며,

"네. 제가 전화 건 김 순경입니다. 여기 사인하시고 데리고 가시면 됩니다."

이 주임은 예전에 여러 번 해본 것처럼 능수능란하게 서류에 사인하고 연화의 손목을 야무지게 잡는다.

"아가씨, 내가 아가씨를 도와주러 온 사람이에요. 나랑 같이 우리 센터에 가서 이야기해 봅시다. 그리고 집도 찾아줄게요."

가뭄 뒤의 단비라고. 자신을 돕겠다고 나선 중년의 여성에 믿음이 간다. 그녀와 소통해 보면 엉킨 실타래가 좀 풀리리라. 그래서 세상은 하늘이 무너져도 솟아날 구멍이 있다고 하지 않던가? 자리를 박차고 그녀를 따른다.

치안센터 앞에 네모난 철수레가 있다. 이 주임이 문을 여니, 그곳에 의자가 놓여있다. 문을 열어주고 이 주임은 맨 앞에 탄다. 그리고 무언가 누르는 듯하더니, 철수레가 '붕붕' 하는 소리를 낸다.

"뭐해요, 아가씨? 어서 문 닫아요. 출발하게."

어떻게 문을 닫는 것일까 고민하는데, 이 주임이 또 무슨 조작을 하니, 문이 서서히 닫힌다.

철수레 안에서 밖을 내다본다. 검회색 탄탄대로를 정말 쏜살같이 달린다. 이게 또 무슨 조홧속인가. 어떻게 이 무거워 보이는 철수레가 저절로 움직이는 것인가? 온통 머리가 어지럽기만 하다. 조용히 눈을 감고 차분히 마음을 다스린다. 이게 어찌 된 것인가? 지금 이곳은 분명 자기가 그동안 살아온 그 세상이 아니다. 사람들 모습, 거리에 하늘을 찌를 듯한 건물들, 저절로 쌩쌩 움직이는 철수레들. 서서히 가물가물해진다. 그리고 노곤한 몸이 풀리면서 스르륵 잠이 든다.

얼마나 지났을까. 누가 어깨를 툭툭 친다.

"이봐요, 아가씨! 많이 피곤했나 보네. 일어나요. 이제 내립시다. 여기가 새터민들에게 도움을 주는 기관이에요. 다 도착했으니, 내려서 이것저것 우리 이야기해 보며 친해져 봅시다."

이 주임은 살갑게 연화를 이끌고 안으로 안내한다. 이 안도 아까 본 경찰서란 곳과 구조는 비슷하다. 몇 개의 방으로 나누어져 있고, 사람들은 책상 앞에서 네모난 널빤지를 앞에 두고, 책상 위에는 두드리는 자판을 치며 무엇이 그리 바쁜지 타닥타닥 소리를 낸다. 이 주임은 일하는 몇 사람들에게 경찰서에서 데리고 온 새터민이라 간단히 소개하고 상담실이라고 쓰여있는 방으로 함께 들어간다.

이 주임은 종이를 묶어놓은 책자 같은 것을 들고 손에는 뾰족한 필기도구를 들고 있다. 붓과는 다르며, 아주 크기가 작고 먹물이 자동으로 줄줄 나오며 써진다. 참 신기한 필기도구다. 경찰서와 비슷한 질문이 시작된다. 연화는 경찰서에서 했던 대답을 한다. 이 주임은 고개를 자꾸 기우뚱기우뚱한다. 혹 정신적인 문제가 있나 확인하고자 정신 이상 질문을 몇 가지 해본다. 사리 판단이 정확하고 논리적 사고나 판단력에 전혀 이상이 없다. 시대착오적 발상에 다소 문제 되는 대답을 할 뿐이었다. 정신 이상 검사로는 이상이 없었다. 그러나 뭔가 찜찜하고 이상하다는 감정이 남는 건 왜일까? 문뜩 연화가 묻는다.

"혹 금년이 무슨 해이오?"

이 주임은 대꾸한다.

"2019년, 기해년이지요. 왜요?"

연화는 깜짝 놀란다. 2019년은 언제이고, 기해년이라면 도대체 얼마나 시간이 지난 것인가. 그때야 연화는 오늘의 이야기가 하나하나 꿰맞춰진다. 그러면서 자기 이야기를 꺼낸다.

"나는 고려 개경에 거주하며, 원 지원 2년. 병자년생으로 궁에서 임금을 모시는 나인이올시다. 도대체 이게 어찌 된 것인지?"

이 주임은 그렇지 않아도 차림새나 말투가 남달라 이상하고 보통 최근에 월남한 새터민이 아닐 수 있다고 생각하던 차에 느닷없이 색다른 이야기를 하는 연화를 다시 한번 꼼꼼하게 위아래를 훑는다. 그리고 인터넷에서 원 지원 2년, 병자년을 찾아본다. 서기 1336년이다. 자그마치 683년 전. 타임머신이라는 영화를 보았지만, 이게 눈앞에 현실로 나타나다니….

도저히 믿어지지 않는 이 주임은 몇 가지 시험 삼아 시도해 본다. 먼저 그림을 통해 정신상태를 확인해 보고자, 자신이 사는 곳과 태어난 집을 그려보라 했다. 24색 사인펜과 도화지를 건넸다. 연화는 참 신기하게 생겼다는 듯, 도화지와 색 사인펜을 쳐다보다 잠시 후 그리기 시작한다.

자신이 기거한다는 궁궐의 모습은 서울 경복궁과는 전혀 다른 구조와 건물 형태다. 서북쪽에 광명천이 동남으로 흐르고 북쪽에는 승평문이 자리를 잡았다. 그리고 세자의 동궁으로 춘덕전, 일상적인 정전으로 건덕전, 외국 사신을 접견하는 회경전 등이 있고 이와 좀 떨어져 좀 높은 곳에 원덕전을 두었는데, 이곳이 임금 내외를 보필하는 여러 나인의 숙소를 겸하는 건물이란다. 건물은 조선의 한옥 구조와 비슷하지만, 천장의 높이가 좀 낮은 편이다. 북방의 구들이 남하하고 남방의 마루가 올라와 이 둘을 결합한 건축이었다. 고향 집의 모습도 연이어 그렸다. 연화는 그동안 보지 못한 부모님의 모습이 그려지면서 가슴이 울먹여졌지만 이를 참고 그려냈다. 초가삼간의 형태로 아주 작은 형태의 가옥이었으며 앞으로 작은 흙길이 나 있고, 그 건너엔 실개천도 흘렀다. 마치 용인 민속촌의 풍광처럼 작은 흙길과 옹기종기 모여있는 초가 군락의 마을이다.

이 주임은 혹 이 아가씨가 과거에 머무는 정신병 증세일까 의구심이 든다. 겉으로는 멀쩡하지만 그 속을 들여다보지 못하니, 이를 어쩌나 고민하다가 지난번 업무협약을 했던 정신건강센터 전문상담사를 생각해내고, 바로 핸드폰으로 연락을 취해본다. 혹 이곳에 출장 오셔서 한 분의 심리검사를 했으면 하는데, 가능한지를 물었다. 그리고 간단하게 경찰서에서 인계받은 내용과 그린 그림 이야기를 전했다. 마침 전문 상담사는 막 한 건의 상담을 마치고 쉬던 중이었는데, 자신 또한 그분이 어떠한 사람인지 궁금해서 얼른 보고 싶다는 말과 함께 곧 가겠다고 흔쾌히 허락했다. 이 주임은 편한 숨을 몰아쉬며 연신 고맙다는 말을 전했다.

이십 분이 채 지나지 않은 시간, 상담사가 왔다. 그는 이것저것 기본 사항을 연화에게 물어보자 의사소통이 잘되지 않음을 직감했다. 이런 내담자를 위해 그림 상담법이 옳을 듯하여 그림 도구를 다시 손에 쥐여준다. 그리고 해와 달, 산, 집, 나무, 길, 자신, 우물, 뱀 등을 그리도록 했다. 연화는 예상치 못한 주문에 약간 당황한 듯했지만, 자신의 상황을 이해시키는 방법으로 알고 묵묵히 앉아 각각을 그렸다. 팔절지 크기의 도화지에 해는 왼쪽에 큼지막하게, 달은 오른쪽 같은 높이로 조그맣게 초승달을 그렸다. 그리고 그 아래 도화지 중앙에는 세 개의 봉우리를 가진 산 정상이 두루뭉술하게 자리 잡아 그렸다. 그 아래는 자신이 기거하는 궁궐을 두세 채만 한옥으로 고래 등처럼 그리며, 창문은 격자형으로 한두 개만 그렸다. 나무는 한옥 사이사이에 여러 그루를 그려놓았다. 구도와 조화를 위해서인 듯. 그 집으로 가는 길과 나오는 길은 갈수록 넓어지며 아래쪽 도화지 끝으로 연결했다. 거기까지 그려놓고 자신의 모습을 덧붙여 그리려니 좀 망설여진다. 작게 그릴까 크게 그릴까 고민하다가 좀 큰 쪽으로 그려본다. 궁인 복색을 한 정갈한 여인네의 모습으로 그렸다. 이제 우물과 뱀만 덧그리면 끝이다. 우물은 한옥 건물들 사이에 작고 아담하게 위치해 놓는다. 그리고 마지막으로 그리고 싶지 않은 뱀을 그릴까 말까 갈등하다 결국 그리지 않는 것으로 결심한다. 완성된 그림을 연화는 죽 훑어본다. 그다지 맘에 들지는 않지만 그럭저럭 완성은 했다. 너무 집중해 그린 탓인지 잠시 피곤이 몰려온다. 이를 눈치챈 이 주임은 수고한 연화에게 달곰한 음료수 한 잔을 건네며 고생했다고 격려했다.

　그림을 받아 든 전문 상담사는 그림을 샅샅이 살펴본다. 그리고 그림으로 본 심리 상태를 분석했다. 해는 여자, 달은 남자를 의미하며 같은 높이로 솟아있음을 보면 동등한 위치의 관계임을 알 수 있다. 단, 초승달로 그린 것으로 보아 남자 친구가 있지는 않거나 친하지 않은 관계로 보인다. 산의 모습을 보니 성격은 온화하고 부드러운 능선으로 미루어 그러한 성격을 지녔다. 자신이 기거하는 집은 살아가는 환경을 뜻하는데, 창문이 있는 것을 보면 화목한 분위기이기는 하지만 그 개수가 많지 않아 넘칠 정도가 아님을 알 수 있고, 창문 살도 격자 모양을 가진 것으로 미루어, 갇혀있는 답답함이 내재되어 있다. 나무는 여러 그루가 이곳저곳에 자라는 것으로 보아 친구가 많으며 대인 관계가 원만하고, 들고나는 길의 폭이 점점 넓어짐은 미래에 대한 진로나 계획이 탄탄하게 짜졌다. 자신의 모습을 대체로 크게 그린 점은 자존감이 높다는 증거이고, 우물이 조그맣게 자리 잡은 것은 씀씀이가 검소하고 경제적임을 표현했다. 마지막 주문 사항인 뱀을 그리지 않고 마감한 것은 현재 큰 고민이나 갈등이 없다는 것을 나타냈다. 이윽고 정신분석 설문을 직접 묻고 답하는 형식으로 이십여 분 가졌다. 그리고 조용히 전문 상담사는 이 주임을 불러 좀 외딴곳으로 가 검사 결과에 관한 이야기를 전했다. 정신상태는 지극히 정상이며, 내담자의 말이 거짓이 아닐 가능성이 크다는 판단이었다. 자세한 것은 대학병원에 가 전문 상담의에게 진찰을 받아야 하겠지만, 자신의 소견으로는 지극히 정상적인 사람이라고 판정하였다.

이 주임은 검사를 위해 한달음에 달려온 전문 상담사에게 고개 숙여 감사의 뜻을 표하고, 배웅까지 잘 마쳤다. 그리고 이제야 이 주임은 '이를 어쩌나?' 곰곰이 생각해 본다. 우선 이 아가씨에게 현재 상황을 설명할 필요가 있고, 지속해서 현대 적응력을 키우는 교육이 필요하리라.

"아가씨, 아니, 조상 할머니? 여하튼 제 말 잘 들어요. 지금은 아가씨가 살던 시대로부터 약 700년이 지난 시대예요. 어째 이런 일이 발생했는지는 몰라도 하여튼 지금 이 순간은 내 말이 옳아요."

그러면서 이 주임은 깊게 숨을 한번 고른다.

"어찌 되었거나 우선 현실 적응 훈련부터 천천히 합시다. 아가씨가 왕을 모셨다면 아마 영민왕일 겁니다. 모셨던 당시에는 그리 부르지 않았고, 후대에 그렇게 이름이 지어졌죠. 내일부터 영민왕 이후의 우리 역사에 대해 자원봉사자 선생님께서 이삼일 간 교육하고 최근 100여 년을 중심으로 문화와 문명이 어찌 발전되었고, 사회생활이 어떻게 발달했는지 차근차근 설명해 드릴 거예요. 그리고 현재 우리가 쓰는 한글이라는 것도 같이 배우는 시간을 가질게요. 오늘은 아가씨도 정신이 무척 혼란스러울 듯합니다. 일단 푹 쉬시고 내일부터 시작하죠."

연화는 이제야 자신의 상황을 조금 이해하게 되었고, 이 주임의 말에 큰 위안이 된다. 이 주임이라는 사람은 그래도 자신을 어느 정도 믿어주고 배려하는 사람이라 여긴다. 이어서 이 주임은,

"아마 묵을 숙소나 식사할 장소도 여의치 않을 텐데, 우리 센터에서 운영하는 쉼터에서 당분간 보내시죠. 마침 여자용 방 하나가 비어 있었는데, 잘 되었어요. 그곳에 방과 식당이 모두 있으니, 그곳에서 당분간 생활하시면서 교육받으세요. 참! 그리고 쉼터 사무장에게 일러둘 테니, 그곳에 가면 기증받은 옷가지가 몇 벌 있어요. 옷도 그것으로 갈아입었으면 해요."

곧이어 이 주임을 따라 새터민 쉼터로 안내를 받았다. 거리는 오리가 채 안 되는 짧은 거리였다. 그곳에서 위생소로 알고 있는 화장실도 안내받고, 개인 방을 배정받으면서 옷가지 서너 벌도 함께 들어왔다. 너무 피곤한 하루였다. 졸리고 배고팠다. 이불장에서 침구를 꺼내 펴고 잠시 눕는다는 게 한 식경가량 선잠을 잤다. 얼마 후 문을 두드리는 소리가 들려 눈을 치떴다.

"저녁 식사 먹어요. 저를 따라서 와요. 식당으로 안내할 테니."

쉼터 들어설 때 잠시 인사를 나눈 총무 아가씨에게 식당을 안내받았다. 거기에는 쉼터 가족들로 보이는 대여섯 명의 남녀노소가 모여 식사를 막 하는 중이었다. 모두 식탁에 앉아 조용히 먹던 중에 들어오는 연화를 보고, 서로 수군수군하다가 바로 멈춘다.

소주방에서 온 음식처럼 작고 예쁜 사기그릇에 깍두기, 김치, 생선구이, 된장찌개, 계란말이 등이 놓여있다. 계란말이는 궁궐 내에서도 대감급 이상 되는 분의 연찬회 때나 나오는 찬인데, 여기는 버젓이 나왔다. 선잠으로 육체적 피로는 약간 풀렸지만, 곡기를 못 본 지 꽤 오랜 시간이 지났다. 연화는 자기에게 할당된 밥을 중심으로 허겁지겁, 마파람에 게 눈 감추듯 입안에 넣었다. 이를 본 주위 다른 새터민은 마치 수십 끼 굶은 거지가 음식에 환장하는 모습을 본 것처럼 눈이 휘둥그레졌다. 연화는 먹어도 먹어도 배가 부르지 않았다. 배가 고픈 것인지, 정이 그리운 건지, 궁중 나인들이 그리운 건지, 가족들이 그리운 건지 도무지 모르겠으나 시장기가 가시지 않았다.

벌써 밖은 어스름히 깔리면서 어둠이 살포시 내려앉았다. 시간을 보니 어림잡아 갑야로 보였다. 배도 부르고 조용히 자기 방으로 들어온 연화는 방 안 세간살이를 하나하나 살펴보고 눈에 익히고 또 정리도 한다. 방 안이 대낮처럼 환하다. 천장에 불빛이 기다랗게 매달렸다. 참 편리한 세상이다. 자기 전에 문 앞 누름쇠를 누르면 그 불빛이 사라졌다. 요와 이불을 깔고 어두운 곳에서 하루를 되새긴다. 오늘 아침에 개경 근방 흥왕사에서 계연공주 마누라님의 푸짓잇(이불잇)을 계곡에서 빨고 빨랫줄에 널려던 찰나였다. 어디서 큰 굉음과 함께 하늘이 무너질 듯한 요란함이 있었고, 무엇인가 번쩍하는 찰나.

혼비백산하여 정신을 잠깐 잃었다. 그리고 깨어보니, 오늘의 이 사달이 났다. 차차 모든 상황이 정리되면서 적응하리라 마음을 다지며 이불을 콧등까지 푹 덮는다. 참으로 긴 하루, 좀 전만 하여도 궁궐 마당에서 본 이 나인이 생각났고, 스승항아님을 비롯한 상궁 마마님들의 얼굴이 쓱 지나갔다. 부모님과 가족들의 얼굴도 아련히 떠올랐다. 그리고는 잠이 시나브로 찾아왔다. 그녀는 고요히 침잠의 세계로 들어갔다.

너무 곤하게 잤다. 꿈도 꾸지 않았다. 몸이 한결 상쾌하고 가벼웠다. 동쪽으로 난 창문으로 다가가 창문을 열었다. 연화는 밝아오는 여명을 멀거니 지켜보았다.

'이제 어찌해야 하는고? 그리고…'

온갖 잡생각을 비롯해 앞으로 살아갈 계획을 어찌 세워야 하나 막막해진다. 어찌 되었건 현실은 받아들여야 했다. 자신이 지금 2019년, 대전 유성에 와있는 것은 엄연한 사실이고 현실이었다. 한국미래과학연구원에 근무하는 최성주라는 사람의 종이쪽지가 불현듯 생각나서 주머니를 뒤졌다. 그의 명함이 빳빳한 채로 그대로 있었다. 연화는 다시 한번 그 명함을 들여다본다. 이어서 옷차림새를 고쳐 입고 어제 자신을 안내했던 쉼터 총무 아가씨를 찾았다. 그리고 그에게 명함을 보여주고 연락할 방법이 없냐고 물었다. 그녀는 자신의 주머니에서 네모난 돌판때기 같은 것을 꺼내 숫자를 꾹꾹 누르더니, 잠시 후 연화를 바꿔준다. 나중에 알았는데, 손으로 들고 다니는 전화라는 것이라 했다. 참으로 놀랍고도 신기한 모습.

좀 어려 보이는 개구쟁이 모습의 최성주. 그의 친절로 경찰서를 통해 이곳 새터민 쉼터에 자리를 잡았으니 은인이긴 은인이다. 풋풋한 생기를 내뿜으며 발랄하게 다가왔던 남자. 그의 덕분으로 현대 세상에서 기거할 곳을 찾았으니, 은혜를 톡톡히 입었다. 그리고 그가 헤어질 때 했던 말이 상기된다. 도움이 필요하면 연락하란 말. 피식 웃음이 나며 예절 바른 청년임에 호감이 가는 인상이었다. 전화 신호음이 세 번 가더니, 그의 목소리가 들린다.

"여보세요. 최성주입니다. 누구신가요?"

연화는 돌판때기에서 흘러나오는 사람의 목소리에 깜짝 놀라며 기어들어 가는 목소리로,

"예. 나는 어제 경찰서로 안내해 준 유연화올시다. 한국미래과학연구원 최성주 씨 맞소?"

최성주도 깜짝 놀라 다시 한번 되묻는다.

"예? 누구라고요. 유연화 씨? 경찰서에서?"

성주는 잠시 생각에 잠기다 어제 경찰서에 안내해 준 이상한 차림의 새터민 아가씨가 되살아난다.

"아! 네. 우리 연구원 앞에서 길을 잃어 경찰서로 안내해 줬던 그 아가씨. 안녕하셨어요? 어쩐 일이세요?"

연화는 성주가 자신을 잊지 않고 알은체를 해주니, 무척 반갑다. 좀 더 큰 목소리로 용기를 내서 자신 있게,

"예. 내가 대전 새터민 쉼터에 있는데, 혹 만날 수 있겠소? 도움이 필요하면 연락 달라고 해서…"

말끝이 흐려지면서 자신이 없어졌지만 끝까지 힘을 내 할 말은 전한다.

최성주는 연화의 모습이 선하게 그려진다. 하얀 피부에 말쑥한 몸가짐. 뭔가 지금과 어울리지 않지만 만나고 싶었던 사람. 그때 별생각 없이 전했던 자신의 명함으로 이렇게 다시 연락이 왔음에 이게 또 인연인가 하며, 내심 신기하고 반가웠다.

"네. 맞아요. 제가 그랬었죠. 도움이 필요하시면 연락 달라고. 지금 급하게 도움이 필요한가요?"

연화는 성주의 반응이 어찌 나올지 걱정했다가 적극적으로 나오는 그의 목소리에 힘을 얻는다.

"아니오. 지금 당장 급한 건 아니고. 혹 금일 시간이 되면 날 좀 볼 수 있겠소? 내 이곳 지리를 몰라 그곳으로 찾아가긴 힘들고 그쪽이 직접 이리 왔으면 하는데."

성주는 자전거로 숙소를 오가며 대전 새터민 숙소 간판을 본 적이 있다. 들어가는 입구에 전지 크기의 새하얀 바탕으로 녹색의 글씨 '사회복지재단 대전새터민쉼터'라고 쓰여있고, 웃고 있는 두 남녀가 그려져 있는 간판이다. 자기 숙소에서 차로 삼사 분이면 갈 수 있는 거리다.

"네. 지금 곧 만날 순 없고요. 제가 점심 식사 후에 마침 그 앞을 지나 출장 갈 예정인데, 그때 잠시 뵐 수 있을 거 같아요."

연화는 그가 그래도 자기 쪽으로 와줄 수 있음에 안도하며

"좋소. 그러면 이따 오후에 보겠소. 시간이 많이 걸리지는 않을 게오."

오전 9시. 이 주임의 소개로 역사 선생님과 만났다. 자초지종을 연화는 이야기했고, 대충 미리 안내받고 온 역사 선생님은 설마 그런 사람이 있겠는가 의구심이 든 상태로 왔다가 직접 연화를 만나보고 '정말 그런 이가 있네?' 하며 놀란다. 사정이야 어찌 되었든 역사 선생님은 고려 시대부터 2019년에 이르기까지 간단하게 큰일을 중심으로 문명발달사를 알려 주었다. 연화는 정오가 다 돼서야 문명 발달에 대한 역사에 대해 일단락을 지었다. 약 칠백 년이 흐르는 동안 전광석화 같은 속도로 문명이 발달함을 깨닫고 놀라움을 금치 못했다. 특히 전기, 컴퓨터, 자동차 등도 놀라웠으나 손에 들고 다니는 전화로 아무리 먼 거리도 화면의 얼굴까지 보면서 이야기를 주고받고 심지어 각종 정보까지 파악하는 기능을 보았을 때, 이는 마치 어느 별나라의 딴 세상 이야기와 흡사했다. 참으로 엄청나고 대단한 발달이었다. 역사 선생님은 자원봉사자로서 고등학교 역사 교사로 있다가 정년 퇴임을 한 사람이라고 했다. 손녀 같은 연화를 살뜰히도 가르치며 다정다감하게 대하였다. 앞으로 당분간 매일 오전에 세 시간씩 역사 공부를 더 하기로 약속을 잡고 헤어졌다.

점심 식사 시간. 간단하게 차려진 식판에 밥과 반찬을 제공 받아 맛있게 먹었다. 오후 2시엔 정년퇴직한 국어 선생님이 와 훈민정음과 나라말에 대한 교육을 받을 예정이었다.

점심 식사를 마치고 한 이각, 그러니까 삼십 분이 지나고 최성주가 찾아왔다. 쉼터장이 연화의 방을 똑똑 두드린다.

"현관에 어떤 남자가 왔어요. 아주 잘 생겼던데! 나와보셔."

연화는 순간 얼굴이 화끈거린다. 쉼터장이 농으로 한 말이지만, 왜 그런지 얼굴이 화끈거렸다. 현관에 최성주는 잘 차려입은 신사 복장으로 어제보다 말쑥했다. 연화는 희색을 감추며,

"이리 와주어 감사하오. 잠깐 앞마당으로."

최성주는 분위기가 확 바뀐 연화를 보며 하루이틀새에 이 정도까지 바뀌다니 흠칫 놀란다. '여자의 변신은 무죄라더니'. 그도 마치 자주 본 사람처럼 익숙하게,

"그래요. 가시죠."

연화와 성주는 쉼터 앞마당에 있는 야외 탁자에 마주 보고 앉았다. 크지 않고 조그만 마당이었지만, 파랗게 잔디가 깔려있고, 큰 느티나무 아래에 쉴 수 있는 탁자가 놓여있다. 느티나무 그늘이 그 탁자를 넉넉하게 에워싸고 있다. 개경성 안에도 이런 크기의 느티나무가 있는데, 바쁜 일과를 되돌아보며 한숨을 돌리기에 적당한 장소가 느티나무 밑이었다. 타원형의 잎이 잔가지에 어긋나게 달리며 수령이 오래된 나무다. 어릴 적 새뜸골에 살 때도 집 뒤편에 아름드리 느티나무가 있었는데, 아버지는 그넷줄을 매달아 시간 날 때마다 추천놀이로 즐거움을 주었다. 그래서인지 느티나무는 늘 푸근하고 편안함을 주었다. 이곳 마당에도 느티나무가 위용을 갖추고 여섯 길 높이

로 자라있어, 이유 없이 든든한 마음이 들었다.

연화는 경찰서와 전문 상담사에 털어놓았던 이야기를 그대로 성주에게도 늘어놓았다. 처음엔 이상한 표정으로 듣던 성주도 연화가 거짓 없이 진지한 눈빛으로 말하자 점점 믿어가는 눈치였다. 성주는 과학도로서 눈으로 확인하지 않고는 절대 믿지 않는 성격이다. 과학은 논리와 증명이 명백하지만, 때론 과학적으로 증명되지 않는 현상들이 나타날 때 무척 당황스러울 때가 있었다. 과학적으로 증명된 것만 진리라고 생각하는 편이었다. 그러나 지혜로운 사람들은 진리가 다양하다고 생각하지 않던가? 희대의 성인 중에는 과학에 무조건 복종하지 않고 과학을 이해하고 인정하지만, 과학이 곧 진리라는 명제에 동의하지는 않는다. 어쩌면 우물 안 개구리로 살면서 우물 밖 넓은 세상을 놓칠 수도 있다는 것이다. 지금 연화의 시간 초월 존재 현상도 그런 관점에서 보아야겠다고 언뜻 생각한다. 성주는 연화의 말을 믿어보기로 하고 계속해서 그녀의 말을 들어본다.

"나도 현재 내 존재가 풀지 못한 수수께끼이지만, 성주 씨가 나를 좀 이해해 주고 내가 이를 헤쳐 나갈 묘책이나 본래 있던 시간과 공간으로 갈 수 있도록 도와주시오."

연화는 물에 빠진 어린애처럼 울먹울먹하면서 손을 내민 꼴이었다. 성주는 어떻게 위로를 해주고 해결책을 찾아야 할까 고민하다가 생각의 시간을 달라고 한다. 그러면서

"혹 오늘 저녁, 시간이 되시면 다시 만나요. 제가 일단 출장 가서 오늘 일 처리를 하고 곰곰이 서로 생각해 보면서 해결책을 찾아보자고요. 어때요. 괜찮아요?"

연화는 터무니없는 말을 믿어주기 시작한 성주가 내심 고마웠다. 그리고 저녁 식사 후는 특별한 일정이 없어 바로 답을 했다.

"좋소. 그리만 해주어도 감사할 따름이오. 일단 날 믿어주는 사람이 존재하는 것만도 든든한 언덕이 생겼소. 이따 저녁때 보소."

둘은 동시에 의자에서 일어났다. 성주는 문밖에 세워둔 하얀색 철수레로 가 바로 출장지로 향했다. 연화도 성주가 가는 것을 눈 배웅하고 난 후 현관문을 열고 거실로 들어왔다. 거실에는 열서너 살로 보이는 사내아이가 텔레비전이라는 동작화면통을 시청하고 있다. 연화는 아이에게 눈인사를 하고 소파 끝에 앉았다. 화면 속에서 사람들이 왔다 갔다 하는 게 요지경이다. 그 속에서 조그마한 사람들이 들어가 생활하는 모습이 기이하고 신비할 뿐이다. 연화는 처음에 실제 사람이 들어가서 움직이는 것으로 알았다. 그래서 화면에 손을 대보았지만, 그냥 미끄러운 평면일 뿐 잡히지 않았다. 현대인들은 이 요상한 기물을 보면서 웃고 울며 노래하고 춤췄다. 훌륭한 정보 제공과 즐거움, 교양 교육 역할을 톡톡히 해주었다. 연화는 넋 놓고 멀거니 보다가 어느덧 오후 두 시가 되었다.

시간을 지켜 국어 선생님은 쉼터 공부방에 도착했다. 귀밑에 하얀 서리가 내린 환갑 즈음의 남자 선생님. 고등학교에서 35년을 근무하고 정년퇴직했다고 자신을 소개했다. 연화도 간단히 자기소개를 마치고 자리에 앉았다. 국어 선생님은 글자의 역사부터 간략히 안내했다. 우리나라는 과거 약 천사백 년 동안 중국의 한자를 빌려와 언어생활을 영위하다가 1446년, 그러니까 지금으로부터 576년 전에 고려가 망하고 건국된 조선이라는 왕조의 4대 임금이신 세종대왕이 훈민정음이라는 글자를 만들고, 그것이 지금 쓰는 글자, 한글이라고 했다. 애초 세종대왕이 만들 때 중국의 철학서 『역학』을 참조해 천지인 삼재와 음양의 조화를 이용해 만들었는데, 소리글자로 자음과 모음이 있으며, 지혜로운 사람은 한나절이면 익히고 아무리 어리석어도 열흘 안에 깨우칠 수 있다고 했다. 연화의 눈망울이 똘망똘망한 것으로 미루어 오늘 하루와 내일 정도면 한글을 읽을 수 있고, 쓸 수 있는 능력도 일주일 안에 생기리라 예측했다.

연화는 인간 생활에 필수 소통 매체인 문자 터득에는 강한 열의를 가졌다. 자신이 궁에 들어가서도 기초로 배운 『동몽선습』, 『내훈』 등을 다른 사람에 비해 일찍 배우고 암송하는 재주가 있었다. 국어 선생님이 제시하는 자·모음표를 받아들고 열심히 소리 내 읽고 쓰고 했다. 획수도 많고 그 글자 수도 오만인지 육만인지 중국인도 모른다는 뜻글자 한자를 하나하나 뜻과 소리를 외우고 또 외웠다. 그러나 이 한글이란 글자는 참으로 편했다. 자음과 모음이 합쳐 소리를 이루는 음절을 만들었다. 간결하고 쉬우며 과학적이었다. 자신보다 후대인인 세종대왕은 참으로 탁월하고 뛰어난 사람이었다. 발음법과 글자 모양을 어느 정도 익히자 국어 선생님은 과제를 주고 내일 만나자며 자리를 떴다. 감사한 마음으로 그 선생님을 배웅했다. 이렇게 하여 오늘 일과는 잘 지나갔다. 이제 저녁 식사 후 최성주란 사람을 만나 이런저런 이야기를 하면 된다.

저녁 식사를 마치고 마당을 둘러보았다. 마당 한구석에는 쉼터장이 널어놓은 빨간 열매가 있다. 현대인들은 이를 고추라 했다. 채송화가 선홍빛과 겨자색을 띠면서 바닥에 웅크리고 그 위를 긴꼬리제비나비가 자유분방하게 훨훨 날아다닌다. 오른쪽 벽 밑에는 호박 덩굴이 벽과 싸우면서 기어 다녔고, 중간중간 길쭉한 열매도 영글어가고 있다. 해는 어느덧 지평선 가까이 내려오더니 곧 숨을 기세다. 어스름한 저녁 기운이 살며시 다가오고 있었다.

깊어가는 가을 속에서 스산한 바람이 살짝 스민다. 대문 앞에서 빵빵 하는 경적이 크게 울렸다. 소스라치게 놀란 연화는 '무슨 소리가 화통을 삶아 먹었나 저리 크담?' 하는 생각에 소리 나는 쪽으로 눈을 돌린다. 아까 점심때 보았던 최성주의 철수레에서 나오는 소리다. 차창을 열고 성주가 연화를 향해 소리친다.

"연화 씨! 이리 와서 얼른 차 타요. 내가 출장 중에 이것저것 생각해 보았는데, 연화 씨를 데리고 갈 곳이 생겼어요. 어서요!"

다그치는 성주의 말에 연화는 얼떨결에 차를 향해 다가가 차 문을 열고 앉는다. 성주는 안전띠를 매주더니, 가까운 곳이라 금방 가니 일단 출발하자며 자동차 액셀러레이터를 밟는다. 십 분 남짓 시간이 걸려 도착한 곳은 '천년근린공원'. 유성상원초등학교 앞에 있는 넓은 공원이었다. 고려 시대 행궁이 있던 터로 동서로는 98m, 남북으로 107m의 구획인데 남쪽으로 두 개의 출입문 흔적과 주춧돌이 남아있는 유적지. 2009년 발굴단의 조사에 의하면 고려 시대 행궁터로 추정되는 곳. 특히 부호장, 창정 등의 관아 명칭이 기록된 기와가 나왔고, 1300년 즈음에 만든 청자도 나왔다. 또한 당시의 수레바퀴 흔적이 여러 곳에 남아있어 물류의 중심지였음도 발굴단은 밝혀냈다. 그리고 건물터를 중심으로 사방에는 연못 터, 버드나무 가로수 도로, ㅁ자형 건물 흔적과 담장으로 둘러싼 방형 건물 흔적이 발굴되었다.

고려 시대 임금들이 잠시 머문 행궁으로 연화의 기억에는 강화도, 안동, 파주가 대표적이었으며 한밭벌에도 있다는 이야기를 들었어도 직접 와보기는 처음이다. 특히 파주는 혜음원이라 해서 개경과 한양의 사이에 있었던 행궁으로 쓰임이 빈번했었다. 건물의 규모도 강화도 행궁 못지않게 웅장하며 기품있었다. 그러나 한밭 행궁에 관한 이야기를 크게 들은 바가 없었던 것으로 미루어 규모 면에서는 강화, 파주에 비해 작았을 것으로 추측했다. 건물은 온데간데없고 그 흔적만 남아있어 무상감에 씁쓸했다. 성주는 근처 주차장에 차를 대고 연화와 함께 찬찬히 걷기 시작했다. 이곳에 대한 정보를 어느새 모았는지 아는 만큼 자세히 설명한다.

"연화 씨도 아시는 바처럼 행궁은 왕이나 왕족이 본궁 밖에서 임시로 숙박하는 건축물입니다. 크게 세 가지 목적으로 지어지는데, 전란 대비용, 휴양용, 능행용으로 나뉩니다. 그중 이곳은 휴양용으로 추측됩니다. 이곳이 온천으로 유명한 곳이거든요.
유성온천은 백학 전설이 남아있어요. 백제 말 홀어머니를 모시고 살던 총각이 신라와의 전투에 병사로 출전합니다. 남겨진 홀어머니는 늘 기도하던 중 탄현성이 무너지고 백제가 망했다는 소문을 듣습니다. 아들은 1년이 지나고 전쟁이 끝나자 귀가했는데 심한 부상을 안고 옵니다. 어머니는 이런 아들을 지극 정성으로 간호하는데, 어느 날 화살에 날개를 다친 학 한 마리가 고통스럽게 하늘을 날더랍니다. 그런데 들판에 있는 눈이 갑자기 녹으며 웅덩이가 생겼고, 학은 며칠간 그 웅덩이에 앉았다 떴다 하면서 온수에 상처 난 날개를 적셔 치료하더니 훨훨 날아가더랍니다. 이를 본 어머니는 아들을 웅덩이에 들어가게 하여 부상이 완쾌되었다고 하네요. 백제 시대부터 있었던 온천이니 자못 역사가 유구하지요."

연화는 온천 이야기를 상궁 마마들을 통해 몇 번 들은 바가 있었다. 온양온천, 유성온천, 수안보온천, 덕산온천 등이 좋은데 어느 곳이 아프냐에 따라 온천을 달리해야 한다고들 말했다.

"예. 나도 온천이 병자 치료나 건강 유지를 위해 좋은 곳이란 것은 아오. 왕족이나 중신들은 간혹 치료의 목적으로 다니곤 했었소."

성주는 계속 말을 잇는다.

"1392년 조선을 세운 태조 이성계도 유성온천에 들른 기록이 있었으니, 아마 연화 씨가 사셨던 영민왕 대에도 알려진 온천이었을 것입니다. 이런 곳에 휴양과 건강 유지 목적의 행궁은 잘 맞아떨어지기도 하고요."

연화는 이성계 장군이 조선이라는 나라를 세웠다는 사실에 깜짝 놀랐다. 고려가 장군의 반역으로 망했다는 것인데…. 여전히 혼란의 실타래는 점점 꼬여가기만 했다. 일단 연화는 성주의 말에 끄덕이며 고갯짓을 한다.

"오늘 이곳으로 연화 씨를 모시고 온 것은 같은 고려 시대의 유물이고 혹 이곳에서 연화 씨 문제를 해결할 수 있는 열쇠를 찾을 수 있을까 해서요."

연화는 출장 중에도 자신을 위해 정보를 찾고 고민했을 성주의 마음 씀씀이에 감동을 받는다. 훈훈한 청년이며 애틋함이 감도는 그런 사람이다.

"세심히 게까지 생각했다니, 분에 넘치게 감사하오. 그래, 여기서 서서히 행보하며 생각을 해보오."

둘은 나란히 공원을 걷는다. 규모로 보아서도 강화도 행궁의 규모에 비해 작지만, 행궁의 규모로는 아주 적당하다. 성주와 두 뼘 정도의 사이를 두고 함께 걸으면서 주춧돌의 마모나 크기를 꼼꼼하고 침착하게 살펴본다. 걷다가 성주가 갑자기 말을 건다.

"참! 이곳 건물의 예상 조감도가 인터넷에 나와있을 겁니다. 제 핸드폰으로 한번 찾아보죠."

그리고는 정신없이 그 작은 손전화를 가지고 무언가 두드리고 긋고 돌리고 한다.

"아! 여기 있군요. 그리 유명한 곳이 아니라 찾는 데 시간이 좀 걸렸어요. 이곳에 건물이 있었을 상황을 상상한 그림이에요. 한번 보시죠."

성주는 연화를 공원 나무 그늘 벤치로 안내하며 손전화를 보여준다. 연화는 눈을 좁게 뜨며 그 그림을 살핀다.

'현대의 기술력은 참으로 경이로워. 이런 기술까지? 그나저나 행궁의 위용이 그대로 느껴지네. 고려 건축술의 흉내도 그대로 냈고.'

그러면서 손으로 이리저리 왔다 갔다 하며 건물 구석구석을 살펴본다. 그때 불현듯 한 곳을 보고 순간적으로 멈춘다. 본전 좌측의 주춧돌이다.

"성주 씨! 죄송하오만 내가 지금 지시하는 이곳이 여기서는 어디오?"

성주는 핸드폰 화면에서 연화가 손가락으로 찍은 부분을 유심히

살펴보고, 머리를 들어 주위 건축물 주춧돌을 낱낱이 쳐다본다. 이윽고

"아! 아마 저기인 것 같아요. 왜요? 거기 가보실까요?"

성주의 검지가 가리키는 곳을 연화는 질주하다시피 다가간다. 연화의 눈빛은 바짝 긴장했다. 갑자기 무엇인가 홀린 눈동자다. 부지런한 발걸음으로 그곳에 다다랐다. 그러더니 그 주춧돌의 땅 밑을 손으로 정신없이 파낸다. 마치 미친 여자의 모습이다. 이에 놀란 성주는,

"연화 씨! 왜 이러세요. 네?"

어느덧 사위는 어둠이 살포시 내려앉았다. 주위의 풀벌레도 제 짝을 찾으려는 듯 소리를 우렁차게 내기 시작했다. 연화는 주춧돌 아래를 손으로 작은 포크레인처럼 파면서 이야기한다.

"보통 집 축조 시 전통적으로 우리는 가신을 모신다오. 집 안의 대들보에 사는 성주신, 정주간을 지키는 조왕신, 대문을 지키는 문신, 땅을 지키는 토주신, 아기를 돌보는 삼신, 복을 주는 업신, 뒷간을 지키는 측신, 장독을 지키는 천룡신, 우물을 지키는 용왕신들이 있소. 그중에서 행궁 같은 건물의 중심은 토주신이오. 토주신은 좌측 주초석 아래 있다고 하는데, 거기에 이 건축을 정리한 문구 몇 자를 음각해 놓소. 그 글자를 한번 보고 싶소."

성주는 갑작스러운 그녀의 행동에 어쩔 줄 모른다. 사실 문화재로 지정된 곳을 손괴나 파손하는 행위는 범법이다. 그러나 절박한 그녀에게 그 이야기를 해보았자 들은 리가 만무하다. 비를 흠뻑 맞은 것

처럼 땀이 흘러내렸다. 이마에서 비롯된 땀방울은 광대뼈와 귀밑 목을 흐르면서 점점 굵어졌다. 그 땀이 어깨 쇄골뼈로 비스듬히 내려 달리더니 겨드랑이에서 잠깐 숨을 돌리다가 갈비뼈가 늘어선 옆구리를 타고 느리적느리적 흘러내렸다. 이를 지켜보던 성주는 난감한 표정으로 가만히 그녀를 지켜볼 뿐이다. 그리고서는 '에잇! 모르겠다.' 하며 연화의 옆자리에 자리를 잡고 같은 동작을 한다.

거의 삼십 분이 지났을까? 주춧돌 맨 아래까지 파내자 그곳에 한자 몇 자가 연화의 말대로 음각되어 있다. 성주와 연화는 두 눈을 맞춘다. 노곤한 몸에 힘이 다시 붙는다. 마지막으로 힘을 냈다. 손가락 다섯 개가 모두 얼얼할 정도로 손끝이 아리고 뼈마디가 무겁다. 흙으로 범벅이 된 글자는 오랜 세월 속에서 선명하지 않고 흐릿하다. 성주는 오른손으로 글자가 조각된 부위를 탈탈 털고, 핸드폰의 손전등 기능을 활용해 비춰본다. 약 칠백 년 전의 흔적을 가만히 들여다본다. 흐릿하지만 글자가 한 자씩 드러났다.

以天地合一日 時空間合一也
이천지합일일 시공간합일야
하늘과 땅이 하나로 되는 날로써, 시·공간이 하나가 되리라

元至正七年 書雲觀 提點 白
원 지정 7년 서운관 제점 백
원 지정 7년(1347년) 서운관 총책 아룀

최성주는 문장 중에서 서운관이라는 세 글자에 주목한다. 고려 시대 천문을 담당하는 관청으로 서운관이 있었다. 이들은 하늘의 흐름을 수시로 파악하고 그에 따라 조정의 중요 행사를 진행하였는데,

만약 일식을 제때 예보하지 못하면 사형까지 갈 정도로 중차대한 책무감을 지니고 있었다. 서운관은 충선왕 때 부활이 되었는데, 충렬왕 34년(1308년)에 개칭된 관청이었다. 정삼품인 제점이 총책으로 있으면서 일식과 월식, 5행성의 운행, 혜성과 유성의 출현 등을 면밀히 관찰해 보고했다. 1347년에는 『서운관지書雲觀志』에 보기 드문 혜성이 출현하는데, 이 혜성이 갑작스레 나타나고, 이질적이며 수상한 특성 때문에 불길한 징조라는 기록이 있었다.

성주는 과학고 출신으로 1학년 때 교양으로 배웠던 지구과학 역사에 대한 지식을 바탕으로 아는 체를 한다.

"혜성은 주기적으로 75년을 주기로 우리나라에 나타났어요. 우리의 역사서 중 『고려사』나 『서운관지』에 1347년 혜성이 두 개 출현했다는 기록이 맞는다면 올해 2019년도에도 다시 나타날 때가 되었군요. 우리가 혜성을 관측하기 쉬운 건 태양에 접근하면서 꼬리를 길게 늘어뜨릴 때로, 태양과의 거리가 가까워지고 근일점이 될수록 꼬리가 점점 길어져요. 태양 돌입 각도가 낮고 웬만큼 큰 혜성들은 꼬리가 두 갈래로 갈라지는데, 1347년의 기록은 이 두 꼬리를 두 혜성으로 잘못 파악한 것이 아닌가 해요. 이 혜성을 요즘 사람들은 '핼리 혜성'이라고 부릅니다. 삼국 시대의 기록을 보면 왕이 죽거나 중요 사건이 일어날 때 혜성은 등장했으며, 해상왕 장보고 장군도 염장에게 암살당할 때 혜성이 나타났다는 기록이 있죠."

이어서 성주는 주춧돌 하단의 문구를 나름대로 해석한다.

"아마 1347년 혜성이 나왔다가 사라진 해에 이 행궁을 지은 것 같아요. 하늘과 땅이 하나가 된다는 것은 혜성이 떨어진 현상을 일컫는 것으로 보이고, 그때 시간과 공간을 초월하여 하나가 되기를 염원하는 마음으로 이런 문구를 쓰지 않았나 합니다. 어쩌면 이 행궁을 여건상 그해에 완공할 수밖에 없었는데, 액운을 몰아내고자 하는 마음도 있었을 것이고요."

연화는 성주의 말에 반 정도만 이해할 수 있었다. 그러나 대의는 대충 파악되었다. 고려 시대에서 자신은 어떤 원인인지는 모르나 시·공간을 뛰어넘어 2019년도에 당도했고, 자신이 봉착한 문제를 어쩌면 이 문구가 그 해답을 줄지도 모를 것이었다. 천지합일일인 혜성이 떨어지는 시점이 연화의 문제를 해결해 줄 수 있는 실마리가 되지 않을까? 2019년도에 마침 혜성이 나타나는 해라니 그때를 기다려 혜성이 지나가는 날, 원 시대로 복귀할 수 있는 것은 아닐까? 잠시 생각을 멈추고 숨을 한 번 고른다. 그리고 천천히 주춧돌 하단의 문구를 몇 번이고 되뇐다.

밤하늘엔 큰 사각형의 페가수스자리가 염소자리를 품에 안고 동녘에서 반짝였다. 별들은 어느새 두 사람 사이에 가까이 내려앉았다. 밤공기는 습기로 촉촉하고 을씨년스러웠다. 겨울도 이제 얼마 남지 않았구나 했다. 연화는 정신을 가다듬으면서 성주의 얼굴을 힐끗 본다. 여기저기 옷과 얼굴에 흙투성이다. 그의 어머니가 본다면 어디서 싸웠냐고 타박할 모양새다. 자신의 모습도 별반 차이 없다. 연화는 피식 선웃음을 친다. 성주도 연화의 모습을 보며 빙그레 눈꼬리가 들린다.

"연화 씨! 이제 가죠. 밤이 늦었어요. 땀을 흘려 목이 마른데, 어디 편의점이라도 가서 음료수나 한잔하고 들어갈까요?"

그러고 보니 목이 바짝 마른다. 무엇에 홀린 듯 땅을 파고 생각에 잠겼었다. 이제 좀 쉬려니 했더니, 빠져나간 수분 보충을 온몸이 반응한다. 연화는 미안한 감이 들면서,

"그리 해주면야 나는 좋소. 금일 너무 많은 누를 끼친 것 같아 몸 둘 바를 모르겠소. 정말 감사하오."

성주는 헤헤거리며 머쓱한 자세로 뒷머리를 긁적대며,

"뭘요. 저도 오늘 재미있었어요. 간만에 역사도 공부하고 지구과학도 되새겨 보았습니다. 가시죠? 저기 주차장 옆에 마침 편의점이 보이네요."

두 사람은 그곳을 향해 터벅터벅 발길을 옮긴다. 연화는 무엇인가 엉켜있던 실타래가 그래도 조금은 풀리는 듯한 기분이다. 인연이라는 것이 참 우습다. 불교에서는 옷깃만 스쳐도 오백 겁이라고 했는데. 일 겁의 시간이 물방울이 떨어져 집 한 채만한 바위를 없애는 데걸리는 시간이라 했으니, 정말로 엄청난 인연이기는 했다. 어느 날갑자기 뚝딱 대전 유성에 떨어져 스쳐 지나가는 인연이었는데, 이토록 자신에게 살갑게 대해주고 친절한 성주에게 오백 겁의 인연은 어쩌면 맞을지 모르겠다. 연화는 참 재미있는 인연임을 새삼 가져본다. 편의점에 도달한 두 사람 중 성주가 먼저 편의점에 들어가 연화가 먹을 만한 과일 주스 하나를 가져다주고, 성주는 스포츠음료를 하나 들었다. 그리고 성주부터 허겁지겁 음료를 들이켠다. 연화도 그를 따라 들이킨다. 성주는 서너 모금을 먹고 나서 좀 갈증이 해소된 듯,

"아! 좋다. 사람 몸의 70%가 물이라는데, 그중에서 단 몇 퍼센트만

빠져도 갈증이 나고 사람이 미치겠다는 말이에요. 인체라는 게 참 신비해요."

연화는 퍼센트라는 말을 이해 못 했지만, 대략 짐작하고,

"그런가 보오. 미량만 부족해도 힘든 것이 세상 이치인 거 같소. 사람 사는 데 가장 중요한 것이 할 일, 벗, 연인이라지 않소. 이 셋이 없는 경우를 생각해 보면 할 일이 없거나 있더라도 만족하지 못하고, 벗도 없고 연인도 없는 사람이 있다면 그에게 인생이란 상처 받지 않기 위해 자신을 보호해야 하고 위험 요소를 잘 피해야 하는 전장터일 게오. 그야말로 방어하기 위해 사는 피곤한 인생. 내가 바로 지금 그런 사람이오. 그런데 이런 나를 구해준 사람이 바로 성주 씨구려. 무엇으로 보답해야 할지 그 은혜가 하해 같소. 너무 감사하고 고맙소."

성주는 자기보다 어린 나이임에도 불구하고 저렇게 인생사를 보는 깊이가 있는 연화를 보면서 정말 연구 대상이고 좀 색다른 매력을 다시 한번 느낀다.

"연화 씨는 나이에 걸맞지 않게 참 생각이 깊어요. 꼭 저의 어머니나 선생님 같아요. 흐흣. 저는 연화 씨 같은 분과 벗이 되었으면 좋겠어요. 벗이 오래되면 왜 그렇지 않을까요? 그 앞에서는 바보가 되어도 좋기 때문이죠."

연화는 성주가 참 순진하고 맑은 사람임을 또 한 번 느낀다. 나이는 자기보다 서너 살 위로 보이는데 정말 하는 짓이나 말이 밑동생과 엇비슷하다.

## 2.

'훠어이, 훠어이'

아호비령산맥 끝자락인 경기 북부의 천마산 계곡. 큰 나무에 빛을 가려 앙상하게 줄깃대를 세우고 나지막하게 땅을 벗으로 삼아 망초를 비롯한 잡풀들은 허리를 낮추었고, 수목이 자지러지게 우거진 솔숲은 위엄 있는 풍채가 넘칠 정도로 당당하다. 그 속에 칙칙하고 어슴푸레한 습지에서 휘황찬란한 자태를 뽐내며 팔색조 한 마리가 목을 돋우고 있다. 주위는 괴괴한데, 그 소리가 천둥소리처럼 크다. 연거푸 세 번을 울던 팔색조가 힘에 겨운지 이번엔 두 번만 울고 만다. 깜깜한 바위 계곡 틈에 나뭇가지와 이끼를 주워 모아 얼키설키 만든 둥지에 낳은 네 알의 알 더미를 보름 만에 부화하고 지렁이와 곤충을 물어다 주러 나온 사냥길이다. 머리보다 어지간히 큰 새대가리와 짤따란 꼬리가 청록색 깃털 빛에 가려 오망한 것이 자발 없다. 자기 깃털을 올올히 가다듬고 터를 잡은 품이 거만한 봉황 못지않다. 청록 깃은 나뭇잎 사이로 흘러들어 온 빗살 덕분인지 황홀한 비취색을 발산하고 그 빛에 솔잎도 푸르름이 한결 생생하다. 지나가는 실바람도 여인네의 옷을 들춰낼 듯이 솔가지의 잎들을 요란스럽게 흔든다. 공기는 습기를 한껏 머금어 축축하고 을씨년스럽다.

천마산을 안은 줄기는 칠백여 미터 되는 수룡산과 제석산을 포근히 감쌌고, 이를 중심으로 야트막한 구릉이 서남쪽으로 널따랗게 뻗어있다. 그 중심에 송악이 터를 진중하게 잡았고, 개성부를 중심으로 개풍군과 장단군이 철원으로 이어져 있다. 북동으로부터 도도히 흐르는 임진강과 서녘 들판을 달콤하게 적시는 예성강이 남쪽으로 한강을 향해 양팔을 벌리며 뻗어있다. 이에 질세라 남서쪽으로는 중간 정도의 화장산과 그보다 한참 낮은 대덕산이 줄을 지어 경계를 이룬다. 임진강과 한강은 몇 마장을 거쳐 조그마한 사천강과 월암천을 샛강으로 맞이한 뒤 홍개벌과 조두평벌을 만들어 오곡이 풍성한 옥토를 만들었고, 충적된 토양은 온갖 만물을 성대하게 안고 있다. 고즈넉한 들녘이 넉넉하고 여유로운 것이 푼푼한 기운을 내뿜는다. 약 오백 년 전 태조 왕건이 수도로 개성에 도읍을 정하고 남녘에 화강암의 석박 작용으로 조성된 개성 분지를 눈앞에 둔 개성의 위엄은 도읍지로서는 그만이었다. 개성의 뒷배는 천마산이 턱 하니 자리를 잡아 북풍을 단단하게 잡아두고 있었다.

매의 눈으로 축축한 계곡의 적갈빛 산림토를 보던 팔색조는 제 몸 크기의 지렁이가 흐물대는 것을 이내 놓치지 않고 푸드덕 솔가지를 날아올라 쏜살같이 내리꽂는다.

"엄마야!"

이에 놀란 연화는 너럭바위에 숨을 고르고 있다가 그 소리에 흠칫 귀를 세우고 놀라 움찔한다. 서른 보폭의 외성과 스무 보폭의 내성을 둘러싼 성곽을 중심으로 둘레에 황성이 에둘러져 있는 개경성은 야무지고 속이 꽉 찬 개풍의 화강암을 조목조목 쌓아 튼튼하기가 이를 데 없다. 잠시 천마산 기슭에 자리 잡은 관음사로 심부름 차성을 빠져나와 가는 길목에 숨을 놀리던 연화는 박연폭포 소리를 등에 지고 쉬던 참이었다. 오늘도 유월의 날씨치고는 쾌청하지 못하고 음산하다. 현 임금이 재위한 지 오 년(1356년). 여성이 남성에 못지않게 대등한 지위를 가지고 사는 현실에 남녀 간 불평등에 대한 불만은 전혀 없었다. 여성도 당당하게 호적에 올랐고, 호주가 될 수도 있었으며 사위가 처가에 장가드는 일도 많을 뿐만 아니라 부모의 재산 상속도 균등했다. 궁궐의 나인 중에는 여성 못지않은 수의 남성들도 궁궐 안팎 허드렛일을 도맡아 자웅 합심의 풍광을 자아내고 있었다.

그러나 과거엔 신분에 대한 차별이 엄격하여 무신 집권기가 길어질수록 그들의 신분 차별은 도를 넘어섰다. 이에 따라 농민과 천민들이 봉기를 시작했고 반 천 년간 이어온 신분제는 서서히 동요가 일어났다.

명종 임금 시절, 양광도 공주 명학소에서 천민 출신인 망이와 망소이가 신분제 타파를 주장하며 공주를 함락했다가 유월 이맘때쯤 항복해 삼 년간 끌어온 난은 끝났고, 이어서 전라도 관노였던 전주 관노들의 난, 경상도 운문의 김사미, 초전의 효심 등이 같은 해 난을 일으켰다. 심지어는 나라의 중앙인 개경 한복판에서도 만적이 난을 일으키면서 온 나라가 혼란스럽고 사회 구조의 틀이 크게 요동쳤다. 그간 무신 정변 이후 하층민에서 권력층이 된 사람들이 한둘 나오기는 했으나, 무신들은 날이 갈수록 불법으로 농민의 토지를 빼앗고 노비의 수를 늘렸다. 그것이 쌓여 곪아 터진 가운데 당대 최고의 권력자인 최충헌의 사노비였던 만적이 난을 일으켰다.

'왕후장상의 씨가 따로 있으랴.'

소금 장수인 아버지와 사찰 여종이었던 어머니 사이에서 태어난 이의민 같은 미천한 신분들도 무신난 이후 득세함에 자극받아 때가 되면 누구든지 상전을 할 수 있는 것이 아니냐는 주장으로 노예 해방을 부르짖었다. 이 난리는 한때 공·사노비 대다수의 갈채와 격려 속에서 세상을 뒤흔들어 이목을 집중시켰을 뿐만 아니라, 사람들의 의식도 일깨워주었다.

이렇게 당대 사회가 어수선한 분위기에서 연화가 침방이나 수방에서 허드렛일을 보는 도청나인으로 들어온 지 벌써 구 년이 지났다. 처음에 들어와 '방각시'를 시작으로 성밖에 편지나 전갈을 전하는 빗장나인 역할 삼 년을 보내다가, 임금과 왕비를 모시는 지밀나인인 스승항아님의 눈에 들어, 도청나인으로 승직하면서 직을 옮겼다. 그를 궁궐 안에서는 정식 품계를 받기 전까지는 나이가 아직 어려 '항아'라 불렀고, 성을 붙여 '유항아님'이라 일컬어졌다.

연화의 나이 열한 살 때, 그녀에게 입궐할 기회가 생겼다. 천운이랄까? 아랫마을 방아실에 임금의 잠자리를 돌보는 규합지신<sup>閨閤之臣</sup> 나리가 자기 마을을 들러 입궐하는 중에 길가에서 본 연화의 모습이 너무 옹골차게 생겨 꿰차고 들어갔다. 당시 아버지는 개성 땅에 유명한 삼을 캐러 다니기 시작했고, 삼을 캐기에 경험이 많고 능숙한 어이마니를 따라 산삼과 관련된 막 일을 배우는 천동마니였다. 사람들은 그들을 심마니로 통칭했으나 심마니도 그 나이와 능력에 따라 부르는 이름이 천차만별이었다. 연화의 아버지처럼 막 삼을 캐는 것을 배우는 이를 '천동마니'나 '선천마니'라 했고, 초년생 심마니는 '초마니', 삼을 아주 잘 캐는 사람은 '선채마니', 젊지만, 경험이 없으면 '소장마니', 노련한 심마니를 '노마니', 삼을 캐는 경험이 적고 어린 사람을 '염적이마니'라 했으며, 그래도 가장 최고는 삼 캐기에 능숙한 '어이마니'였다. 규합지신 나리가 집 안으로 들어와 연화를 궁에 데려가고 싶다고 했을 때, 아내와 함께 "무슨 소리냐?"라고 역정을 냈었다. 그러나 이렇게 어려운 환경에서 입에 풀칠은커녕 아이의 꼴이 배배 꼬이게 생겼는데도 무슨 자식 사랑이 대수냐며 언성을 높인 게 오히려 규합지신 나리였다. 입 하나 덜면 가세가 더 나아질 뿐만 아니라 아이가 입궐 후 호의호식은 물론 나중에 궁궐 대신이나 임금의 눈에 띄어 대성할 수 있음을 두드러지게 힘주어 말하니, 그들 부부의 역성도 서서히 풀이 죽었다. 게다가 연화 자신이 어린 마음이었지만 그토록 가고 싶다고 떼를 쓰니, 부부의 생각을 고쳐먹을 수밖에 없었다.

연화가 입궐하기 위해 규합지신 나리의 손을 잡고 사립문을 나설 때는 마냥 신바람이 났고 만면에 웃음을 가득 채웠다. 그렇게 해서 들어간 지 벌써 구 년이 지났으니, 이제는 스무 살의 과년한 처녀가 되었다. 여염집에서 낭랑 십팔 세면 모두 혼기를 놓치지 않게 결혼했고, 몽골족의 침입 이후로는 더더욱 여자들의 결혼 정년기가 낮아졌다.

연화는 지금 팔색조의 빛깔에 취해 잠시 결혼하는 자신의 모습을 상상해 본다. 궁궐에 들어온 이상, 불가능한 일임을 알지만, 여염집의 보통 아낙으로 살며 평범한 농군과 아들, 딸 낳아 어울렁더울렁 사는 모습이 부러워진다. 그렇다고 지금 나인으로 사는 자신이 불쌍커나 처량까지 하지는 않는다. 자신이 선택한 길이었고, 만약 그러한 결정을 구 년 전에 하지 못했더라면 문자도 모르는 까막눈에 다 떨어진 삼베옷 두어 벌로 일 년을 지냈을 것이고, 끼니때마다 위아래 형제들과 밥, 반찬 쟁탈을 펼쳤을 것을 상상하니 머리가 절레절레 흔들어진다.

일 년에 한 번 삼 일간의 귀가 일이 있다. 궁궐에서는 이를 '가귓날'이라 하는데, 그때 궁궐에서 받은 방문용 선물 꾸러미와 가족에게 줄 요량으로 틈틈이 모아놓은 요긴한 잡동사니를 모두 지니고 귀가한다. 그리고 푼푼이 모아놓은 해동통보 엽전 꾸러미도 부모님 손아귀에 넣어준다. 부모님은 미안한 낯빛으로 웃고 울며 연화를 맞이하였다. 어디서 구했는지, 씨암탉 두 마리를 잡아 무쇠솥에 삼을 비롯해 각종 야생 버섯과 뿌리를 모아 푹 삶아냈다. 백숙을 먹는 게 아니라, 보약 한 첩을 먹는 양 씁쓸하고 달큼했다.

"양친은 안수가 끊어지지 않습니다요. 이제 이를 거두시고, 입배하신 갱반을 자시는 것이 어떠하실는지요?"

연화의 부모는 매번 연화를 맞이할 때마다 드는 생각인데, 궁중어에 입이 닳은 연화가 궁중어를 민가인 집에 와서도 쓰는 품이 영 이해하기 어렵기는 하였지만, 내심 궁중인임이 자랑스러운 면도 있었다. 지금 연화의 말은 아버님과 어머님은 눈물을 거두고 차려놓은 밥과 국을 먹자는 소리다. 한편 연화는 '아이쿠야!' 했다. 오늘도 영락없이 그냥 궁중어를 부모님 앞에서 무의식중에 써버린 것이다. 오랜 기간 입에 찰싹 붙어 의도적으로 노력하지 않으면 궁중어가 입에 늘 달려있었다.

유연화의 아비, 유달수는 "그러자." 하며 수저를 든다. 우선 김이 모락모락 피어오르는 닭백숙의 다릿살을 오른손으로 힘껏 뜯어 연화에게 내어준다.

"자! 고생이 많지? 이거 별건 아니지만 부모의 마음이다. 어서 들거라."

연화는 감동한 모습으로 부모의 눈과 마주치고, 오빠와 남동생의 눈빛도 잠시 엿본다. 두 형제는 오늘만은 그래도 양보하겠다는 표정으로 얼굴에 여유가 있다.

"네. 그럼 제가 먼저 맛볼게요."

연화를 제외한 가족 모두는 연화의 표정에 주목한다. 연화는 맛을 본 후 아주 흡족한 낯빛이다.

"역시 씨암탉이라 그런지 맛이 아주 특별하답니다. 알 주머니도 주렁주렁 매달렸고. 여염집 음식이 궁 안에서 먹는 소주방 음식에 비견할 정도입니다. 깍두기도 아주 맛납니다. 모친의 음식 솜씨가 날로 발전을 거듭하옵니다."

이에 어머님은 안도의 숨을 쉬면서, 맞대응한다.

"그래. 너의 구중(口中)에 맞다니, 흡족하다. 혹 수통하지 않을까 해서 저어했었다."

어머니도 매년 오면서 연화가 쓰던 궁중어 몇 마디를 배워, 보기 좋게 써본다. 좀 멋쩍지만 떨어져 사는 아이에 대한 배려요, 넉넉한 우스갯소리로 내뱉었다. 네 입에 맞아 다행이며 혹 싫을까 봐 걱정했었다는 표현이다. 연화는 어머니의 궁중어 사용에 자못 놀라며 방그레 웃는다. 그러면서 자신도 모르게 가족들에게 궁중어를 쓰고 있던 자신의 언행을 반성한다.

"어머님, 궁중어 사용이 보통을 넘습니다. 지금 바로 입궁하셔도 소통에 별문제가 없어 보입니다. 호호."

어머니는 부끄러운 눈빛을 방 아래로 향하며 머뭇거림도 없이

"왜 그러느냐? 그냥 나도 너처럼 궁인이 된 것처럼 흉내 한번 내본 거란다. 난 네가 정말 자랑스럽다. 그 조그만 몸으로 임금님 내외와 조정 대신들을 모시고 있다는 것 자체가 너무도 뿌듯하고."

연화는 어머니의 속정에 눈시울이 촉촉해진다.

"아닙니다. 두 분이 소녀를 낳아주시고 이렇게 살 수 있도록 해주셔서 감사할 뿐입니다."

떨어져 살면서 그동안 가족들을 얼마나 그리워했던가? 그 생각이 언뜻 스쳐 가며, 다시 마음을 다잡고 이야기를 한다.

"비록 형편상 떨어져 있사오나, 늘 가족들 생각을 잊은 적이 없습니다. 집안 형편도 많이 나아지고, 오빠와 동생 철호도 이제 제법 남정네 내음이 납니다. 잘 키워주셔서 재삼 고맙습니다."

아버지 유달수도 마음이 울적해진다. 연화를 궁궐로 딸려 보낼 때, 집안 형편은 말이 아니었다. 자식은 셋인데, 먹는 양은 하루가 달랐다. 특히 두 사내놈의 밥양은 자신의 밥양 못지않았다. 하기야 돌아서면 배고픈 나이였고, 뒤돌아서면 바람 빠지는 허풍선 배였다. 그들은 늘 헉헉대거나 징징거렸고, 나가서 놀더라도 뛰어놀지 말고 가만히 놀라고 말을 해놓았으나 어디 사내놈들이 들을 냥이나 하겠는가? 심마니들 말에 그런 말이 있었다. "소쟁이(아이들) 밥 동냥에 임금님도 손든다."라고.

이런 가세를 얼른 펴야 한다는 일념으로 노마니(노련한 심마니)나 윗만(심마니 어른)들을 줄기차게 따라다니며 삼을 익혔다. 처음에는 2년생 산삼인 '내피'만 열흘에 한두 번꼴로 캘 수 있을 뿐이었다. 품값도 안 나오고 빈손으로 귀가하기 일쑤였다. 그러나 한 달 두 달 이력이 붙고 경험이 쌓이면서 오구(5년생 삼)도 제법 취했고, 줄기 하나에 여섯 가지가 뻗은 '눅지배기'도 하나 캤다. 서너 달 후에는 심마니들이 그렇게나 갈구하는 왕초(큰 산삼)도 캔 적이 있었다. 이게 바로 연화를 궁에 보내고 넉 달 뒤의 일이었다. 서서히 삼을 보는 안목이 생기고, 그 자리를 알게 되면서 심밭(산삼이 무더기로 있는 곳)도 찾았고, 한 곳에 무더기로 자라나는 '무둑시리'로 알게 되었다. 산에 오를 때는 펌(떡)이나 소모래기(조밥)를 주먹밥으로 싸서 감사(고추장) 하나만 발라 맛나게 먹었다. 연화가 궁에 들어간 지 일 년이 넘자 집안 형편이 서서히 나아졌다. 이제는 심마니 비슷한 행동거지에 거래처도 권문세족 한두 집이 연결되어, 열심히 찾아 좋은 산삼만 몇 뿌리 캐면 식솔들 밥걱정은 없게 되었다. 마누라도 침선이 고와 동네에서 바느질감을 얻어 푼푼이 삯품으로 가계를 도왔다.

그때서야 안정된 형편에 궁에 들어간 연화를 되찾으려 했으나 소 잃고 외양간 고친 격이었다. 궁궐의 법도가 그곳의 귀신이 되지 않고서는 나올 수 없다는 이유로. 어미 품속에서 놀 어린 나이에 잘 적응하고 사는지 늘 궁금해 냉가슴을 앓았다. 간혹 궁에서 나오는 나인을 통해 안부를 물으면 '아주 생활 잘한다.'라고만 했지, 아픈 곳은 없는지, 밥은 잘 먹는지 통 자세한 내막을 알 수 없었다.

침방의 도청나인이었으나 맡은 일의 중요성 때문인지 스승항아님은 연화를 불러 조용히 빗장나인의 역할을 부탁해 오늘 관음사 방장에게 궁중의 서찰을 전하는 중이었다. 중서문하성의 전갈로 보였다. 서찰은 오색 비단에 고이 접혀 앞뒤 풀질을 단단히 하고 금빛 명주실을 두른 후 중요 서찰에만 찍는 중서문하성의 낭사 나리 인장이 박혀있었다. 아마 국정에 중요한 밀찰이리라. 허나 그 내용을 가늠하기는 어려웠다.

지금의 임금은 큰형인 충혜왕이 즉위하자 원 간섭기에 원나라에서 열두 살의 나이로 십 년간의 '뚤루게(볼모)' 생활을 원 황태자의 수발을 들면서 치렀다. 그때의 몽골식 이름이 '왕비욘테무르'. 원나라 수도 대도에 머물면서 정치 자문과 그들의 풍습을 익혔다. 그러나 그는 늘 고국산천을 향해 언덕에 올라 그리움을 달랬고, 허송으로 보내는 자신의 처지가 안쓰럽고 처연했다. 그러던 중 원나라가 점점 쇠퇴하고 있음을 눈치챘다. 지금의 자신의 처지를 만들고 짓밟힌 조국의 모습을 되새기면 원나라의 쇠락은 그에게 일말의 희망이었다. 그래도 아무리 힘없는 호랑이도 호랑이인 건 사실이었다.

그는 그곳에서 외로움에 큰 위안이 되는 언덕을 만나는데, 바로 계연공주였다. 그녀는 원나라 순종의 손자인 위왕 메오르테무르의 딸로, 고려식 이름은 왕가진(王佳珍). 현 임금인 왕비욘테무르의 든든한 후원자요, 동반자로, 의견을 전적으로 따르고 격려했다. 풍토병에 걸려 사나흘을 고열로 고생할 때, 현 임금의 침상 옆에서 모든 수발을 들며 극진히 보살폈고, 승마하다가 부러진 다리에 부목을 대고 탕약으로 열과 성을 다해 보필한 사람도 그녀였다. 현 임금의 고민과 갈등을 늘 들어주고 바람직한 해결책을 귀띔해 준 것도 그녀였다. 괄괄한 아버지를 닮기보다 자상한 어머니의 성품을 그대로 물려받아 매사에 너그럽고 차분했다. 현 임금은 애초 정략결혼이라는 피할 수 없는 사랑이었지만, 만남이 잦을수록 그녀의 진정함과 정성은 그의 가슴에 조금씩 자리를 잡아갔고, 사랑의 씨앗은 물을 만나면서 틔워졌다. 그녀는 원의 왕족이었으나 원보다는 고려의 국모로서 역할을 다했다. 그리고 반원 정책의 선봉자요, 조언자로서 현 임금을 적극적으로 도왔다. 그로 인해 기존 권문세족들의 눈엣가시가 되었지만, 워낙 강대한 원의 황족이기에 감히 어찌할 수 없었다.

드디어 고려 30대 왕으로, 큰형의 아들이며 왕비욘테무르의 조카였던 충정왕이 원나라의 손에 의해 강제로 폐위되자, 그토록 그리워하던 조국 고려에 계연공주와 귀국해 왕비욘테무르는 왕위에 올랐다. 왕위에 올랐으나 선왕인 충정왕이 국제 정세를 적절히 대처하지 못해 온갖 악소문이 온 조정에 파다했고, 조정은 권문세족의 손아귀에 놀아났었다. 또한 왜구는 서쪽과 남쪽에서 하루에도 몇 번씩 노략질을 감행하고 백성들을 약탈했다. 이에 강릉대군으로 있다가 두 번의 기회를 놓친 끝에 재위에 오른 현 임금의 왕좌는 늘 좌불안석이고 그의 육신은 날이 갈수록 정국 안정을 위해 고민이 지속하면서 수척해졌다. 마침내 원과 결탁해 즉위 2년(1353년), 눈물을 흘리며 조카였던 충정왕을 독살하도록 명을 내릴 수밖에 없었고, 급박하게 돌아가는 정가는 백성들의 마음을 불안하게 할 뿐이었다. 그리고 재위 5년(1356년) 반원 정책의 신호탄으로 함경도와 강원도 일대를 직접 통치했던 원나라의 쌍성통관부를 폐지하여 옛 고려의 땅 일부분을 되찾는다. 이를 위해 자신이 직접 그곳에 나가 결판을 냈다. 이어서 그 기세로 압록강을 넘어 요동 지역도 상당한 영역을 쟁취해, 과거 고구려의 영토까지 확장하였다.

그러나 현 임금의 참된 고민은 다른 곳에 있었다. 바로 권문세족들과 부원배 일당의 반발을 일소하는 것. 원나라와 명나라의 교체기에 휩싸인 중국의 정세는 그에게 개혁의 기회가 되어 자국갱생의 틀을 마련할 수 있었다. 그러나 이를 싫어하는 기득권 세력인 권문세족, 원나라 기황후의 오빠인 기국과 결탁하여 딸들을 원나라 고관대작에게 바치고 권세를 부리는 부원배 일당. 이들이 모두 나라를 재건하려는 현 임금의 개혁에 걸림돌이 되어 발목을 잡았다. 특히 두 차례 홍건적의 침입으로 안동까지 피신했다가 온 재위 12년(1363년), 잠시 흥왕사를 임시 궁으로 삼고 머물 때 부원배들과 결탁한 김용이 반원 개혁정책을 시도했던 임금을 살해하기 위해 오십여 명을 이끌어 왔을 때도 주위 호위 군사마저 다 도망한 상황이지만, 당당하게 계연공주가 그 앞을 가로막아 현 임금의 목숨을 구해낸 일화는 많은 사람의 인구에 회자하였다. 이를 빌미로 기국 일당을 중심으로 형성된 부원배 세력도 쌍성총관부를 폐지하고 고려 땅을 회복한 그해 5월에 용단을 내려 숙청을 감행했다. 명분은 '원 세조 쿠빌라이가 고려를 부마국으로 삼아 직접 통치하지 않고 독자적 내정을 할 수 있다.'라는 점을 근거로 삼아, 원 황제의 이름으로 척결했다. 또한 원의 연호와 관제 사용을 원의 혼란기를 틈타 과감히 없애고, 원의 풍속인 변발과 호복 사용도 전면 금지했다. 모든 일은 일사불란하게 진행되었다. 그리고 그 일의 뒷배는 든든한 계연공주가 항상 받쳐주었다.

숙청의 회오리바람이 불던 궁내도 혼란스럽기는 매한가지였으나 대외적으로는 왜구까지 고려의 남해안을 들락날락하며 백성을 괴롭히고 노략질했다. 날씨마저 도와주지 않아 대규모 기근까지 겹쳤으니, 민심은 일촉즉발 직전이었다. 아마 오늘 이 밀찰의 내용도 관음사에서 나라가 주관하는 기근 해갈의 대풍제를 거국적으로 올려달라는 내용이거나 국태민안과 평화를 갈구하는 기도제가 아닐까 추측만 하였다.

연화가 이런저런 잡념으로 잠시 한눈파는 사이에 팔색조가 세 번을 연거푸 울었다. 정신을 가다듬고 주위를 살폈다. 마치 그 울음소리가 '너, 예서 뭐하는고? 속히 일어나 소임을 다하라.'라는 꾸지람을 하듯,

"훠훠리, 훠훠리, 훠~ 훠훠리."

하며 다급하게 운다. 아마 근처에 큰 들짐승이 나타났거나 반려자의 귀환을 환영하는 외침처럼 들렸다.

"그래, 알았다, 알았어. 일어나마. 크응"

앉아있었던 너럭바위에서 엉덩이를 들어 올리나 묵직한 것이 내키지 않은 둔중한 작태다. '쉬는 게 이렇게 좋으니, 너도 참 게을러 빠졌구나.'라고 되새기며 몸을 곧추세운다. 계곡 속으로 뻗은 몇 줄기 햇살은 살뜰히도 그녀의 어깨에 앉았다가 바로 사라진다. 유월의 숲 빛은 진록의 향연이다. 소나무와 참나무가 어우러진 숲은 오월까지만 해도 신록의 연둣빛이 물오르는 나뭇잎에 내려앉았었는데, 이제는 진록으로 아주 무거운 푸르름을 자아내고 있다. 이런 곳에 오두막이나 하나 짓고 나물 캐고 버섯 따 먹으며 휘파람 부는 인생을 살아보면 원이 없겠다는 상상을 했다가 이내 접는다. 혼자 사는 것이 싫었다. 주위에 늘 북적이는 모습이 사람 사는 참세상이라 생각했다. '역시 난 사람 북적이는 곳에서 살아야 해. 그게 내 운명인걸.' 하며 재차 속 다짐을 해본다.

관음사로 향하는 오솔길은 청초하고 푸르렀다. 거인 같은 해솔들이 비 온 뒤 고사리처럼 쭉쭉 뻗어 올라 일차로 큰 외벽을 치고, 그 속에서 근근이 사는 한두 참나무가 넙데데한 나뭇잎을 뻗으며 햇빛의 그늘막을 만들어냈다. 그보다 밑에는 진달래며 남천이 옹기종기 모여서 군락을 이루고 두툼한 퇴비를 안은 토지 위에는 각종 들풀과 야생 꽃들이 앉은뱅이를 이루고 있다. 관음사로 오르는 길은 그다지 가파르지 않지만 '그래도 나도 산이네.' 하면서 낮은 경사도를 보여주고 있다. 산길은 오 리가 백 리라고, 한 마장이면 갈 길이 녹록하지는 않았다. 차츰 가빠오는 숨을 헐떡이며 관음사 일주문이 계곡 끝에서 처마를 보인다. '이젠 다 왔구나!' 안도의 숨을 내뱉는다.

관음사의 일주문을 지나 둥그런 아치를 그리며 세워진 다리를 건너 계곡을 벗어난다. 곧이어 나오는 천왕문. 험상궂은 네 명의 장수가 좌우로 두 명씩 웅장하게 버티고 있다. 절을 들를 때마다 왜 이토록 무서운 장군상을 입구에 세웠는지 통 모르겠다. 이따 방장께 밀찰을 전하고 혹 여유가 있으면 여쭤보리라. 천왕문을 지나니, 넓은 광장이다. 중앙에 화강암으로 만든 오층석탑이 갈회색을 띠며 웅장하게 위치했다. 그 뒤로 단청이 어찌나 고운지 칠한 지 얼마 안 된 대웅전이 사람 크기의 세 배나 되는 큰 부처님을 품고 처마를 양팔 삼아 자리 잡았다. 가끔 지나가는 솔바람에 풍경이 '때앵~ 때앵' 고요한 적막을 조심스레 뒤흔든다. 오층석탑 뒤에는 엄청난 구리와 쇠를 녹여 만들었다는 범종이 묵직하게 덜렁대고 있다. 그리고 대웅전과 범종 사이에서 멀찍하게 떨어져 승려들의 숙소인 '요사채'가 대웅전에 기댄 둥지처럼 깜찍하게 자리 잡았다. 그 뒤에는 명부전도 이름과는 걸맞지 않게 앙증맞은 틀을 갖추고 있다.

마당에서 비질하는 동자승에게 물어 방장 스님이 계신 내전으로 안내를 받았다. 요사채를 사이로 돌아 족히 삼사백 년은 된 느티나무 그늘을 지나니, 방장 스님이 묵는 별채가 깔끔하고 정갈하게 자리를 잡았다. 동자승이 작은 목소리로 궁궐에서 나인 한 분이 나오셨다고 문살 앞에 아뢰니, 헛기침을 두어 번 하시고 바로 문을 열어 반갑게 맞이한다. 흰머리가 수염처럼 짧게 깎여 살포시 가라앉았고, 큼직한 코 밑으로 여덟 팔자 주름이 골을 이루며 입가에 닿았다. 귓불은 손가락 두 마디 정도로 쳐지면서 기다란 타원형을 이루고 있으며, 두꺼비처럼 생긴 넓적한 입은 미소를 머금고 있었다.

"개성궁 도청나인으로 있는 '유연화'라고 합니다. 스승항아님의 명을 받아 중서문하성 낭사 나리의 서찰을 전하러 왔습니다."

방장 스님은 여유롭게 눈웃음을 지으며,

"네. 그러시군요. 오시는 길이 힘드셨을 텐데, 수고 많았소. 숨도 돌리실 겸 다과 좀 내오겠습니다."

문밖에 대기하며 서있는 동자승을 향해,

"가서 다과 좀 내오시게."

동자승은 고개를 천천히 예의를 갖춰 수그리며,

"네. 방장 스님."

종종걸음으로 동자승은 자리를 뜨고, 일각이 채 지나지 않은 시간이 지나자, 조용히 문을 열고 작은 개다리소반 위에 다과가 놓인 채 들였다. 방장 스님은 조그만 다과상 쟁반을 받아 자리에 놓으며,

"감잎차와 약과입니다. 한 번 드셔보시오?"

감잎차도 감잎차이지만, 송홧가루도 만든 약과가 탐스럽고 곱게 생겼다. 약과 하나를 들어 한 입 베어 문다. 놀랄 만한 맛이다. 궁궐에서도 퇴선<sup>退 膳</sup>이라 하여 수라상에서 물려 낸 음식에 있는 약과를 먹어본 경험이 있는데, 그에 못지않은 담백함과 깔끔함이 입속에 감긴다. 그러면서 편안하고 느린 눈으로 방장 스님의 별채를 살핀다. 티끌 하나 없이 말쑥하다. 세간으로 옷 거는 것과 반합 하나가 한쪽 구석에 놓여있을 뿐 단출하기만 하다. 잠시 정적이 흐른다. 문뜩 천왕문에 관한 질문이 떠올라 겸연쩍게 머리를 긁적이며 연화는 여쭌다.

"송구스럽지만 우문 하나를 드리겠나이다. 사찰 입구에 무서운 네 분이 천왕문에 안치되어 있는데, 특별한 연유가?"

방장 스님은 옅은 웃음을 띠며 말했다.

"나인님께서 그게 많이 궁금하셨나 봅니다. 흔히 일반 중생들이 그런 질문을 많이 합니다. 본래 사천왕은 불교의 발상지인 인도의 힌두교신에서 유래했습니다. 네 분을 사천왕이라 하는데, 자세히 보시면 모두 악귀를 밟고 계십니다. 불교를 지키는 수호신들입니다. 흐훗."

연화는 짧은 웃음으로 대답을 대신하며 고개를 끄덕인다. 어느덧 한 식경이 흘렀다. 이제는 궁으로 돌아가야 할 시간. 남아있는 송화 약과를 얼른 집어 먹고 옷맵시를 가다듬으며 자리를 일어섰다. 사찰 마당까지 배웅을 나온 방장 스님께 합장하며 인사를 마쳤다. 그리고 바로 계단을 따라 발걸음을 재게 놀려 관음사 계곡을 내려왔다. 궁궐로 돌아오는 길에 어스름한 황혼 녘이 대지를 누렇게 비추고 있었다.

연화는 도청나인에서도 수방(繡房)에서 근무하는 나인이었다. 궁중에서 쓰는 흉배(胸褙), 치마 등의 옷이나 베갯모 등의 장식물에 수놓는 일을 했다. 피는 못 속인다고 어머니의 고운 침선을 그대로 이어받았다고나 할까? 스물 앳된 나이에 살결이 희고 부드러우며 초승달처럼 눈썹은 동그랗고, 엽전 크기의 마늘 반쪽이 한가운데 위치하며 우뚝 솟아 있다. 광대뼈는 좁디좁으며 턱선이 날렵하게 흘렀다. 눈은 콧등 위에 작은 호수를 이루며 타원형으로 깊이 파여 맑게 잠겼고, 눈초리는 살짝 내려앉으며 끝을 맺는다. 입술은 적당한 크기로 오종종하니 선홍빛을 감싸 안고, 치아는 고르게 진줏빛을 띠며 일렬로 서있다. 키 또한 오륙 척 정도로 크지 않으며 가슴은 작은 바가지 두 개를 엎어 놓은 듯 알맞은 크기로 곱살하게 봉긋 솟았다. 허리는 넓지도 않고 좁지도 않게 잘록 했으며, 엉덩이는 펑퍼짐한 것이 두 다리를 든든하게 받쳐주어 뒤태가 산뜻했다.

여러 궁인이 많았으나 단연 연화의 자태는 소담스러운 백합처럼 맑고 깨끗하며 빛이 났다. 그러한 연화를 보면서 궁궐 안 남정네들은 연화가 지날 때마다 눈길 한 번 주지 않은 사람이 없었고, 물 흐르듯 걷는 품도 고상하고 아리땁다. 그녀는 수방에서도 침선까지 훌륭해 까다롭거나 신경이 쓰일 상전들의 바느질감을 독차지했다. 특히 가로, 세로, 사선으로 도안을 메우는 평수보다 실뜸의 반을 되돌아 꽂는 잇는수를 잘 놓았다. 사슬수도 남 못지않게 탁월하지만, 옆면을 잇는 공그르기와 감침질 또한 뛰어났다. 수방 나인으로 있은 지 삼 년이 지나자, 이곳에서 인정받아 많은 일거리와 부러움도 받았지만, 정작 당사자인 연화는 점점 지쳐가고 지루함이 몰려왔다. 같은 도청나인이라도 옆방의 침방에서는 가지 모양의 노리개인 가자<sup>茄子</sup>를 만들기도 하고, 향을 넣는 주머니인 김향낭자<sup>金香囊子</sup>를 만들기도 했는데, 요즘은 침방 나인에게 몰래 이 두 노리개를 만드는 방법을 익히는 중이었다. 이를 늘 지켜보던 스승항아님은 연화의 솜씨도 솜씨이지만 품성이 곱고 몸가짐과 옷맵시도 정갈해 늘 마음에 두고 사랑을 주고 있었다.

그러던 어느 날, 스승항아가 계연공주의 부름을 받아 내전에 들르게 되었다. 나인 중에서 탐탁하고 심성이 성신한 나인 하나를 처소 나인으로 두고 싶다는 분부였다. 스승항아는 곰곰이 생각에 잠겼다. 누가 적당할까? 깔끔하고 일머리가 정확하며 매사에 성심을 다하는 나인이어야 할 텐데. 두 사람이 떠오르기는 했다. 빗장나인으로 있는 이 항아와 도청나인으로 있는 유 항아. 이 항아는 성품이 곱지만 일 처리 속도가 좀 더딘 게 단점이다. 그렇지만 찬찬한 것이 또 장점이기도 하다. 유 항아는 침선이 곱고 얼굴빛도 항상 밝으며, 나근나근하게 윗사람을 모시는 배려심이 돈독했으나 출신 성분이 좀 천했다. 스승항아는 처소에서 다음 날 날이 샐 때까지 이리 재고 저리 재보았다. 그리고 새벽녘 아침 햇살이 처소의 문틈을 비출 때에야 비로소 결정을 내렸다. 유연화. 그녀라면 왕후의 마음을 편하게 보필하여 임금님 내외의 침실을 잘 정리하리라 마음을 먹었고, 결국 그녀를 천거하기로 했다.

스승항아님의 전갈을 받고 연화는 왕후전에 들어 계연공주를 알현했다. 머리끝부터 발끝까지 선 채로 촘촘하게 살피시고, 앉았다 일어서 보는 행동, 가까이 오라 하여 피부나 손까지 요모조모 살폈다. 그리고 이내,

"역시 김 상궁이 좋은 나인을 뽑아 주었구려."

하며 흡족한 낯빛을 드러냈다. 가정사를 비롯해 입궁 배경과 입궁 후 삶에 대해 꼬치꼬치 캐묻고는 앞에 방석을 내어주며 이런저런 담소를 나누었다. 그리고 연화의 임무를 제시했다.

"유 나인, 자네는 앞으로 폐하의 침방을 도맡아 정리 좀 해주게. 뭐 그리 특별한 것은 없고, 좀 정갈하고 화사한 것을 폐하께서 갈애하시니, 김 상궁과 상의해서 그 취향에 맞게 준비해 주게."

연화는 감개무량한 심정으로 두근거리는 가슴을 뒤로한 채,

"예. 왕후 마누라님"

계연공주는 곧이어 몇 마디 더 거들었다.

"덧붙여 참고하라 몇 가지 이를 터이니, 잘 기억해서 그렇게 따라주게. 먼저 계수(이불)와 프드(요)는 날마다 갈아주고, 겨울에는 핫금(솜이

불)을, 여름에는 홑금(홑이불)을 꼭 펼쳐놓을 것이며, 폐하께서 종사침蟲斯枕 (메뚜기 모양의 수놓은 베개)을 좋아하시니, 수방 이 상궁에게 일러 미리 여러 개를 준비해 놓으라 이르게. 지타구(요강과 타구)는 하루에 두 번씩 비우며 청결을 유지하되, 물기 하나 없이 잘 말려서 놓아두게."

"예. 왕후 마누라님"

계연공주는 다소곳하게 엎드려서 '예예' 하는 연화를 보며, 편한 마음으로 끝마무리를 짓는다.

"일단 큰 것에 관해서는 얘기한 것 같으니, 작은 일은 김 상궁과 논의해서 진행하게."

연화는 허리 굽혀 인사를 나누고, 나인 숙소로 돌아왔다. 오늘처럼 계연공주를 가까이서 본 적은 없었는데, 역시 궁내 나인들의 소문처럼 인자하고 자애로웠다. 계연공주는 현 임금과 금슬이 그렇게도 좋았고, 자신의 조국인 원나라 편이 아니라 고려의 국모로서 고려인답게 살았으며, 오로지 남편인 임금을 위해 처신했다. 되도록 정치에 관여하지 않고, 여자들에게 흔히 있는 질투 또한 없는 사람이었다. 그 그릇 크기가 보통 여인과는 확연히 달랐다. 현 임금이 재위 2년 전에 결혼할 때까지만 하여도 당시 고려 조정에서는 큰 기대를 하지 않았다. 그 전 선왕들이 모두 원나라 황족과 결혼했을 때 그 치마폭에 싸여 힘 한 번 주지 못하고 원나라의 허수아비 노릇만 했기 때문이다. 현 임금도 두 번이나 왕위를 계승 받을 기회가 있었으나 미혼 상태로 그에게 세력도 없었지만, 그를 따르는 사람도 전무였다.

그래서 하는 수 없이 정략결혼이지만 제이의 재기를 노리면서 계연공주와 울며 겨자 먹기식으로 결혼했다. 이로써 현 임금은 득세의 큰 힘을 업게 되는 변환점이 되었다. 원에서도 계연공주와 결혼한 현 임금을 이제는 왕으로 허락할 구실도 되었다. 결국 현 임금은 결혼 후 2년 만에 왕위에 오른다. 그동안 용의 발톱을 숨기고 있던 그는 서서히 자주 왕조로서의 고려를 정립하는 데 온 힘을 기울인다. 물론 든든한 후원자 계연공주와 함께. 원의 세력이 점점 쇠퇴하고 내분으로 혼란한 틈을 타, 과감히 폐하는 계연공주의 갈채를 받으며 차근차근 개혁을 단행하며 자주권을 되찾는다.

임금 내외의 침방을 담당했던 연화는 작은 침구 하나까지 세간을 정리함에 구석까지 성심성의껏 최선을 다해 꾸미고 정갈하게 정돈했다. 계연공주는 그러한 연화를 볼 때마다 찬사를 아끼지 않으며, 늘 고맙다는 말과 함께 상으로 간혹 값비싼 보석 노리개를 안겨주기도 하였다. 어느 날은 흥건하게 젖어있는 계수와 프드를 갈면서 혹 용상에 무슨 일이 있나 걱정도 했지만, 계연공주는 웃음을 보이며 아무 걱정하지 말라는 눈빛을 주었다. 또 한 움큼씩 빠져있는 계연공주의 머리칼을 염려할 때도 계연공주는 희색이 돌며 자신은 건강하다고 표현할 뿐이었다. 지타구의 요빛이 황갈색을 띠거나 타구의 점성이 단단할 때 연화는 어의에게 속히 일러 건강을 점검하도록 했고, 어의는 그를 참고해 진맥하고 몸을 보할 수 있도록 탕약을 지어 올렸다. 임금 내외의 건강은 큰 탈 없이 하루하루를 보냈으나 한 가지 흠이라면 잉태가 되지 않는 것일 뿐이었다. 그래도 임금은 절대 그 흠을 내색하지 않았고, 그들의 금슬은 날이 갈수록 더 깊어졌다. 가끔 처소를 치우기 위해 침전에 들렀다가 아직도 두 분이 침방에 머무르며 정겹게 지내는 것을 보아도 남부러운 것 없는 부부 금실이었다.

고려를 태조 왕건이 건국한 918년부터 시작한 팔관회가 있다. 매년 동짓달 보름에 거행했는데, 현 임금 재위 6년(1357년)에는 불길한 날로 보는 묘일<sup>卯日</sup>을 피해 보름 전날로 첫 시행을 한 날이었다. 이날 임금 내외는 법왕사로 행차하는 것이 통례였고, 궁궐 안에서는 하례<sup>賀禮</sup>를 하면서 헌수<sup>獻壽</sup>를 받았다. 또한 지방 관리들은 축하선물을 임금에게 봉정했으며, 궁궐 마당에서 가무백희가 펼쳐지고 외국 사신들에게 조하<sup>朝賀</sup>를 받기도 했다. 이 일이 끝나고, 과거 원나라의 두 차례 침략을 피해 천도했던 강화도에 가서 그곳 행궁에서 며칠 지내면서 과거의 굴욕스러운 모습과 자주국방의 필요성을 가슴에 되새겼고, 그곳을 다녀오면서 더더욱 반원 정책을 가열하게 추진하였다.

현 임금 재위 9년(1360년), 계연공주와 결혼한 지 11년. 주위 조정 대신들은 뒤를 이을 후사가 없어 노심초사하며 거듭 후궁으로 대를 잇도록 종용했다. 그러나 임금은 막무가내였다. 계연공주 외에는 어떠한 여자도 눈에 차거나 들어오지 않았다. 그러나 거듭되는 중신들의 회유로 그 이후 네 명의 후궁을 두기는 했다. 혜비 이씨, 익비 한씨, 신비 염씨, 정비 안씨. 그러나 침소에 들기는커녕 눈길 한 번 그들에게 주지 않았다. 특히 그 중 익비는 임금의 성은을 얻기 위해 갖은 노력을 경주했으나 눈썹 하나 까딱하지 않았다.

하루는 임금이 심한 감모<sup>感冒</sup>로 한열<sup>寒熱</sup>이 오락가락하며 으슬으슬 추웠다가 열이 어느 순간 확 오르는 증세가 심했었다. 발열에 동반하여 가슴 답답증이 온몸에 그득한 상태로 식욕 부진과 구토를 같이 해, 곡기를 전혀 구중에 넣지 못하고 지미조차 하지 못했다. 이에 어의는 시호, 황금, 반하, 감초, 생강, 대추, 인삼을 푹 달인 소시호탕<sup>小柴胡湯</sup>을 식간으로 처방하였으나 전혀 차도가 없었다. 따라서 수라는 물론이고, 그렇게 좋아하는 너비구이도 못 넘기며 청<sup>淸</sup>(꿀)으로 간신히 하루를 겨우 이어갈 때였다. 궁궐에서 음식을 만드는 대령숙수<sup>待令熟手</sup>도 어찌할 바를 몰라 난감해하고 있었다. 이때 계연공주가 친히 미음을 만들어 원반을 들고 병상에 들어가 한 수저씩 입으로 떠먹였으나 이를 삼키지 못하고 뱉어내기만 했다. 설사와 구토가 계속 이어지자 연화는 혼병(溷瓶, 변기)을 수시로 교체하고 닦아내야만 했다. 계연공주는 자신이 어렸을 때 명의였던 이동원이 만들어 준 십전대보죽에 대한 기억을 되살려 그것을 만들었다. 당귀, 천궁, 작약, 황기, 계피, 백출을 달인 물에 백옥쌀과 흑깨를 넣어 미음을 쑨 보양죽이다. 혹여 입 넘김이 꺼끌꺼끌할 수 있어 직접 자신의 입에 넣은 미음을 임금의 입안으로 들이미는 수고를 감행하였다. 그랬더니 신기하게도 임금이 조금씩 목 넘김을 시작했다. 주위 나인들과 내관들, 그리고 어의들도 모두 감동적으로 그 광경을 숨죽이며 목격했다. 그들의 지고지순한 사랑은 그날 이후 더더욱 입에서 입으로 구전되었다. 그런 일이 있고 난 뒤 나흘 만에 병상에서 일어난 임금. 그 후로 임금만 받는 바깥반상을 꼭 계연공주와 함께 섭시고(잡수시고) 매화도 누런 황금빛을 띠었다.

건강을 되찾은 임금은 반원 자주정책을 지속해서 밀어붙였다. 그러나 이 와중에 엉뚱한 무리가 그의 개혁정책에 훼방을 놓았다. 원의 세력이 점점 기울자 오래전부터 대도 주변에서 거주했던 한족의 후예들이 홍건적이란 이름으로 때는 이때다 싶어 군대를 조직하고 계획적으로 원을 타격하기 시작한다. 고래 싸움에 새우 등 터진다고, 원의 부마국인 고려도 축출의 대상으로 삼은 홍건적은 현 임금 재위 10년(1361년) 사류(沙劉) 등이 20만 명을 이끌고 재차 침입하여 개성을 함락시키고 궁에 불까지 놓아 만행을 자행했다. 이때 경상도 안동까지 임금은 계연공주와 함께 몽진까지 하였다. 몽진 행차에 처소 나인으로 수행했던 연화는 임금 내외의 몰골이 파리해짐을 보면서 안타깝고 안쓰러웠다. 백성들 눈에 띌까 낮보다 밤에 피란길을 걸었고, 비가 오면 흠뻑 맞고 진흙 길도 마다치 않고 가야 했었다. 추운 겨울의 노숙에 한기가 들어 온몸이 오돌오돌 떨 때는 자신의 옷을 벗어 땔감으로 주저 없이 태워버렸다. 그때마다 고생하는 계연공주를 임금은 눈물을 흘리며 보살폈고, 계연공주 또한 흔들리고 약해지는 임금에게 힘과 용기를 계속 불어 넣어주었다. 문경 근방에 다다를 때는 적당한 침소를 정하지 못해 할 수 없이 새재 근방 평평한 숲을 찾아 노숙까지 하게 되는데, 임금은 한숨도 자지 않으며 계연공주의 잠자리를 지켰고, 계연공주도 용상이 상할까 걱정이 되어 그 곁을 뜬눈으로 지새웠다. 홍건적이 계속 뒤를 쫓자, 낙동강 지류인 소야천 나루에 도착했을 때 임금의 행차는 갈피를 잡지 못하고 어찌하지 못해 우왕좌왕했다. 그러나 세상에 죽으란 법은 없었다. 안동의 아녀자들이 이 사실을 알고 하나둘 손을 맞잡고 모이더니, 모두가 합심하여 물속에 들어가 허리를 굽히고 사람 놋다리를 만드는 게 아닌가. 임금 내외는 한사코 백성을 밟고 건널 수 없다고 거절했으나 아녀자 중 한 노파가 다가와 "이 나라만 외세에서 구해주세요. 그러면 저희는 밟히는 것은 고사하고 그보다 더한 일도 하겠습니다."라고 하는 설득 때문에 어쩔 수 없이 아녀자들의 놋다리를 밟아 대피할수 있었다. 추운 겨울에 안동의 아녀자들이 몸을 던져 인다리를 내어줄 때, 이를 건너는 임금 내외는 그 울음과 서러움과 고마움의 마음이 깊어 꺼이꺼이 목 놓아 울며 닭의 똥 같은 눈물을 떨어뜨렸다.

안동에서 후한 백성들의 인심을 모두 받으며 겨울을 이겨내고 이듬해 개경으로 환궁할 때, 안동의 백성들은 사흘 밤낮을 울고 불며 이별을 슬퍼했다. 계연공주도 안동 아낙들의 손을 하나하나 잡아주며 그동안의 노고를 치하하고, 반드시 힘센 나라를 만들겠노라고 아퀴를 지었다. 임금은 안동을 떠나면서 "꼭 다시 오겠소." 하는 굳은 약속을 했고, 환궁한 후 일 년 후에 안동을 찾아 그 약속을 지켰다. 몽진하던 해 겨울을 나면서 먹었던 안동 국밥과 찜닭, 국시를 임금 내외는 환궁 후에도 한 달에 한 번씩 찾아 먹었는데, 돼지머리를 반

나절 삶은 육수에 고기 몇 점과 부추, 쑥갓을 놓고 된장을 넣은 국밥을 겨울에는 열흘이 멀다고 찾았으며, 이를 먹는 임금 내외의 눈가는 늘 촉촉했다. 찜닭은 닭을 각종 한약재와 함께 푹 삶으면서 백숙을 만든 후에 간장과 조청을 넣어 짭짤하고 달콤하게 만드는데, 밤참으론 제격이었다. 새벽 조찬으로는 안동국시를 흉내 낸 음식을 만들도록 명하여, 쌀가루와 콩가루를 사대일 비율로 섞고, 은어, 양지머리, 닭, 소뼈 등을 푹 고아 만든 뜨끈한 육수에 달걀 고명과 간장을 섞어 한 달에 한 번꼴로 먹었다.

그런데 몽진 중 먹었던 안동의 여러 음식 중 재미있는 일화도 있다. 안동은 물 맑고 산이 높은 고을이라 저수지에도 각종 민물고기가 옴살거리게 잘 살고 있었는데, 하루는 안동의 한 노옹 어부가 안동 저수지에서 난 빙어를 잡아 된장과 양념을 넣고 참기름을 부어 만든 회무침을 갖다 진상했다. 이를 처음 본 임금 내외는 신하들이 극구 먹기를 만류하였지만, 노옹 어부의 정성이 갸륵해 한 점씩 먹어 보았다. 그런데 이게 참으로 기가 막히는 맛이었다. 노옹을 불러 물고기 이름을 물으니, 빙어<sup>氷魚</sup>라 이르자, 그 이름이 물고기에 맞지 않다고 하여, 즉시 현 임금은 그 물고기 이름을 고친다. 앞으로는 이 물고기 이름을 '금어<sup>金魚</sup>'라 하라고 명했다. 그 이후 사람은 금어로 불렀다. 그러나 임금이 개경으로 환궁 후 이 금어가 먹고 싶어 공수해 요리해 보았으나 비린내만 있고 씹히는 맛이 저벅저벅 한 게 옛 그 맛이 아니었다. 이러한 물고기 이름을 금어라 부름이 탐탁지 못하고 후회스러운 나머지 다시 빙어로 부르라는 뜻으로 '도로뱅어'라 칭하였다. 그 이후로 빙어는 도로뱅어가 되었다는 일화.

임금 내외는 안동의 음식을 먹고 먹으면서 다시는 국력이 약해 몽진하는 불명예를 더는 치르지 말 것을 다짐하고 또 다짐했다.

세월은 흘러 재위 14년(1365년). 임금 내외의 금슬은 변함없었다. 마침내 그토록 오랫동안 기다렸던 계연공주가 회임하고, 날 달이 다가왔다. 배는 둥그런 큰 박을 엎어놓은 듯 불룩했고, 해산일은 이제나 그제나 하는 그런 날이었다. 임금은 계연공주의 순탄한 출산을 기원하며 하늘과 백성을 위하는 여러 정책까지 펼쳤다. 먼저 옥고를 치르는 많은 감옥수를 감형하고 훈방시켰다. 심지어 사형수까지 훈방시키거나 크게 감형을 했으며, 전국에 흩어져 있는 노비들의 상당수를 해방하고 일반 백성으로 살도록 함으로써 백성들의 원망을 불식하고 많은 사람의 축복 속에서 후사를 기다렸다. 처소나인인 연화는 출산일이 다가오면서 연일 바쁘고 정신이 없었다. 자꾸 땀을 흘리는 침소의 이부자리를 일일 일 회에서 삼 회로 횟수를 늘려 교체했고, 출산일과 그 이후의 준비를 위해 여러 채의 이불을 미리 장만해 두어야 했다. 임금의 불안은 극도에 다다랐다. 그는 왕사인 법흥사 주지의 조언을 받아들여 과거 원의 침입 때 천도했던 강화도 고찰 중 관음영지(觀音靈地)로 유명한 보문사(普門寺)에 불공을 드리기로 했다.

보문사는 지은 지 칠백삼십 년이 넘은 고찰로, 기도가 잘 먹히는 영지로 유명한 곳이었다. 칠백여 년 전 봄, 강화도의 한 어부가 바다로 그물을 던졌는데, 인형 비슷한 돌 스물두 개가 올라왔다. 재수가 없다고 생각한 어부는 바로 버리고 그물을 다시 쳤는데 또다시 스물두 개의 돌 인형이 올라왔다. 다시 버리고 오늘 하루는 공쳤다는 그날 밤 귀가해 잠을 자는데, 흰 수염이 그윽한 한 노승이 나와, "귀중한 것을 두 번이나 버렸다."라고 책망하면서, "내일 다시 그 돌 인형 스물두 개가 올라오거든, 명산에 잘 봉안하라."라며 사라진 꿈을 꾼다. 참 이상하다는 마음으로 다음 날 바다로 나가 그물을 쳤는데, 꿈속 노승의 말처럼 돌 인형 스물두 개가 고스란히 올라왔다. 어부는 지난밤의 꿈에 보인 노승의 말에 따라 건져서 강화도 낙가산(洛迦山)으로 올라 옮기던 중 어느 석굴 앞에서 갑자기 돌이 엄청난 무게로 다가오며 한 발짝도 움직일 수 없었다. 어부는 '이곳이 바로 그 신령스러운 땅'이라 생각하고 단을 쌓아 스물두 개의 돌 인형을 모셨다. 그 스물두 개 중 네 개는 석가모니불, 미륵보살, 제화갈라보살, 송자관음상이고, 나머지 열여덟 개는 나한상이다. 특히 마애석불 좌상이 이 절 뒤 바위 절벽에 조각되어 있는데, 상부에 있는 거대한 눈썹바위가 더욱 신비하며 이 스물두 상과 마애석불에 기도하면 아이를 가질 수 있다는 영험한 사찰로 경향 각지에서 몰려들었는데, 육지에서도 배를 타고 들어와 기도하는 도량이었다. 다급한 마음에 임금도 불공을 드리러 행궁이 있는 강화도 보문사로 향했다.

어의의 말에 이삼 일 안으로 출산하지는 않을 듯하다는 진단을 받고 임금은 하루 동안 새벽에 출발해서 당일 밤 을야 안에 환궁할 계획이었다. 이 행차에 차출된 사람으로는 문하시중과 판중추원사, 어사대 등의 관리들과 내관, 호위무사, 나인 등이 있는데, 그곳에 연화도 포함되어 행차에 합류했다. 이른 새벽. 임금의 행차에 참여한 오십여 명. 개경 앞 벽란도항에 도착한 임금 일행은 서둘러 준비한 연해운수용 초마선을 탔다. 풍수를 담당하는 관리가 지금은 일기가 괜찮은 듯하지만, 바람의 세기가 심상치 않으니, 오늘 오후 늦게 가심이 어떠하냐는 당부를 듣지만, 마음이 급한 임금은 그 말이 들어올 리 없었다. 서둘러 다녀와야 계연공주가 순산할 것이라는 일념뿐이었다. 강화도로 배는 떠났고, 벽란도항을 떠나며 보는 항구의 모습은 가녀린 여명 속에서 은은하게 빛났지만 깜깜한 암흑이 쉽게 물러가진 않겠다는 듯 흑마의 눈동자가 부릅뜨고 있었다. 멀리 이란과 색목인들까지 무역하는 국제항으로 그 위용이 대단하기도 하고, 항구를 중심으로 들어선 어촌의 모습도 웅장하기 그지없었다. 서너 시간이면 도달할 강화도이지만 배 위에서 보면 마니산 꼭대기가 파도 사이에서 처연하게 보였다 사라졌다 했다.

한 시간여를 나갔을까? 풍수관의 말대로 바람이 심상치 않았다. 점점 바람이 세지더니, 파도가 한두 길을 넘게 넘실댔다. 우왕좌왕 하는 사이, 풍파는 더욱 그 기세를 올렸다. 배는 하늘로 솟았다가 땅 밑으로 꺼지듯 심한 요동을 치며 흔들렸다. 노를 젓는 선인들도 혼비백산하며 어찌할 바를 몰랐고, 선장은 즉각 판단하지 못하고 망설였다. 한 십여 분이 더 지났을까? 선미에서 삐거덕하는 소리가 들리고 배는 앞뒤로 흔들리기보다 이제는 좌우로 흔들리면서 파도 물이 배 안으로 들이닥쳤고, 선미 고물 쪽부터 배가 차차 부서지는 소리가 났다. 그리고 잠시 후 두꺼운 각목을 여러 줄로 평탄하게 놓은 저판이 '쩍'하는 웅장한 소리와 함께 배 위에 얹은 양재까지 산산조각이 나고 기우뚱하면서 좌초되었다. 마침 이를 지나던 판목선이 발견하고 저 멀리서 다가오고 있으나 물속에 빠진 연화는 허우적대며 바닷물을 한 사발쯤 들이켰다. 마침 배에서 떨어져 나와 떠도는 널빤지 하나를 어렵게 구해 몸을 기대고 있었으나 점점 정신은 혼미해지고 숨이 가빠졌다. 때마침 섬광이 번쩍하며 눈을 따갑게 했고, 그 이후 정신을 차릴 수 없었다.

# 3.

강화도 양사면 철산리 앞의 산이포구 해변. 개경 앞 벽란도항과 가장 근접한 강화도 포구다. 문득 눈을 찌르는 햇살에 얼굴을 찌푸리며 피부의 감촉을 꿈틀대는 연화. 오른편엔 배가 부서지면서 잡았던 궤짝 크기의 널빤지가 놓여있고, 어느 모래사장에 자신은 큰 대자로 퍼진 채 누워있었다. 아침 해는 제법 떠올라 조반을 먹고 난 후쯤의 시간인 듯 보였다. 해변의 갈매기는 축 늘어진 연화의 육신이 먹을 것이라도 되는 양, 연화의 팔 끝과 발바닥을 부리로 쪼아대다가 그녀의 움직임에 파드닥하고 날아갔다. 사위는 아침 녘 해안인데, 갈매기만 있을 뿐 오가는 사람이 없다. 저 멀리 손톱만 한 크기의 사람이 지나가는 듯한데 거리도 거리려니와 불러도 물어볼 상황까지 되지는 않았다. 바다 쪽도 마찬가지였다. 수평선 즈음에 큰 모래알만 한 배 한 척이 서서히 움직이지만, 도저히 배의 크기나 윤곽이 드러나지 않을 정도이다. 기운을 차리고 일어선 연화. 강화도로 임금을 모시고 원행 중에 풍랑으로 일어난 일을 되새기며 아마 여기가 강화도 해변이나 벽란도항 근처 해안이려니 했다. 자세히 둘러본다. 벽란도항은 분명히 아니었다. 그 항구 주변은 이토록 넓게 퍼진 모래 해안이 전무였다. 그러면 이곳은 아마 강화도 해변으로 추정했다.

철썩하는 파도 소리와 갈매기의 날갯짓을 제외하고 해안 포구의 공기는 짠내를 품은 채 잔잔하고 적막했다. 규칙적인 파도 소리에 갈매기가 간혹 불규칙한 화음을 넣으면서 분위기는 아주 고요하고, 어쩌면 스산하며 쓸쓸하기까지 했다. 연화는 초마선에서 난파해 해변을 쓸려 나온 또 다른 사람이 있나 주위를 살폈다. 통 사방에 그런 사람이 눈에 띄지는 않았다. 일어나 모래를 툭툭 털었다. 자르륵. 윗도리부터 쏟아져 내리는 모래알이 아래 치맛단에 부딪히며 죽 떨어졌다. 머리매무새를 단정하게 고쳤다. 그리고 묵직한 다리를 들어 올려 해안을 좀 벗어나 민가로 향했다. 그곳에서 일단 여기가 어디고 시간이 어느 정도 흘렀나를 알아볼 참이었다. 맨발로 걷는 모래 위 촉감은 사각사각하며 그리 나쁘지는 않다.

예전 두 해 전에도 임금 내외가 원행으로 강화도에 들른 적이 있었다. 그때도 보문사에 들러 회임을 간절히 비는 기도제를 위한 행차였다. 강화도 행궁에서 이틀을 묵으면서 지성으로 대웅전에 기도를 올렸다. 저 정도의 지성이면 하늘도 감동하리라. 임금 내외는 온 힘을 기울여 빌고 또 빌었다. 어린 연화는 스승항아님의 특별한 배려로 이 원행에 동참해 그 광경을 하나하나 지켜보았다. 그때도 이 포구로 들어와 시오리 되는 행궁으로 미리 준비된 마차와 말을 타고 행궁으로 향했었다. 산이포구에서 오 리를 가면 얕은 구릉의 금동산이 있었고, 시루메산으로 이어지는 산줄기의 중간을 가로질러 십 리를 가면 봉재산과 남산 사이에 전망이 남향으로 확 트이고 넓은 평지가 나타났다. 그곳에 보기 좋게 자리 잡은 강화도 고려 행궁. 멀리 남쪽으로는 남산이, 동쪽으로는 봉재산이 바람막이가 되었고, 서쪽으로는 국화지 연못이 시원하게 펼쳐지며 해 질 녘에는 황금빛 노을을 아름답게 자아냈다. 북쪽으로는 소담스레 작은 금동산이 위치하였으니, 바야흐로 천연의 요새 그 자체였다.

연화는 그때의 기억을 되살리며 지칠 대로 지친 발길을 옮겼다. 온몸이 무겁고 온몸이 누구에게 된통 맞은 것처럼 욱신거렸다. 일이

각이 지났을까? 어부 행색을 한 어부가 작업복 차림으로 그물망을 손질하며 출어를 준비하는 중이다. 그런데 그 차림새가 지난번 대전 광역시에 느닷없이 떨어졌던 그 모습들이다.

'아차! 또 후대로 왔구나.'

연화는 지친 몸으로 어부를 향해

"저기, 아재! 배가 난파되어 구사일생으로 산 사람인데, 지금이 몇 월 며…"

연화는 순간 긴장했던 몸과 마음이 어부를 보면서 풀어졌는지, 말을 끝맺지 못하고 어지러워서 실신했다. 그물망을 손질하던 어부는 부리나케 달려왔다. 여인의 행색은 요즘 사람과 다르지만, 몹시 지치고 힘든 모습에 초췌해진 얼굴이 역력했다. 주머니의 핸드폰을 꺼내 급히 119를 누른다. 여기 철산리 마을회관 앞인데 한 여인이 지금막 실신했으니, 급하게 구급차를 보내달라고 했다. 오 분여가 지났을까? 하얀 구급차가 '삐뽀삐뽀' 사이렌을 울리며 도착했고, 조용했던 포구에 이게 뭔 일인가 하고 없었던 사람들이 하나둘 나와 섰다. 숙련된 동작으로 구급대원들은 구급대에 연화를 싣고 병원으로 향하며, '삐뽀삐뽀' 소리와 함께 사라진다.

강화○○ 병원 응급실. 연화의 구급대가 들어가자 간호사와 당직 의사는 눈알을 뒤집어보며 동공을 검사하고 즉시 맥락과 혈압을 점검한다. 호흡이 약하고 온몸이 축 늘어졌다. 오랫동안 물속에서 불은 몸에 일단 심인성 발작으로 판단한 당직의는 수막염이나 지주막하 출혈 등을 미연에 방지하고자 옆으로 눕혀 기도를 확보하고 옷깃을 풀었다. 그리고 산소치료실로 옮겨 호흡을 도우며 안정제를 비롯한 영양제 링거를 팔뚝을 통해 주입했다.

얼마의 시간이 지났을까? 정신을 든 연화는 주위를 둘러본다. 병원 입원실 안이다. 병상에 누워 자신 말고 세 사람이 같은 병원 옷을 입고 누워있다. 이제야 정신이 맑아진 연화는 병상에서 일어나 주위 사람에게 묻는다. 여기는 어디이고, 오늘이 몇 년 몇 월 며칠인지. 병실 안 환자 중 자기 또래의 여성 하나가 강화○○ 병원이고, 오늘은 2021년 5월 10일이란다. 지금 시간은 벽면의 시계를 가리키며, 오전 11시임을 알려준다. 이제야 모든 것을 제대로 인지한 연화는 서서히 병원 옷을 벗고 자기 병상 바로 옆에 있는 옷장을 열어 누구의 옷인지 모르겠으나 걸려있는 현대식 옷으로 갈아입는다. 위는 재킷이고 아래는 바지다. 바지는 고무줄 바지로 그럭저럭 입을 만하였으나 재킷은 자기 몸보다 한 치수 정도 크다. 이때 막 문을 들고 들어오는 간호사.

"환자분, 지금 뭐 하시는 겁니까? 아직 안정을 취해야 합니다. 빨리 침대에 누우세요."

연화는 그 간호사를 보며 강하게 힘을 준 입술로 말한다.

"내 몸은 내가 잘 아오. 난 이제 다 나았소. 무방하니 퇴원하겠소."

간호사는 자신만만한 연화의 행동에 어이가 없다는 듯,

"판단은 담당 의사 선생님이 하는 거지, 환자 자신이 하는 것이 아닙니다. 빨리 누워 계세요."

위압적으로 당당하게 다가오는 간호사의 위세에 연화는 한마디도 대거리를 지지 않는다.

"난 이제 무방하다 하지 않소."

하면서 팔을 횡횡 삼백육십도 돌리기도 하고, 제자리에서 가볍게 뛰어보는 시늉을 한다. 이에 간호사는 강제로 연화의 팔목을 낚아챈다.

"안 되겠군요. 강제라도 이렇게 해서 눕혀야지."

연화는 맥없이 간호사의 팔에 끌려 이내 침대 위로 눕는다. 기력이 있다고 생각했지만 간호사의 팔심에 이끌려 질질 끌려간다. 속으로 '이 간호사가 나가면 그때 어떻게든 해야지 지금은 안 되겠구나.' 하고 마음을 먹는다. 이어서 '그나저나 병원 입원비가 꽤 될 텐데, 이를 어쩌나?' 하고 고민한다. 잠시 생각을 마친 연화는 '그래. 속곳 주머니에 넣어둔 노리개를 대신 병원비로 써야겠다.'라고 생각한다. 전에 계연공주가 침방을 잘 정돈하고 고생이 많다며 상으로 순금에 비취옥을 박은 손목 노리개를 하사했는데, 그걸 병원비로 쓰리라. '병원비는 그렇게 해결하면 될 터이고, 다음엔 어디를 가야 하나?' 전에 후대인 2019년에 왔을 때는 대전광역시 유성구라는 곳이었는데, 이곳은 그곳과 얼마나 떨어지고 또 어떻게 가야 하는지를 알 리가 없었다. 간호사가 나가고, 아까 말을 받아주었던 옆 병상의 동년배 아가씨에게 묻는다.

"처자! 아까는 고마웠소. 근데 뭐 좀 더 여쭙겠소. 여기가 강화○○ 병원이면 혹 대전광역시 유성구로 가려면 얼마나 멀고 어떻게 가야 하는지 아시오?"

옆 병상의 아가씨는 '웬 촌닭인가?' 하는 표정으로 피식 웃으며 답한다.

"뭘요. 동병상련이라고 다 똑같은 처지인데 도와야죠. 같은 젊은 사람끼리. 흐흣. 대전광역시요? 여기서 그곳으로 직접 가는 교통편은 없고요. 일단 강화○○ 병원 앞의 시외버스정류장에서 인천 고속버스터미널로 가고, 거기서 대전광역시로 가는 버스로 옮겨타면 갈 수 있어요. 근데 그 몸으로 지금 가시게요?"

연화는 자기의 속마음을 들킨 것처럼 얼굴이 빨개지면서 얼른 답을 한다.

"아, 아니오. 지금 가려는 게 아니라 좀 기운 차리면 그곳으로 꼭 가야 해서 말이오."

멀거니 병원 천장을 본다. 하얀 석고보드에 간간이 홈이 파 있고, 그곳엔 오랫동안 지내면서 묵었던 더께들이 회색빛을 띠고 있다. '어디보다도 깨끗해야 할 병원이라는 곳의 청결이 저 정도라니. 끌끌' 탄식을 하며, '아마 궁에서 저렇게 두었다가는 위생을 담당하는 이 상궁 마마에게 호되게 꾸지람을 들었을 텐데.' 한다.

십여 분이 흘렀을까? 병실 안은 차분하고 호젓하다. 점심 식사를 마치고 같은 병실 환자들은 오침 중이다. 연화는 때는 이때다 싶어 조용히 옷을 갈아입고 퇴원할 준비를 한다. 그리고 미안하지만, 옆 침대의 또래 아가씨 사물함을 열어 그곳에 있는 그녀의 지갑에서 삼만 원을 끄집어낸다. 주위를 다시 한번 휘하니 둘러보고, 병실을 나가 복도 쪽을 삐쭉이 내다본다. 오가는 사람도 없고 잠잠하다.

아무렇지도 않은 듯 당당하게 복도로 나선다. 등 뒤에서 땀이 송골송골 맺힌다. 침대 위에 노리개를 놓고 간단한 쪽지를 남겼다.

> 내가 사정이 있어 무단 퇴원을 하오.
> 병원비는 여기 같이 둔 노리개면 충분하리라 생각하여 두고 가오. 혹 병원비를 내고 여분의 돈이 있다면 내 옆 처자에게 삼만 원만 꼭 주시기 바라오. 제가 사정상 말없이 빌린 돈이오. 모두 고맙고 죄송하오.

간호사실 쪽으로 가지 않고 좀 돌아서 그 반대편 출입구로 걸어간다. 한두 사람 눈이 마주쳤지만, 병원 직원은 아니고 환자 보호자나 내방객으로 보인다. 삼십여 미터 되는 거리이지만 꽤 멀리 느껴진다. '역시 몰래 하는 짓은 왠지 더디고 힘들어.' 하며 출입문을 나선다. 병원 정문을 나서니, 거리는 한산했다. 가끔 택시가 빵빵거리며 지나갔고, 행인들도 점심 이후에 모두 일자리를 지키는지 조용했다. 마침 행인 아주머니가 있어 길을 물었다.

"실례지만, 말씀 좀 여쭙겠소. 시외버스 승차하는 곳이 어디오?"

운동차 나온 체육복 상·하의 차림으로 운동화를 질질 끌며 몰티즈 한 마리를 가슴에 안고 지나가던 아주머니는,

"네. 오른쪽에 빨간 간판 보이죠? 그 골목으로 죽 가면 바로 보여요. 한 오 분이면 도착할 거예요."

연화는 그리 멀지 않은 거리임을 확인하고 안도의 숨을 쉰다.

"감사하오."

다리에 힘을 주고 빨간 간판 쪽으로 향한다. 아직 몸이 완전히 완쾌하지 않음을 순간 느낀다. 아마 임시 처방한 약 기운이리라. 얼른 몸이 더 깔아지기 전에 버스를 타고 가야겠다고 서두른다. 저벅저벅 걷는 걸음에 힘이 실리지는 않았다. 그러나 꼭 가야 한다는 일념으로 기운을 북돋우며 걷는다. 걸으며 생각에 잠시 잠긴다.

'내가 왜 대전광역시를 향해 가는가? 전에 새터민 센터 이 주임의 도움으로 들어간 쉼터가 그래도 이곳에서는 유일한 안식처이지 않은가? 내려가서 좀 몸과 마음을 추스르고, 최성주 씨에게 연락을 취해보자.'

어느덧 강화 시외버스터미널에 도착했다. 사람들은 도회지로 가기 위해 버스표를 사는 사람, 버스를 타려는 사람, 버스에서 내려오는 사람 등으로 분주하다. 연화도 그 속에 섞이어 매표소로 간다. 그리고 인천 고속버스터미널행 버스표를 끊는다. 이십 분 후에 출발한다. 그러나 연화의 마음은 쫓기는 상태다. 병원에서 무단 퇴원이 발각되어 병원 직원들이 자기를 찾아오리라 생각해 마음이 급하다. 이십 분이란 시간이 좀 길다. 그래서 잠시 여자 화장실에 가서 숨어있다가 차를 타야겠다고 마음먹는다.

십오 분가량이 지난 듯하여 화장실을 나섰다. 그리고 인천행 고속버스로 잰걸음을 걷는다. 맨 앞 차창에 출발 시간이 쓰여있다. 버스에 탑승하며 운전기사에게 행선지를 묻고 재차 틀림없음을 확인했다. 일이 분이 지난 후 버스는 시동을 켜고 출발 준비를 마쳤다. 차창을 내다본다. 자신을 찾는 듯한 추격자는 보이지 않는다. 일각이 여삼추란 말처럼, 참으로 시간은 더디 갔다. 버스 기사는 앞문을 닫고 이제 출발한다. 그제야 연화는 편안하게 숨을 몰아쉰다.

잠시 후 저벅저벅 하는 발소리에 소스라치게 놀랐다. 누가 자신을 잡으러 오는 발걸음 소리. 눈을 얼른 떠본다. 강화발 버스의 종착점인 인천 고속버스 주차장에 도착해 승객이 하나둘 내리는 소리였다. 안도감에 버스 안에서 선잠을 잤나 보았다. 몸이 강화에서보다 좀 나아진 듯한 상태. 마지막으로 버스를 내려왔다. 그리고 바로 대전행 버스표를 사기 위해 매표소로 갔다. 그리고 돈을 주려는 순간, 건강한 중년 남성 둘이 앞을 가로막았다.

"혹 아가씨가 유연화 씨 맞나요?"

연화는 2021년에 자기 이름을 아는 사람이 있음에 매우 놀란다. 그들의 차림새를 눈으로 빨리 훑는다. 검정 재킷 상의에 하의도 살에 밀착된 검정 바지를 입었다. 눈매가 매섭고 건장해 보이며 힘깨나 쓸 것 같은 사람들이었다. 매표소 앞사람들은 무슨 큰 구경이나 난 듯 둘레둘레 구경에 나선다. 순간 연화는 당황은 둘째이고 창피함을 우선 느낀다. 놀란 노루 눈으로,

"네. 그렇긴 한데, 댁들은 뉘시오?"

두 중년 남성은 제대로 찾았다는 안도의 표정으로 뒷주머니에 있는 신분증을 꺼내 연화의 눈앞에 내보이며,

"네. 우리는 국가정보원에서 왔습니다. 저희랑 같이 어디를 좀 가셔야겠습니다."

순간 당황한다. 국가정보원은 무엇이고, 어디를 가자니 이 또한 무슨 말인가? 뭐가 이렇게 이 세상은 다양하고 복잡하고 통 어지럽기만 하다.

"국가정보원이 무엇이고, 또 어디를 가자는 말이오?"
"네. 일단 차에 타시고 가시면서 자세히 말씀드리겠습니다."

힘으로 연화의 팔목을 두 중년 남성들이 잡고 차에 태웠다. 옴짝달싹도 못 하고 연화는 힘 한 번 주지 못하고 질질 끌려 차에 오른다. 주위 사람들은 이를 그저 지켜만 본다. 연화의 갑작스러운 납치를 대하는 사람들은 남의 일에 전혀 무관심으로 일관하는 태도로 지켜볼 뿐이다. 검정 봉고에 실려 가운데 좌석에 앉은 연화. 이제 어쩔 수 없다는 모습으로 힘이 풀린다. 이윽고 중년 남성 중 좀 젊어 보이는 사람이 입을 연다.

"국가정보원은 국가기관으로 해외 및 북한에 관한 정보를 비롯해 국가 안전 보장과 관련된 기밀과 보안 업무를 하는 곳입니다. 업무 중 북에서 넘어온 간첩이나 국가보안법 위반자를 조사하기도 하고요. 지금 유연화 씨는 강화도 해변에서 실신한 채로 발견되어 강화 ○○ 병원에서 치료 중 무단으로 외출하셨습니다. 무단 외출 때문이 아니라, 월남하신 이유에 대해 몇 가지 알아보고자 연행하는 것입니다. 순순히 저희 조사를 마치고, 특별한 혐의가 없으면 바로 풀어드릴 테니 걱정하지 마십시오."

연화는 그의 위압적인 말투가 못내 못마땅했으나 어쩌지 못하고 그냥 고분고분하고 온순하게 응한다. 월남은 뭐고, 간첩은 뭐고, 국가보안법은 뭐고, 통 이해할 수 없는 말이다.

인천 시내 어느 오 층 건물 앞에 차가 서더니, 높은 철 대문이 스르륵 열리고 차는 그 건물 마당으로 빨대에 이끌리는 액체처럼 빨려 들어간다. 계단을 따라 2층을 지나고 3층까지 오른다. 폭은 채 두 자가 겨우 넘을만하다. 오르면서 숨이 꽉 막히고 손바닥만 한 창문이 몇 개 있을 뿐, 음침하고 스산하다. 3층으로 오르는 천장 쪽 벽면에 항문 근처에 있는 방적 돌기에서 나오는 거미줄로 방사형 거미줄을 부지런히 치고 있는 집거미의 모습이 눈에 들어 온다. 무엇이 그리 바쁜지 부지런히 항문을 놀리다 연화 일행의 출현에 멈칫하고 숨을 고르는 중이다. 그리고 연화는 그들의 손길에 따라 305호라는 글씨가 좁다랗게 박혀있는 조사실로 이동했다.

이삼일을 조사실에서 호되게 답하고 때론 진술서를 썼다. 그들은 어르고 달래고 협박하고 윽박질렀다. 그러나 연화는 달리 할 말이 없었다. 일관되게 자신의 과거와 현재를 얘기할 뿐이었다. 계속되는 조사에도 특별한 혐의를 찾아내지 못하고, 그들은 마침내 월남한 정신 이상 새터민으로 처리했다. 과거 대전광역시 유성구 쉼터에 기거했던 기간의 기록도 꼬치꼬치 캐물어 답했다. 차후의 일정을 묻기에, 연화는 일단 대전광역시 유성구 새터민 쉼터에서 묵으면서 생활하고 싶다고 전했을 뿐이다.

나흘 후에 들어올 때의 그 높은 철 대문을 나서니 택시 한 대가 서 있다. 청량한 공기가 콧속을 뒤집는다. 옷은 지질하고 휘지르며 오른쪽 소매가 바람에 일렁인다. 시원한 회색 냄새가 몸을 휘감으며 반긴다. 같이 따라 나온 젊은 직원이 택시비를 기사에게 건네며, 대전 유성구 쉼터에 내려달라고 한다. 연화는 택시에 홀가분하지만 잠시 두려운 맘으로 오른다. 또 다른 곳으로 납치 장소를 옮기는 것은 아닐까 하면서. 택시는 작은 엔진 소리를 내며 높은 철 대문을 도망치듯 내닫는다.

연화는 달리는 택시 안에서 곰곰이 생각에 젖는다. 내가 지금 2021년 이곳으로 온 것은 계연공주의 무사한 해산을 기원하기 위해 강화도 보문사로 임금을 수행 가며 배로 가던 차였다. 지난번 현세로 1차 도착했던 2019년과는 다른 상황이었다. 풍랑을 만나고 그곳에서 갑자기 번쩍이는 번개나 섬광을 본 후 순간 이동하여 강화도 해변에 2차로 현세에 왔다. 너무 이상한 나머지 고개를 갸우뚱하고 있으려는데, 난데없이 택시 기사가 말을 건넸다.

"아가씨! 괜찮으세요?"

순간 연화는 앞 좌석 중앙의 백미러를 통해 보이는 택시 기사의 얼굴을 본다. 그런데 그 얼굴이 평범하지 않았다. 얼굴 한쪽은 일그러져 있고 나머지 반쪽은 하얀 분을 바른 낯이다. 연화는 "에구머니나!" 하며 깜짝 놀란다. 당황스러운 목소리로,

"뉘시오? 대체 댁은."

택시 기사는 자신을 이제 알아보는 연화를 보며 여유롭게 웃음을 살포시 짓는다.

"저 말입니까? 택시 기사죠. 누구긴요. 당신을 원하는 곳으로 모셔다드릴 택시 기사요."

연화는 능구렁이 담 넘어가듯 미끈거리는 그의 목소리가 역겹다. 서서히 두려워진다.

"이 택시는 지금 어디로 가는 게오? 유성으로 가는 게 맞소?"

택시 기사는 여유롭게 운전대를 굴리며,

"아가씨를 원하는 데로 모시는 택시입니다. 전 사실은 시·공간 이동을 수호하는 신이지요. 저는 당신이 고려 시대 궁녀임을 압니다. 강화도 보문사로 가는 도중에 현세로 왔죠?"

연화는 그의 당돌함과 자신만만함에 주눅 들어있던 참에 자신의 처지까지 꿰뚫고 있는 택시 기사를 이젠 무서워하며 대꾸를 하지 못했다.

"아가씨가 작년 홀연히 현세를 떠나고 그 후유증에 현세는 무척 흔들렸어요. 이를 지켜보던 저는 고민에 빠졌습니다. 이러다가 미래 세계의 과학을 선도할 한국의 발전이 더딜 수도 있겠구나 하고요. 그래서 오랫동안 고민하다가 이번 일을 저지르고 말았습니다. 당신에게 기회를 한 번 더 주자. 현세에서 삶을 다시 누릴 것인가, 아니면 원래의 아가씨 계획대로 그대로 고려에서 있다가 모든 것을 정리하고 다시 오도록 할 것인가 말이죠.
제가 감히 아가씨의 인생에 참견해 감 놔라 배 놔라 할 처지는 아니지만, 저도 미래를 걱정하는 충정에서 내린 결정이었습니다. 이제 이 택시는 아가씨가 원하는 곳으로 모실 것입니다. 마지막 기회입니다. 현세의 유성으로 모실까요, 아니면 다시 원래의 고려 시대로 회귀하시겠습니까?"

연화는 그제서야 지금의 상황에 이해가 갔다. 현세와 이별하며 마무리를 깔끔하게 정리하지 못한 벌로 다시 한번 온 상황. 하늘의 도움으로 기회가 한 번 더 주어졌다. 그러나 자신은 매몰차게도 이미 결심한 바 있다. 고통스러웠지만 그를 잘 이겨내는 중이었는데, 굳이 기회를 다시 준 수호신이 그다지 고맙지는 않았다. 잠시 머뭇거리다 결심한 듯 당당하게 말했다.

"마음의 상처가 컸소. 그러나 그 결정은 오랫동안 심사숙고한 후의 결정이었소. 그 결정에 후회는 하지 않을까 하오. 원래의 생각대로 고려로 회귀하여 모든 것을 차차 정리하고 다시 기회가 된다면 현세로 올까 하오."

택시 기사는 어느 정도 예상한 듯 고개를 끄덕거렸다. 이윽고

"그러면 이 택시는 유성으로 모시지 않고 다시 아가씨를 고려로 보내드리리다. 후회는 않겠죠? 원대로 해드리겠습니다."

택시는 그 말이 끝나기 무섭게 쾌속으로 내달렸다. 속도 계기판은 시속 백삼십 킬로미터를 가볍게 뛰어넘고 점점 더 백사십을 향해 내려가고 있었다. 연화는 무서운 나머지 눈을 질끈 감고 말았다. 어차피 택시 기사에게 내던져버린 인생이었다. 죽든 고려로 회귀하든 다 팔자이리라. 그 순간 차는 붕 하며 공중으로 치솟는 느낌이 있었다. 오금이 저리고 온몸에 힘이 빠졌다. 그리고 어느 물속인지 모르나 첨벙 하고 침수했고, 서서히 차가 수면에서 수중으로 가라앉으며 쉴 새 없이 물이 내부로 스며들었다. 연화는 마음의 준비를 단단히 하고 심호흡을 했다. 점점 수위는 연화의 목까지 차올랐다. 그리고 입과 귀, 코로 물이 스며들었다. 숨이 곤란해지며 가슴이 답답해졌다. 허우적대며 서서히 눈이 감겼다.

# 4.

"왕후 마누라님! 조금만 더, 조금만 더 힘내시옵소서."

계연공주의 해산일. 워낙 나이가 들어 회임했기에 늘 조마조마했으나 결국 다행스럽게 이날까지 이르렀다. 하루하루를 살얼음 디디듯 조심스럽게 살아온 나날이었다. 회임 열 달 동안 몸가짐을 조심하며 십 년처럼 처신하고 살아왔다. 특히 태생적으로 건강하지 못한 체질이라 더더욱 그랬었다. 계연공주는 안간힘을 쓰면서 출산의 고통 소리를 내지른다. 그 소리가 분만 침실 밖을 넘어 옆 내전에도 들릴 정도로 크다. 계연공주는 사랑하는 남편을 위해 건강한 아이를 출산해서 당당하게 그의 품에 후사를 안겨주고 싶었다. 그러나 점점 지치고 힘들어진다. 살이 찢어지는 아픔을 감내하기란 마음먹기처럼 쉽지 않았다. 소리를 내지 않고 국모의 체통을 지키고자 이를 악물었으나 오히려 어의는 소리를 지르는 것이 고통을 덜게 할 수 있다고 독려하며 크게 비명을 내도록 인도했다.

임금은 분만 침실 앞마당에서 뒷짐을 지었다 앞으로 손을 모았다 어쩌지를 못하고 우왕좌왕하며 종종걸음으로 발걸음을 내디딘다. 평상시라면 임금의 체통을 해치는 동작이라 궁내 신들이나 궁인들이 뒷담화로 소곤거리겠지만, 지금 임금은 체면 따위는 벌써 벗어 던진 지 오래였다. 궁궐의 나인들도 김 상궁의 지시에 따라 상침,尙寢 상식,尙食 상침,尙針 산파産婆 나인과 어의들이 들락날락하며 정신없이 분주하다. 연화의 입궁 친구인 이 나인도 왔다 갔다 발에 불이 났다. 그러다가 발을 헛디뎌 기우뚱 넘어진다. 이를 본 김 상궁은 얌전하게 행동하지 못하는 이 나인을 혹독스럽게 꾸짖는다. 이 나인은 연신 머리를 수그리며 "송구하옵니다."를 연발한다. 연화는 이따 저녁에 안쓰러운 이 나인을 위로해 줘야겠다고 속다짐을 해본다.

그 와중에도 연화는 박 상침 나인을 유심히 본다. 자신이 마지막에 꼭 되고 싶은 나인이 바로 상침(尚寢)이다. 보통 나인들은 십 세 전후에 입궁하여 하루에 여덟 시간을 일한다. 종신직이지만 환갑이 넘으면 낮에만 일하며 혹 큰 병에 걸리게 되면 본가로 귀가하거나 절에 들어가 일생을 마치는 것이 관례다. 방년의 나이를 넘어야 정식으로 나인 대접을 해주며 나인이 된 후 십오 년 이상이 지나야만 상궁(尚宮), 상침(尚寢), 상식(尚食), 상침(尚針) 등으로 오를 수 있다. 상궁은 나인 중에서 최고의 상위직으로 왕과 왕비를 인도하며 궁궐의 큰일을 통솔한다. 상침(尚針)은 왕과 왕비의 의복과 침실, 음식 등을 총괄하는 상위직이며, 상식(尚食)은 음식과 반찬 등을 준비하고 간을 맞추며, 소주방을 책임지는 상위직 나인이다. 마지막으로 상침(尚針)은 의복 제작을 책임지고 통솔하며 임금 내외를 비롯한 왕족들의 입성을 책임진다. 이들은 먹고사는 일에는 큰 어려움이 없었으나 옥살 없는 감옥에 갇힘으로 인한 불편함과 답답함이 얼마간 있다. 따라서 나인들은 쉬는 시간에 궁궐의 법도와 고립된 폐쇄성을 시로 하소연하기도 했는데, 선대왕 때 시문을 잘 지었던 최 상궁의 시구는 지금도 연화의 침실에 필사되어 벽에 붙어있다.

流水何太急(유수하태급) / 흐르는 물이 어찌 그토록 급한가?
深宮盡日閒(심궁진일한) / 깊은 궁궐은 종일 한가롭기만 한데.
慇懃謝紅葉(은근사홍엽) / 은근히 단풍잎에 감사하노니,
好去到人間(호거도인간) / 잘 흘러가서 인간 세상에 이르거라.

이 시는 최 상궁이 단풍잎에 시를 지어 궁 밖으로 흘러나가는 냇물에 흘러가도록 했다는 일화가 전하는 작품이다. 자신의 답답함을 단풍잎에 기대어 밖으로 표출한 궁인의 마음이야 오죽했겠는가? 세월이 지나면서 느끼는 궁인의 어려움이 스며들어, 간혹 연화가 고된 몸을 쉬고 있을 때 읽어보면 어느덧 그 마음에 동화되어 차분하게 가라앉도록 해주었다.

새벽부터 어수선하고 혼란스러웠던 분위기는 해가 중천을 지나자 더욱 심란했다. 어의들이 바쁘게 총총거렸고 탕약과 침이 수시로 들어갔다 나왔다. 무엇인가 심상치 않은 상황. 그곳 전체를 관장하던 김 상궁은 조용히 임금에게 다가가 뭐라 뭐라 귀엣말을 전했고, 임금은 얼굴이 더욱 붉으락푸르락해졌다. 난산이었다. 태아는 자궁 밖으로 나오지 못하고 애를 태우게 했고, 계연공주 또한 지칠 대로 지쳐서 실신을 여러 차례 하던 중이었다. 많은 사람이 곁에서 수발을 들고 고군분투했지만, 차도가 있어 보이지는 않았다.

비보가 도착한 건 해가 서해로 뉘엿뉘엿 지려는 찰나였다. 날아다니던 새들도 귀소본능으로 둥지를 찾아들고, 궁 안의 목초도 낮 동안 살랑살랑 흔들렸던 잎들과 꽃들을 조용히 마무리하는 그즈음. 계연공주의 외침이 딱 멈추었다. 산모와 태아가 조용하게 모두 세상을 등지고 말았다. 임금은 미친 사람처럼 큰 소리로 읍소하며 하늘을 향해 소리쳤다.

"하늘이시여! 이건 아니옵나이다. 절대 이건 아니옵나이다. 짐이 큰 과오를 저질렀나이다. 앞으로 잘 모시겠나이다. 제발! 제발! 왕후의 명을 끊지 마시옵소서."

그 소리가 하도 구슬프고 애처로워 주위 백관들도 머리를 조아리고 조용히 흐느꼈다. 임금은 죽을 땅에 빠진 후에도 산다고 했고, 죽을 수가 닥치면 살 수가 생긴다고 했듯, 계연공주만은 제 곁에 좀 더 머물도록 해달라고 몇 번이나 간청하며 엎드렸다. 그러나 죽음은 편작도 할 수 없다고 결국 계연공주와 태아는 임금 곁을 훌훌 떠났다. 이 궂긴 소식은 궁궐 안에 빠르게 퍼졌고, 제의를 담당하는 내관들이 등장하여 등걸음치며 장례를 준비했다. 어의들은 출산할 때 죽은 태아와 함께 나온 탯줄과 태반을 자르는 '삼 가름'을 치르고, 궁 한쪽 귀퉁이에 그것을 태울 '삼불'을 준비했다. 연화도 눈물이 한없이 쏟아졌다. 그토록 임금을 보살피고, 나인들에게 아주 작은 일도 신경 써주신 그녀의 승하는 천붕이었다. 모든 식생들도 고요히 계연공주의 죽음을 애도했고, 산짐승과 날짐승도 그때만은 눈치껏 행동거지를 자잘하게 해댔다. 온 천하가 애도의 늪이요, 허망함의 도가니였다.

재위 14년(1365년). 스산한 바람이 북쪽 천마산 마루를 넘고 유난히 핏빛 노을이 벽란도 앞바다를 불그스름하게 수를 놓았던 가을 저녁, 조정을 비롯한 전 백성이 계연공주를 잃은 슬픔으로 깊은 도탄에 빠졌다. 임금은 마지막으로 이승을 떠나는 계연공주를 위해 모든 것을 아끼지 않았다. 개평군 양지바른 곳에 궁궐 못지않은 큰 규모로 터를 잡아 능을 만들었고, 이를 위해 양광도 하남에 있는 국창고의 재물을 모두 풀었다. 쌀 한 톨까지 싹싹 털어 국상을 치르고 텅 빈 국창고를 보며 임금은 계연공주를 위해 더 해주지 못함을 못내 아쉬워했다.

임금은 불쌍하게 영면에 든 계연공주에게 몸소 곡까지 지어 바쳤다. 일명 「귀호곡歸乎曲」. 그는 시간이 날 때마다 여섯 줄을 맨 긴 오동나무 널에 슬픔을 모으고 거문고를 한없이 탔다. 널 골을 따라 소리통을 빠져나온 소리는 궁 안을 휘돌더니, 자유롭게 궁 밖까지 흘러나갔다.

임금의 뛰어난 거문고 연주는 신라의 백결선생 못지않았다.

가시려오? 가시려오?
날 버리고 가시려오?
위 증즐가 대평성대

나더러 어찌 살라 하고
날 버리고 가시려오?
위 증즐가 대평성대

붙잡아두고 싶지마는
서운해서 아니 올까 두렵소.
위 증즐가 대평성대

서러운 임 보내옵나니
가셔서 이승서 못한 휴식, 편히 누리소서.
위 증즐가 대평성대

「귀호곡」의 내용과 가락이 너무 애달프고 서러워 이를 듣는 중신들, 백관들과 궁인들은 어느 하나 울지 않는 사람이 없었다. 궁궐 안 초목들도 산산한 바람을 품에 안고 힘없이 계연공주의 영면을 애도했고, 지저귀던 새들도 그날만은 소리를 낮추고 하늘 높이 올라 창공을 배회했다. 임금은 밤새도록 울며 끝없이 약주를 들이부었고, 이를 지켜보는 나인들과 내관들은 앞으로의 용상이 걱정되어 뜬눈으로 지새운 밤이었다.

임금은 이후에도 계연공주를 잃은 충격에 헤어나지 못했다. 중신들은 조정을 돌보지 않는 임금을 탓할 수도 없고, 국왕의 안위와 건강도 하루가 다르게 불안하였다. 「천산대렵도」를 그릴 정도로 뛰어난 화가였던 임금은 칩거하여 계연공주의 초상을 스무날째 그렸고, 그 초상화를 보면서 술과 밤낮 함께했다. 끊이지 않게 흐르는 눈물로 눈물주머니가 헐어 뭉그러지고 삼 년간 일절 고기조차 먹지 않았다. 술이 항상 과해 조정 회의는 오후에나 열리면 다행이었고, 어의들은 장염과 숙취로 고생하는 왕의 몸을 보하기 위해 벌꿀, 칡꽃 분말, 오리나무 껍질 등을 합쳐 만든 청쾌환을 헛개나무 달인 물과 함께 복용하도록 처방했고, 의복을 담당하는 도청나인들도 수시로 수건(수건), 휘건(음식 시식용 수건)과 옷을 교체하여 왕의 위엄이 떨어지지 않도록 온 정성과 힘을 기울였다. 모든 조정의 중요 행사는 모두 계연공주를 묻은 정릉 앞에서 치러졌고, 그해에 승려 신덕을 辛德 '청한거사淸閑居士'라 하여 왕의 사부로 두고 공백기의 조정 정책을 관장하도록 맡겼다.

독실한 불교 신자였던 임금은 종종 고민이나 갈등이 생길 때 승려 조탁(신덕의 법명)을 찾아가 자문한 적이 여럿 있었다. 신덕은 국내 정세와 흐름을 정확히 읽어냈고, 정확하고 확실한 판단을 내리는 데 큰 도움을 예전부터 많이 받았던 터였다. 신덕은 기득권층의 반발을 염려해서 중도에 걸림채 역할을 톡톡히 해냈으며, 자신의 개혁정책을 전적으로 지원했다. 임금은 점점 그에게 조정을 맡기는 횟수가 많아지고, 조정 회의는 신덕이 그 중심에 섰다. 그러나 중요 정책이나 대외적 국제 전략은 이에 탁월한 임금이 친히 판단해 결정했다.

승려 신덕은 현 임금을 도와 전민변정도감을 설치하여 권문세족에게 점탈된 토지를 되돌려 주고 노비로 전락한 수많은 농민을 다시 양민으로 되돌려놓았다. 또한 성균관을 다시 일으켜 학문 중흥에 힘썼고, 젊고 유능한 신진 세력을 양성하여 권문세족들을 견제하기도 하였다. 그는 본래 어머니가 경상도 창녕에 있는 옥천사의 절노비라는 천한 신분으로 아버지는 양산 신씨로 알려져 있었다. 어릴 때의 속계 이름이 신덕이었고, 동자승부터 시작해 승려가 되었으나 권위적인 불교의 원칙으로 인해 주로 산방에 거처하며 수행했다. 일미사(一味寺)를 지어 불도에 정진했으며 화엄계파로 당시 왕사(王師)로 있던 고승 보우와는 대립하는 비주류파 승려였다. 현 임금 재위 7년(1358년). 김원명의 소개로 임금을 처음 만나고 본격적으로 조정의 정책에 관여한 계연공주 사후에는 자신의 개혁정책에 반대하는 최영, 이인복, 이구수 등을 제거하면서 개혁의 고삐를 한껏 더 당겼다. 그리고 그는 승려의 이름, 조탁(鳥琢)을 과감히 버리고, 속세의 이름, '신덕(辛德)'으로 개명했으며, 영도첨의사사(領都僉議使司)가 된 후 영공(令公)으로까지 불렸다.

그는 임금을 도와 대내적으로 산재된 구습을 타파하는 데 최선봉이었다. 권문세족이 중심이 된 도평의사사(都評議使司)의 권력이 확대되자 약화된 왕권을 만회하기 위해서 내재추(內宰樞)를 신설하여 나라의 중대 정책을 논의했고, 품계 및 연한과 경력에 따라 관직을 승진시키는 인사 법규인 순자격(循資格) 제도를 둠으로써 인맥에 따른 승진을 과감히 탈피하고 개인의 능력에 따라 승진할 수 있도록 했다. 특히 이 제도는 홍건적의 침입과 홍왕사의 난 이후 무장세력들이 군 세력으로 급속히 성장하자 관료체계 상의 불균형을 초래하고 정상적인 국왕 중심의 권력을 저해하지 못하도록 만든 것이다. 이 외에도 과거 제도 운용에 친시를 두어 훌륭한 인재를 임금이 직접 뽑을 수 있게 하였고, 국방에 대한 정책도 꼼꼼하게 계획을 세워 추진하였다.

왕의 침실을 관리했던 연화는 계연공주 사후 휑뎅그렁한 방 분위기를 화사하게 쇄신하고 더욱 청결과 정리 정돈에 힘썼다. 빨리 계연공주를 잊고 정사에 매진할 수 있도록 왕후와 관련된 사물 중 아주 사소한 것도 없애버렸다. 그러나 이 때문에 외려 후에 스승항아님에게 호된 꾸중까지 들었다. 임금 자신이 계연공주와 관련된 어떠한 미물도 절대 건들지 말고 그대로 두며, 궁 밖에 나간 유품마저도 한자리에 모아놓도록 왕명을 내렸기 때문이다. 연화는 흩어지고 버려졌던 유품들을 갖추어 계연공주 살아생전보다 깨끗하고 정갈하게 닦고 정돈했다. 그러나 그럴수록 계연공주에 대한 그리움이 점점 사무쳤고, 이를 떨쳐내고 새롭게 일을 해나가기가 힘들었다. 갈수록 우울증도 깊어졌다. 하물며 임금이야…. 그는 점점 과거의 수렁 속에서 허우적댔다. 갈수록 추억을 돌아내고 곱씹었다. 나을 생각은 고사하고 그냥 그 질펀한 수렁에서 죽고 싶었고 침전에서 술과 울음과 잠으로 전전긍긍할 뿐이었다.

계연공주가 승하한 지 삼 년. 임금의 계연공주에 대한 그리움은 날이 갈수록 오히려 심해졌다. 계연공주 기일에는 열흘간 그녀를 애도하는 행사를 치렀고, 자신이 그린 공주의 영정과 마주 앉아 연회를 베풀고 몽골 음악을 들었다. 기일뿐만 아니라 그녀의 생일날도 마찬가지였다. 임금은 그녀의 능인 정릉에서 제사 음식을 먹으면서 신령한 오동나무로 만든 거문고로 귀호곡을 연주했고, 제사 음식은 전국 팔도에서 가장 귀한 재료로 차렸다. 심지어 어느 해인가는 음악과 술에 취해 정릉 앞에서 한뎃잠을 자기도 했다. 연화는 임금을 곁에서 보필하며 갈수록 수척해지고 마음을 잡지 못한 용상에 대해 마음이 편치 않았다. 계연공주를 향한 집착은 어린 왕자일 때 받지 못한 부모의 사랑이 투영된 것. 열두 살 때부터 부모와 떨어져 볼모로 원나라 태자를 보위하는 어린 마음은 안착과 위로를 받을 구석이 없었다. 내면에 강한 피해 의식을 품었으며, 이를 타인에게 보상받고 싶어 했다. 자기의 정체성을 바로 잡지 못함은 당연했다. 남들과 어울리며 회포를 나누고 사랑을 주고받았지만, 점점 심신은 환경에 의해 잠식당하고 자책을 버릇처럼 하면서 존재 자체를 부정까지 하였다. 이때 드넓은 사막 안의 오아시스처럼 계연공주를 만났다. 항상 붙어있고 싶었고, 혼자 결정하지 못하는 것들을 계연공주는 시원하게 해결했다. 어릴 적 아버지는 누구든지 인간에게는 두 푼의 공간이 존재한다고 했다. 이 두 푼의 공간은 마치 사랑방처럼 자기를 찾아오는 사람을 위해 비워둔 공간이란다. 이 공간은 대인 관계 속에서 잠깐 채워졌다 다시 빈 공간이 되는 자리로 항상 또 다른 사람을 기대하고 만나면서 그 마음으로 관계를 이어가는 원동력이라 했다. 애정 결핍의 가슴 병에 지속적인 관심으로 사랑을 심어준 사람이 바로 계연공주였다. 둘 사이에 주인공은 임금 자신이었다. 아린 상처로 점철된 임금을 배려해 주고 관심을 듬뿍 주었었다.

연화는 임금이 자신을 사랑하고 자긍심을 높이도록 해주고자 했다. 한낱 나인에 불과하지만 계연공주에게 받은 사랑을 조금이나마 보답하고자 했다. 좋은 사람을 많이 만나면 나아지지 않을까 했다. 사람은 사람 간의 관계를 통해서만 행복해지리라. 지금 신덕 왕사가 곁에서 많은 정책을 수행하지만, 그는 정책 보좌관으로는 최고일지 몰라도 마음을 지켜주고 토로할 수 있는 심리 상담자가 되지는 못했다. 지금의 왕위가 어떻게 물려받은 것인가. 갖은 모욕과 인내심으로 우여곡절 속에 천재일우의 기회를 잡은 것이 아닌가?

그러나 연화가 그 역할을 밀고 나가기란 주제넘는 꼴이었다. 오늘 밤에도 금침을 계연공주 살아생전처럼 곱게 놓고 나왔다. 그곳에 주안상으로 수라가 화려하고 맛깔스럽게 차려졌다. 오늘 밤도 이부자리가 술과 안주 자국으로 범벅이 될 것이다. 술기운으로 든 잠을 깨고 오후에 조정에 회의로 나간 후의 이부자리는 가관이었다. 이곳저곳 술 흐른 자국에 각종 반찬이 어지럽게 붙어있다. 침소의대는 또 어떤가? 누가 강제로 짓이겨 뜯어낸 듯 너덜너덜했고, 의대장은 또 한 쪽 귀가 깨져버렸다. 장을 담은 사기그릇 파편이 그 앞에 무질서하고 산만하게 흩어있었다. 타구와 매화통은 한구석에 엎어져서 뒹굴고 수라를 얹은 바깥반상은 뒤엎은 채로 찌그러져 있다. 그러나 참으로 신기하게 계연공주의 자리 터는 언제나 더럽힘이 없이 정갈하게 그대로였다. 계연공주가 입었던 등의대며 긴의대, 소고의, 고도, 녀의, 동의대 등은 올 하나조차도 흔들림 없이 그대로였다. 자기 자신을 학대하고 분을 뽑아내고 고래고래 울부짖었지만, 계연공주의 것은 신성하게 털끝만치도 건들지 않았다. 날이 갈수록 태산보다도 크고 웅장했던 용상이 서서히 무너지는 것이 안타까울 뿐이었다. 네 명의 후궁이 있었지만, 그들은 한낱 허수아비에 불과했고 투명 인간일 뿐이었다.

# 5.

시끌벅적하게 노래가 나온다. 요상한 음이 연이어 지면서 가락을 만들었는데, 참 곱고 마음이 푹 가라앉는다. 아침을 알리는 기상 가락. 연화는 깊은 잠에 빠졌다가 해가 창틀을 비집고 햇살을 반만큼 접었을 때야 자리를 박찼다. 그리고 방문을 열고 쉼터 안을 들여다보았다. 모두 일어나 세수하는 사람, 옷 입고 어디를 나갈 준비를 하는 사람, 밥을 막 먹고 나오는 사람들로 분주하며 어수선하다. 마침 이를 지켜보는 연화를 지나가던 쉼터장이

"어서 이리 오시게. 아가씨가 너무 곤히 자는 듯하여 일부러 깨우지는 않았네. 어서 주방으로 가세. 아침 식사를 준비해 놓았으니, 먹어보자고."

둘레둘레 주방으로 향한다. 오늘도 보는 주방의 모습은 낯설다. 아침상은 심검치탕(시금칫국), 줄알조림(계란조림), 감곽무침(미역무침)에 봉오리(완자)가 차려졌다. 현대인들은 수라상 못지않게 귀한 것들로 음식을 차려 먹음에 처음엔 무척 놀란다. 먹을 것이 풍요로운 시대다. 고려 시대만 해도 이런 먹거리는 왕족이나 일부 중신들의 찬이다. 게다가 백옥처럼 희고 단맛이 나는 흰 쌀밥이 곱게도 차려있고, 그것도 자기가 떠먹는 것이라 양껏 풀 수 있다. 참 좋은 세상이다. 궁에서도 이런 호사를 누리기는 쉽지 않다. 늘 아쉽고 부족한 게 먹거리였건만 이곳은 전혀 그렇지 않다. 풍족한 세상, 그런 세상이다. 흰

쌀밥만 원 없이 먹어도 소원이 없다고 고려 백성들은 시쳇말로 노상 뇌까렸다. 퇴선이라 해서 임금이 먹고 남는 것을 몇 번 맛본 경험이 있지만, 지금의 지미는 그에 못지않다.

벌써 유성 쉼터에서 정착한 지도 반년이 다 지나갔다. 전화를 끊고 연화는 침대에 앉는다. 오후까지 자투리 시간이 생겼다. 전에 지급된 옷을 보관 중인 옷장을 연다. 몇 벌의 옷 중에서 연분홍 원피스를 꺼내 입어본다. 그리고 거울 앞에 섰다. 자기 모습이 이렇듯 선명하게 내비치는 거울의 신기함을 또 느낀다. 내 모습이 이렇구나. 그다지 예쁘장하게 생긴 건 아니지만 밉상도 아니다. 입꼬리를 들어 웃어본다. 좀전의 딱딱한 모습보다 한결 낫다. 웃는 모습이 참 인상적이다. 흡족해한다. 잠시 쉼터 앞을 산책하자. 전에도 몇 번 다녀보았지만, 사람들의 모습, 거리의 풍광을 보며 이것저것 배우는 것이 많다. 차려입고 쉼터 현관을 나가며, 쉼터장에 외출을 신고한다. 잠깐 산책 좀 다녀오겠다며 신발을 신고 나왔다.

반 마장쯤 갔을까? 매봉산 입구에 다다른다. 입구에는 해발 144m라 안내되어 있다. 일 미터가 세 척이니, 432척의 높이다. 산이라기보다는 언덕, 구릉에 가까운 높이다. 매봉산 정상을 향해 발걸음을 옮겼다. 완만한 경사에 소나무, 단풍나무를 비롯한 잡목이 우거져 있고, 산책을 나온 사람 몇몇이 가느다랗게 난 산책길을 걷고 있다. 중간중간에 긴 의자들이 나무 그늘에 놓여있고, 반대편으로 넘어가는 길은 차도까지 나 있다.

오랜만에 느끼는 호젓함과 여유. 연화는 천천히 걷는다. 오른발을 내디디며 엄지발가락을 시작으로 발뒤꿈치까지 서서히 흙의 감촉을 흡수한다. 그러면서 생각에 잠긴다. 전하께서는 지금 잘 옥체를 보존하고 계실까? 시·공간을 넘는 자신의 언행이 무척 당황스럽고 엉뚱하기는 하다. 이 이야기를 믿어줄 사람이 과연 있을까? 그래서 이곳에서는 자신이 정신이상자로 치부되기도 하였다. 그런데 막상 자신을 얼마 동안 대하고 나면 그들은 십중팔구 정신이상자가 아님을 직감하지만 뭔가 과거 속에 사는 독특한 사람으로 인정해 버린다. 자신이 고려인이라는 증거로 여러 역사적 사실과 증거를 제시했건만, 곧이곧대로 믿지 못하고 고개를 갸우뚱하기만 한다. 참으로 미칠 노릇이다. 나를 믿어주는 사람이 없음에 허탈함과 외로움이 잦아든다.

이런저런 생각을 하며 산책을 한 지 이 각쯤. 반대편으로 산으로 내려오니, 앞이 확 트이면서 건물 하나가 눈에 들어온다. '유성도서관'. 도서란 책을 이르는 말일 터이고, 관이 붙었으니, 기관이란 뜻이 아니겠는가? 그래 저곳에 가보자. 가서 책을 좀 찾아보자. 현관을 지나 1층에 도착하니, 도서 열람실과 대출 창구, 개인 열람실로 방들이 나뉘어 있다. 도서 대출 창구에 한 여자가 앉아있다. 책을 빌리고 싶다고 의향을 밝혔더니, 신청서 용지를 내어주고 작성하면 회원권을 발급하여 그 이후 책을 다섯 권씩 열흘간 빌릴 수 있다단다. 새터민 센터에서 발급된 임시 신분증을 참고해 회원권 신청서를 써 제출했다. 이 분여가 지났을까? 단단한 명함 크기의 회원증이 나왔고, 책이 놓여있는 서가를 안내받았다.

연화는 역사 관련 서가로 즉시 향했다. 고조선부터 현대에 이르기까지 시대순으로 역사 관련 서적이 서가에 배치되어 있다. 죽 훑어 내려오다 고려 시대 칸 앞에 선다. 그리고 그중에서 이일화 씨가 쓴 『高麗通史(고려통사)』란 책을 꺼내 들었다. 두께는 두부 한 모의 옆면처럼 두툼했다. 책의 크기는 손바닥 네 개를 펼쳐놓은 정도. 약 칠백 년이 지난 시대에서 자기가 나인으로 산 시대의 역사적 기록을 보다니. 가슴이 콩닥콩닥 자맥질한다. 태조 왕건 임금이 고려를 연 918

년부터 혜종, 정종, 광종 순으로 내려오며 서술되어 있다. 연화는 고려에서 자신이 산 시대보다 사백여 년 전의 이야기가 흥미롭기는 하였으나 직접 마음에 당기지는 않는다. 무엇보다 궁금한 것은 자신이 모신 임금의 이야기. 책을 듬성듬성 훑는다. 중간 정도를 펼치니, 숙종, 예종, 인종, 명종 대의 이야기다. 책을 뒷부분으로 더 넘긴다. 넘기면서 이때까지 계연공주가 나오지 않음은 고려국의 말년 즈음에 자신이 모신 임금이 재위했다는 말인데. 그러면 그때가 고려 말기? 그렇구나. 쭉쭉 책장을 넘긴다.

드디어 많이 들어 낯익은 왕이 출현했다. 충렬왕, 충선왕, 충숙왕, 충혜왕이 등장했다. 가슴이 조금씩 뛰기 시작했다. 충혜왕이 28대 왕이니, 31대 왕이 얼마 남지 않았다. 이제는 천천히 책장을 넘긴다. 점점 손이 떨리고 가슴은 벌렁거린다. 대여섯 쪽을 넘겼을까? 드디어 31대 왕이 출현했다. 그의 개혁 정치를 중심으로 서술되어 있다. 세 쪽을 넘기니 계연공주의 이야기도 실려있다. 그리고 신덕의 이야기까지. 무슨 근거로 이렇게 기록되었을까 궁금해진다. 그리고 그 근거를 찾아본다. 출전이 『고려사절요』, 『고려사』이다. 각각 누가 지은 책인지 살펴본다. 『고려사절요』는 조선 전기 김종서 등이 왕명에 의해 시대순으로 집필해 춘추관의 이름으로 1452년에 나온 책이고, 『고려사』 또한 조선 전기 김종서, 정인지 등이 세종의 교지로 만든 고려 역사서라 소개되었다.

연화는 『고려사절요』와 『고려사』 두 권을 빌려 가야겠다고 생각한다. 그러나 역사 서가에서는 찾을 수 없다. 대출업무를 하는 사람에게 도움을 청하기로 한다. 이 두 책을 빌렸으면 하는데 도와달라고 했다. 그 사무원은 컴퓨터란 기계에 무엇이라 자판을 두드리자 '900R813.6 공78ㅂV1C2'라는 결과 화면이 뜨고 그 책은 영인본임을 밑에 큰 글씨로 제시했다. 사무원은 연화에게 자기를 따라오라고 이르고 앞장선다. 보통 책 크기에 두툼하게 『고려사절요』 139권, 『고려사』 35권이 늘어서 있다. 이 중에서 최대 5권만 대출이 가능하니 고르란다. 영인본이 무슨 뜻인지 연화는 물었다. 사무원은 원본을 사진이나 기타의 과학적 방법으로 복제한 인쇄물이란다. 연화는 대번 '影印本이라는 의미이구나!' 깨닫고 고개를 끄덕인다. 감사하다는 인사와 함께 일렬로 나열된 책들을 하나하나 열어본다. 아마 시대순일 테니, 중간 부분부터 훑는다. 『고려사절요』 제26권부터 제29권까지 네 권이 자신이 모신 임금, 바로 '영민왕' 부분이다. 『고려사』는 일단 다음으로 기회를 미루고, 『고려사절요』 네 권을 뽑아 대출 창구로 간다. 대출 기한을 사무원은 제시하고 책을 건네받았다. 나오면서 도서관 벽에 걸린 전자시계를 본다. 11시 50분이라고 빨간 구슬 빛이 줄을 지어 표시한다. 쉼터로 서둘러 가야 할 시간이었다. 점심을 먹고 최성주 씨를 만나면 꼭 맞을 시간이다. 빠른 걸음으로 현관을 나오고 왔던 길로 발길을 돌렸다.

새터민 쉼터, 점심시간. 오늘은 짜장면이 준비되었다. 이 음식은 참 특이했다. 중국에서 들어온 음식으로, 보기엔 거무튀튀해서 식욕이 돌지 않는데, 현대인들은 사족을 못 쓰게 좋아한다. 중국에서 콩으로 만든 춘장에 돼지고기 몇 점과 당근, 감자, 둥근 파, 호박, 둥근 배추 등의 채소를 간장과 설탕, 녹말과 함께 기름에 볶아 만든 괴상한 음식이다. 달곰하고 고소하며 쓴맛과 신맛도 은근하게 풍긴다. 특히 춘장은 애초 적갈색을 띠던 것이 시간이 지나면 발효되어 검은색으로 바뀌며, 여기에 캐러멜 색소와 감미료, 조미료를 첨가해 만든다고 했다. 참으로 묘한 맛으로 중독성이 강하다. 현세인은 일명 '면치기'라는 시식법을 사용해 후루룩후루룩 몇 번 씹지 않고 목 넘김을 했다. 연화도 그 흉내를 내보며 먹어보지만 영 낯설다. 자신은 그저 꼭꼭 씹어서 목으로 넘긴다. 짜장면을 먹을 때는 꼭 단무지라는 노란 무가 나왔다. 무에 노란 물을 들여 아삭아삭 씹는 폼이 신기하기도 했다. 음식은 궁합이 맞아야 한다고 소주방 나인들은 말하였다. 남녀 간의 궁합처럼 음식도 이와 해가 있어, 돼지고기는 새우젓, 된장과 부추, 고등어와 무, 닭과 인삼, 미역과 두부, 인삼과 꿀이 서로 소화를 돕고 영양도 배가될 수 있다고 했다. 짜장면과 단무지도 그러한 궁합의 일종이 아닐까? 기름에 볶아 다소 느끼한 맛을 아삭한 무가 잡아 주면서 무에 있는 성분이 소화를 도와주리라.

짜장면을 먹고 얼마 지나지 않은 시간. 성주가 새터민 쉼터로 찾아왔다. 간편하게 핑크빛 티셔츠에 하얀 면바지를 입고 화려하면서 깔끔하게 차려입었다. 오늘은 토요일이라 쉬는 날인데 어디 유원지나 야외로 나갈 간소복 차림이었다. 연화는 현대인들은 남성들도 저런 화려한 색을 아무 거리낌 없이 입는 것을 보면 저돌적으로 당돌한 그들이 못마땅하면서도 부러웠다. 반면에 자신의 복색은 차분한 것이 단출하게 무채색이다.

성주는 연화를 반갑게 맞이하며,

"5월은 계절의 여왕이라고 해요. 연둣빛 신록이 숲을 감싸고 흰색, 분홍색 등 색색의 꽃들이 화사하게 자태를 뽐내는 즈음일 뿐만 아니라, 기온마저 활동하기에 적당해 참 좋은 시기이거든요. 오늘 주말이고 해서 연화 씨와 서울에 가려고 왔어요. 서울 종묘라는 곳에 가면 연화 씨가 깜짝 놀랄 만한 곳이 있거든요."

성주는 어제저녁 새터민 쉼터로 내일 주말에 어디를 같이 갈 것이니 편한 복장을 하고 기다리라는 전갈을 쉼터 총무를 통해 넣었다. 또 무슨 일인가 했으나 성주 씨를 믿어보자는 심사로 간단하게 준비해 두었던 참이다. 성주는 연화를 위해 무엇이든지 보여주고 설명하고 적응시키려고 애썼다. 연화는 그런 성품에 감동을 받지만 늘 무거운 짐이 되기도 했다. 남을 위해 봉사하고 배려하는 마음씨 고운 청년에게 자신은 보답할 여건이 전무하기도 했고, 시간이나 돈을 써가며 자신 곁에 함께함이 늘 마음의 빚이었다. 마냥 밝지만은 않은 낯빛으로,

"예. 고맙소. 그런데 어디를 가오? 서울 종묘? 거기에 경악할 일이?"

성주는 여유 있게 입가에 잔뜩 힘을 주고 거드름까지 피우면서 자신만만해 한다.

"네. 서울. 아! 한양이라면 잘 아시겠구나. 거기에 가면 종묘라고 왕들의 위패를 모신 곳이 있어요. 거기에 가보려고요. 여기서 버스를 타고 두 시간 안에 갈 수 있어요. 서둘러요. 갈 길이 멀어요."

연화는 어련히 알아서 준비했을까 하는 고마움에 그의 말대로 순순히 따른다. 유성 시외버스터미널에 도착하여 서울행 버스를 탔다. 크기가 제법 큰 버스였다. 소리도 없이 조용하고 빠르게 도로를 질주했다. 두 사람은 나란히 앉았다. 차창 가에 앉은 연화는 스쳐 지나는 바깥의 모습을 넋이 빠져라 보고 있다. 이를 곁에서 지켜보던 성주는,

"연화 씨! 그러다가 눈 빠지겠어요. 아니, 눈만 빠지는 것이 아니라 아예 목까지. 크크."

연화는 빠르게 지나가는 차창 풍경을 보면서,

"현대 사람들은 모든 것이 참 편해 보이오. 그리고 모두 바쁘게 사오. 쉼 없이 살아가는 속도감에 안타깝기도 하오."

시내를 벗어나며 바쁘게 오가는 시민들의 모습을 보면서 하는 이야기였다.

"인류의 문명은 정말 하루가 다르게 변하고 있어요. 그 시대 속에 사는 저희도 정신이 없을 정도라니까요. 그러면서 놓치는 것도 많아요. 오로지 돈만 알고 남보다 자기 자신만 챙기는 그런 풍조가 만연하죠. 그게 일상적 모습으로 고착되고 있으니, 각종 범죄와 비리가 우후죽순처럼 나타나기도 하고요. 심지어 패륜이나 인면수심의 큰 사건도 비일비재하고요."

연화는 잠시 뜸을 들이다가 대받는다.

"나는 잘 모르겠소만 성주 씨의 이야기가 맞을 것도 같소. 편리함 때문에 놓치는 사소함이 많을 듯도 하오. 인간의 편안함만이 인생의 전부는 아니니까. 때론 사람 간의 관계가 정말 소중한데 그를 무시할 수도 있겠구나 하는 짐작은 했소."

성주는 그 짧은 시간에 저토록 깊은 사고를 하는 연화의 모습에 애늙은이 같은 느낌을 순간 받는다.

그러는 사이에 버스는 경부고속도로를 시원하게 통과한 후 반포 나들목을 빠져나가고 있었다. 하늘을 향해 기다랗게 솟은 마천루는 연화를 충분히 주눅 들게 했다. 길거리의 사람들은 형형색색 때깔 좋은 옷맵시를 자랑하며 왔다 갔다 하고 달리는 철수레들은 어디서 기어 나왔는지 무궁무진했다. 강남 고속버스터미널 종착점에서 버스를 내려오며

"대전이랑은 비교도 안 되죠? 한양이라는 곳이 이렇게나 변했어

요. 고려가 망하고 이성계가 조선을 건국하면서 도읍지를 이곳으로 옮겨요. 그 이후로 지금까지 수도로서 이어져 내려오고 있고요."

고려가 망하고 조선이라는 나라는 천도를 했구나. 그때부터 지금까지 수도라면 약 육백여 년간 이곳이 수도였구나. 개성과 풍수지리학상 비슷한 형태를 갖추었다. 배산임수의 전형적인 모습에 넓은 평지를 꼭 안고 있었다. 북편에 멀리 보이는 산의 기세는 개성의 천마산에 버금갔으며, 도시 한가운데를 유유히 흐르는 한강은 개성 앞을 도도히 흐르는 예성강에 견줄만했다. 버스를 내리고 성주는 연화를 지하철역으로 안내했다. 땅속에서 다니는 철마란다. 현대인들은 지하철이라 부르는. 세상에나 했다. 성주의 안내에 이끌려 오락가락 타고 내리고 했다. 성주는 회술레 없이 찬찬히 연화를 다루었다. 고속터미널역을 출발해 잠원, 신사, 압구정, 옥수, 금호 등을 거쳐 열 번째 역인 종로3가역에 내렸다. 그리고 도보로 약 이십 분을 걸었다. 시내는 어수선하고 수많은 자동차는 일사불란하게 차도를 오갔다. 사람들은 어찌 많은지 온 백성이 다 모인 듯했다. 그야말로 인산인해였다. 종묘로 가는 길은 삼사 층 상가건물이 이 차선을 따라 죽 나열되어 있고, 가로수들은 상가 높이만큼 하늘로 뻗어있다. 돈화문로 10길이라는 일방통행 길로 우회전했다. 백여 미터를 갔을까? 높은 담장이 맞부딪치고 여기서 우회전으로 돌아가기를 십여 미터. 담을 따라 걸었다. 앞서가는 성주는 과거 대학 시절 여자친구와 함께 걷던 덕수궁 돌담길이 되새겨진다. 덕수궁 돌담길을 걷는 연인은 헤어진다는 민간의 소문이 그대로 실현되었다. 사소한 오해로 시작되었던 전 여친과의 갈등은 시간이 갈수록 더 깊어가고 끝내 사귄 지 일 년 만에 각자도생의 길을 선택했다. 연화 씨를 뒤에 딸려 앞서는 자신은 과거 기억이 솟구치는 것을 날려 보내고자 고개를 절레절레 흔들었다. 이를 본 연화는

"왜 그러시오. 두통이시오?"

순간을 놓치지 않고 말을 하는 연화에게

"아, 아니오. 그냥 잡념이 나서 떨쳐버리려고."

연화는 입술을 힘없이 터뜨리며 싱겁게 한 번 웃는다.

종묘 입구에 다다라 매표소에서 입장권을 끊고 둘은 종묘 안으로 들어갔다. 넓은 정원이 펼쳐졌다. 아름드리 전나무와 소나무가 첫인사를 하고 그 뒤에 수줍은 단풍이 빼쭉이 내다본다. 새들은 어디서 날아들었는지 까치, 비둘기가 깍깍하고 구구하며 제소리를 내느라 시끄럽다. 좀전의 심란한 도회지를 벗어나 또 다른 자연 속으로 들어왔다. 몇 발짝을 더 들어갔다. 거기에 안내문이 세움 간판으로 당당하게 서있다.

---

종묘의 건물은 1395년 10월 태조가 한양으로 수도를 옮긴 그해 12월에 지어졌고, 임진왜란 때에 소실되었다가 광해군 즉위년(1608년)에 다시 지어졌다.

종묘는 사적으로 지정 보존되고 있으며 소장 문화재로 정전(국보), 영녕전(보물), 종묘제례악(국가무형문화재), 종묘제례(국가무형문화재)가 있으며, 1995년 12월 유네스코 세계유산으로 등재되었다.

건물들은 정전(正殿)과 영녕전(永寧殿)으로 나누어 정전에는 정식으로 왕위에 오른 선왕과 그 왕비의 신주를 순위에 따라 모시고, 영녕전에는 추존(追尊)된 선왕의 부모나 복위된 왕들을 모셨다. 그리고 정실의 출생이 아닌 왕이 그 사친(私親)을 봉안하는 사당으로서 따로 궁묘(宮廟)를 두었다.

종묘의 제사 일은 4계절의 첫 달 상순, 정초·단오·한식·추석, 동지의 납일과 매월 삭망(朔望)일로 정하였으며, 왕이 백관을 거느리고 친제하여 왕세자는 아헌관, 영의정은 종헌관이 되어 작헌(酌獻)·분향(焚香)·재배의 복잡한 절차를 밟으며 향사한다. 그러나 국상일의 경우에는 이를 피한다.

종묘행사는 국가적 행사인 만큼 이에 따르는 의식과 의복·제기(祭器)의 규격, 제물(祭物)의 종류·수 등은 엄격하게 규정하고 준수한다. 그리고 문묘와 달리 고려의 예를 따라 역대 공신을 위한 공신종사(功臣從祀)가 있다.

---

안내문을 훑어가던 연화에게 성주는

"연화 씨! 빨리 보시고 진짜로 제가 연화 씨에게 보여주고 싶은 것은 따로 있어요. 저를 따라오세요."

연화는 끝까지 안내문을 다 읽지 못하고 성주의 뒤를 따른다. 얼마를 갔을까. 그 앞에 작은 사당이 하나 나타나는데, 그 위 현판을 보니 '穎敏王神堂'이라 쓰여있지 않은가. 아! 성주 씨가 나에게 이것을 보여주려고 온 것이구나. 정면 한 칸, 측면 한 칸의 홑처마로 맞배지붕의 소박하고 단순한 구조에 가칠단청을 하여 아주 아담했다. 이를 곁에서 살펴본 성주는 마치 준비된 말투로,

"여기는 고려 영민왕의 신위를 모신 신당이에요. 바로 연화 씨가 모신. 조선 태조가 종묘를 지을 때 영민왕의 업적을 기리고 제사를 지내기 위해 신당을 짓도록 했다고 전해요. 신당 안에는 영민왕과

계연공주의 영정과 준마도가 모셔져 있고요. 임진왜란이 일어났던 1590년대 말에 불에 탄 것을 다시 지었으며, 봄과 가을마다 제사를 지내요. 보세요! 영민왕과 계연공주의 영정이 있죠? 어때요. 얼굴이 맞아요? 종묘에는 조선 시대 여러 임금의 신위를 모셨는데, 고려왕으로 유일하게 모신 신위가 영민왕이고 더욱이 부부를 쌍으로 모신 신당은 여기가 유일하대요."

성주의 말소리가 연화의 귀에 들어올 리 만무했다. 그는 임금 내외의 영정을 보며 소리 없이, 하염없이, 끊임없이 눈물이 흘러내렸다. 순간 성주는 당황한다. 매우 놀라리라 예측은 했으나 이 정도로까지 반응이 나올 줄 꿈에도 생각하지 못했다. 그녀에게 다가가 조용히 어깨를 토닥였다. 많이 그리워하는구나. 그들의 삶에 큰 애착이 있구나 했다. 얼마의 시간이 흘렀다. 서서히 그 눈물은 잦아들었다. 그리고 마음을 추스르는 연화는 곧이어

"폐하와 계연공주 마누라님의 영정을 뵈니, 나도 모르게 자발없이 눈물이 샘솟소. 죄송하오."

성주는 그녀의 행동에 전혀 문제가 없다는 듯,

"아닙니다. 감정을 그냥 편하게 드러내세요. 전 괜찮아요. 다 이해합니다. 혹 제가 영전의 사진을 찍어놓을까요?"

연화는 뜬금없다는 듯,

"사진? 그게 뭐오?"

성주는 아이쿠야 했다.

"아! 사진이라 해서 있는 모습 그대로를 담아놓고 수시로 오랫동안 보존하면서 볼 수 있게 해놓은 상이라 할 수 있죠. 제가 기념으로 연화 씨 사진도 찍어드리고, 지금 이곳에 있는 영민왕 부부의 사진도 찍어드리죠. 찍고서 바로 보여드릴 수 있어요."

성주는 재빠르게 핸드폰을 꺼내 영정을 몇 차례 찍는다. 그리고 바로 그 영상을 연화에게 보여준다.

"신기하오. 이게 가능하오? 참으로 현대 사회는 경악할 만하오."

사실 영정에 나타난 임금 내외의 모습은 실제로 자신이 모신 그 모습과 조금 달랐다. 그러나 그 인상이나 특징을 고스란히 담아냈다. 특히 임금의 용안은 실물보다 덜 흡사하게 그려졌지만, 계연공주의 모습은 실제 모셨던 그 모습과 거의 같았다. 이 영정을 그린 화공의 통찰력에 탄복하지 않을 수 없었다. 아울러 신당의 왼쪽 벽에는 영민왕이 직접 그린 「준마도」까지 걸려있다. 신당 구석구석을 천천히 훑어보고 일반 민가 쪽문보다도 못한 좁은 문을 통해 나왔다. 손바닥만 한 마당이 들어왔다. 조촐하고 호젓했지만 마음은 푸근했다.

감정을 추스르고 잠시 종묘 안 벤치에서 숨을 골랐다. 감개무량한 연화의 마음은 아직도 잔잔하게 잔영이 남아있었다. 성주는 연화에게 마음을 정돈할 수 있도록 충분히 배려를 해주었다. 연화는 그러한 성주의 배려심을 속으로 느꼈다. 한 십여 분 후. 연화는

"이제 가오."

성주는 이제는 어느 정도 마음을 추슬렀구나 하며 마침 기다렸다는 듯,

"이제 마음이 좀 진정되셨어요? 한 군데 더 들를 곳이 있어요. 또 한 번 깜짝 놀라게 해드리려는데, 좀 걱정도 되긴 하네요. (뒷머리를 긁적이며) 같이 가시죠."

연화는 이 사람이 오늘을 위해 단단히 준비하고 왔다는 생각에 감동을 받는다. 다음은 또 무엇을 준비했을까? 자못 궁금한 표정으로,

"또 어디를?"

성주는 낮은 목소리로 차분하게 이야기했다.

"여기서 한 사십 분 가면 창전동이라는 곳에 영민왕 사당이 있어요. 그곳에서 매년 11월 제관들이 사당제를 치르는데, 한번 가보시는 게 어떤가 해서요."

연화는 성주의 말이 끝나기 무섭게

"예. 좋소."

성주는 연화와 함께 종로3가역으로 되돌아가서 일곱 개 역을 거쳐 광흥창역에 하차했다. 거기서 한 오백여 미터를 걸었다. 사당은 오르는 여남은 개의 계단을 올라가면 정면 두 칸, 측면 한 칸에 영민왕과 계연공주, 최영 장군, 세 사람의 영정을 아담하고 단출하게 모시고 있었다. 고려와 조선 시대 관리들의 녹봉을 담당하던 광흥창 옆

에 두었다. 사당 안의 영정은 신당의 영정과는 매우 달랐다. 아마 현대인이 추정하여 그린 그림으로 보였다. 영민왕 신당을 보았을 때 워낙 큰 충격을 받은지라 연화는 완충 작용 탓인지 크게 마음이 움직이지는 않았다. 고려의 도읍지가 아닌 곳인데도 불구하고 이렇게 영민왕 관련 유적이 두 곳이나 있다는 것은 후대인들도 영민왕의 업적을 인정하고 있음을 알았다. 이제 남은 과제는 유성도서관에서 빌린 『고려사절요』 영인본 영민왕 부분에 그 시절의 기록이 어떻게 되어있는지 확인하는 것뿐이었다.

유성으로 내려오는 고속버스 안은 상쾌했다. 두 곳을 다니느라 몸이 지치고 노곤하며 푹 늘어진 파김치였지만 뿌듯함이 남아있었다. 든든하고 미더운 일정이었다. 유성 고속버스터미널에 도착했을 때는 땅거미가 벌써 지고, 도시의 건물들이 휘황찬란한 외등을 밝히고 있을 즈음이었다. 성주는 조금 지친 발걸음으로 버스를 내리며 물었다.

"연화 씨! 바쁘시지 않다면 밤도 늦었는데 저랑 오늘 저녁 식사나 같이하시죠?"

연화는 저녁때가 지나 시장하던 터에 그의 말 한마디가 오히려 고마웠다. 보은의 기회가 왔다고 보았다. 오늘 여기까지 개인 돈을 써 가며 이렇게까지 자신을 위해 준비해 준 성주에게 그 고마움의 대가를 얼마라도 치러야 맘이 편할 것 같았다.

"좋소. 대신 저녁 식사는 내가 사겠소. 새터민에게 주는 지원금을 얼마 받았소. 비싼 거는 못 사드려도…"

성주는 신이 나서 대꾸한다.

"좋아요. 그럼. 제가 같이 먹어드리죠. 흐흣. 그런데 소주 한 병도 같이 될까요?"

연화는 소탈하게 웃음 지으며 솔직하게 다가오는 그가 오히려 편했다.

"약주 한잔 생각나시는구려. 그 정도야 제가 사 드리겠소. 그러나 많이는 좀…"

성주는 걱정스레 일그러진 연화의 얼굴을 보며,

"걱정하지 마세요. 제 주량이 소주 한 병 넘으면 꽐라 됩니다."

연화는

"꽐라?"

성주는 아차 싶었다.

"정신을 못 차리고 우왕좌왕하며 몸을 못 가누는 사람을 지칭해 요즘 말로 '꽐라'라고 하거든요. 그런 뜻이에요."

둘은 나란히 새터민 쉼터 앞의 간이식당으로 발길을 옮겼다. 성주는 연화의 주머니 사정을 고려하여 실비집으로 간다. 전부터 동료들과 서너 번 왔던 집이었다. 돼지고기 두루치기가 특별히 맛있는 집. 실비집을 들어서며,

"이모! 여기 두루치기 2인분요. 소주 한 병 하고."

연화는 눈만 멀뚱멀뚱하며 성주가 하는 꼴을 쳐다본다.

"두루치기라고, 냄비에 돼지고기를 썰어 넣고 각종 채소와 볶아 물을 조금 부어 자작자작 끓이는 음식이 있어요. 전하는 말로는 충청도에서 두루두루 누구에게나 구미에 맞으라는 뜻에서 왔다고는 하는데, 그게 뭐 중요한 건 아니고요. 드셔보세요. 이 집 두루치기 맛이 기가 막혀요."

연화는 기대가 된다. 돼지고기에 양념을 넣고 볶았다? 궁에서는 고기 요리로서는 대표적으로 두 개가 있다. 소고기를 얇게 저며 갖은 양념을 해 구운 '너비구이'가 있다. 또 다른 거라면 소의 밥통을 저며서 소금을 뿌린 다음 밀가루를 묻히고 달걀 푼 것을 씌워 기름에 지진 '양전유아'라는 게 있다. 이것과 고기의 종류도 다르고 조리법도 다른 것으로 보였다. 어떤 맛일까 무척 궁금해진다.

얼마 되지 않은 시간이 흘렀다. 노란 양은 냄비에 두루치기가 아주 맛깔스럽게 빨간색을 띠며 등장했다. 밑반찬으로 김치와 깍두기, 나물 두 종류, 콩자반 등이 함께 배열된다. 연화는 두루치기의 맛을 보기 위해 도전의 젓가락질을 해본다. 달짝지근하고 매콤하며 짭조름한 것이 입안에서 환상적으로 미각을 자극한다. 보통 단맛을 조청으로 내는데, 현대에는 무엇으로 내는지 당도가 깊다. 또 매콤한 것은 어떤가? 이런 맛을 고려 당시에는 못 느꼈다. 담백하고 게슴슴한 것을 일품으로 치던 시대였다. 그러나 현대는 상당히 자극적이었다. 콕콕 쑤시고 혀를 맴도는 풍미가 매우 강했다. 육질도 연하게 잘 익혔다. 부드럽기가 이를 데 없다. 연화를 물끄러미 쳐다보며 그 반응을 기다리는 성주를 향해,

"이 맛 굉장히 자극적이오. 뭐라 표현하기가 그렇소. 맛없다는 게 아니고, 그냥 음식 맛이 입안에서 정신없이 떠도는 게. 자꾸 먹고 싶은 충동까지 생기면서…."

연화의 반응을 보고 일단 성주는 안심이다. 그리고 성주는 한 젓가락을 들어 듬직하게 입에 넣는다. '정말 이 집 두루치기 맛은 환상이다. 살살 녹는 것이 아주 그만이다.' 이곳에 오길 잘했다고 자위하며, 소주 한 잔을 들어 톡 털어 넣는다. 알코올이 목을 쓸고 마취하며 들어간다. 술을 많이 먹지 못하는 성주는 한 잔만 먹어도 몸에서 움찔한다. 기분이 화하며 후끈거린다. 성주는 혼자 먹기 쑥스러워 연화에게 한 잔 권해보나, 연화는 극구 사양한다. 성주는 또 한 잔을 자작하며,

"오늘 정말 고생 많으셨어요. 연화 씨에게 신세계와 과거 세계를 모두 보여드리려고 준비한 여행이라고 할까? 뭐, 그쯤 비슷한 하루였어요."

연화도 맞장구를 친다.

"맞소. 정말 신세계와 내가 있던 고려, 둘을 모두 경험한 여행이었소. 덕분에 좋은 시간을 보냈소. 정말로 감사드리오."

성주는 두루치기 한 점을 다시 입에 넣고 맛나게 씹으면서

"별말씀을요. 연화 씨가 좋다고 하니, 저도 기분이 좋습니다. 제가 사실 연화 씨를 처음 보았을 때, 첫인상이 강했어요. 남다르며 어떤 고풍스러움을 느꼈다고나 할까? 제가 취미로 옛 의상에 관심이 많은데 복색도 독특했고요. 그래서 혹여나 명함 한 장을 드렸던 건데 이

렇게 인연이 되어 오늘 여행도 같이 다녀오네요. 히힛."

성주는 윗머리를 검지와 중지로 긁적이며 멋쩍은 표정을 짓는다.

"이런 말씀 여쭙는 게, 좀 그렇지만… 혹시 나이가 어떻게 되셔요?
남자 친구는 있고요?"

연화는 '어허, 이거 무슨 소리인가!' 생각하며 순간 긴장한다. 그러
나 상대방을 알고자 하는 관심 정도로 파악하고 알려주는 게 개의
치 않다고 판단해

"예, 현대식으로 말하면 만스물이오. 남자 친구는 사내 벗을 묻는
게 맞소? 어릴 때 동네에서 사내 벗들이 있었소. 그러나 열한 살 때
입궁하고부터는 아예 없소. 있어도 안 되는 신분이었고…. 그런데 저
도 여쭙겠소. 성주 씨는 나이가?"

성주는 참 바보스러운 질문을 했다 싶었다. 나이만 물었으면 될 것
을 남자 친구까지 왜 물었던가? 궁녀이니 남친이 없는 것은 당연한
게 아닌가? 오른손을 들어 자기 머리를 한 번 쥐어박는다. 만스물이
라. 그러나 그렇게 느껴지지 않았다. 그러고 보니 살결이나 맵시가 어
려 보이기는 한다. 그러나 말하는 행색이나 행동거지가 스물서너 살
먹은 아가씨처럼 처신했다. 일단 놀란 마음을 바로잡고,

"네. 저 참 바보 같죠? 그나저나. 참 제 나이는 만스물넷입니다. 여
기서 연구원 하면서 군대를 대신해 근무도 하고요. 현대에는 사내
들이 의무적으로 나이가 차면 군대, 즉 병역을 치러야 하거든요. 병
역을 겸해서 연구원으로 있다는 말씀이에요. 전공 분야는 3D 프린

트로, 사물을 입체적으로 재현하는 기계의 프로그램과 기구 자체를 다룹니다. 잘 이해하시기 어려우시겠지만…."

성주의 말대로 연화는 반 정도도 이해 못 했다. 그러나 이해한 것처럼 그저 고개를 끄덕였다. 놀라운 것은 천둥벌거숭이처럼 앳되어 보이는데, 스물넷이라고 한다. 그런데 사내 벗은 왜 묻는가? 자신에게 호감이 간다는 표현인가. 연화 자신도 속으로 생각해 본다. 성주 씨가 영 싫지는 않다. 아니, 어쩌면 호감이 더 많은 드는 편이다. 처음 보는 사람에게 친절하게 대해주고 인연이 되고 나니, 오늘 준비한 것처럼 배려심이 넉넉하다. 네 살 차이로도 느껴지지는 않았다. 그저 한두 살 터울이나 동갑내기 정도로밖에.

"사물을 입체적으로 재현한다? 모든 사물이 가능하오?"

성주는 간단하게 설명한다.

"3D 도면을 컴퓨터라는 인공지능 기계를 통해 입력하면 물체를 입체적으로 만들어내는 기술인데요, 입체적으로 만드는 물체의 재질은 여기 있는 이 그릇과 같은 플라스틱, 종이, 고무, 식품 등까지 가능하게 되었어요. 건물을 짓는 자재까지도 만들 수 있죠."

연화는 알 듯하면서도 모르겠다는 알쏭달쏭한 표정을 지었다. 성주는 당연하다는 듯

"잘 이해가 가지 않을 겁니다. 차차 생활하시면 아시게 될 겁니다. 천천히 현대 문명을 공부해 보시면 될 듯합니다."

성주는 그러면서 소주 한 잔을 냅다 들이켠다. 비어있는 잔을 보며 연화가

"내가 한 잔 드려도 되오? 그동안 고마움에 대한 표현으로…."

성주는 환한 웃음을 지으며 흔쾌히

"저야 영광이죠. 술은 남이 보통 따라줘요. 제가 말씀을 드릴까 했지만, 아직 현대 문화를 이해하시지 못해 혹 오해하셔서 기분이 나빠지실까 봐 청하지 않았습니다."

연화는 성주의 배려에 또 한 번 호감이 간다.

어느덧 두루치기도 태반이 넘게 줄었고, 소주 한 병도 한 잔가량만 남았다. 불콰해진 성주는 식당 주방 쪽을 향해

"이모! 여기 밥 주문받으세요."

이어서 연화를 향해 밥 주문량을 묻는다. 연화는 배가 부르다며 더는 먹지 못한다고 생각을 밝히자,

"여기 공깃밥 하나만 주세요. 밑반찬도 보충해 주고요."

늦은 저녁 식사지만 푸짐하게 먹는 성주의 먹성에 새삼 놀라워한다. 등 따뜻하고 배부른 것이 모든 사람의 꿈일 것이다. 고려 시대 백성들은 이 단순한 것을 이루지 못해 늘 어렵고 힘든 질곡의 삶을 살아갔다. 그러나 현대인들은 너무나 편하고 당연하게 이를 누리고

있음을 지켜보면서 인간의 본능 중 식욕에 대해 아무 걱정 없이 사는 모습이 부러웠다. 금방 퍼 김이 모락모락 피어오르는 공깃밥이 성주 자리 앞에 놓였다. 흰 쌀밥이다. 그는 남은 반찬과 두루치기 국물을 그릇에 넣고 싹싹 비벼서 숟가락으로 한 술씩 먹음직스럽게 먹는다. 여기 사람들도 비벼서 먹는 것을 하는구나 했다. 사실 비빔밥은 아녀자들이 남은 반찬을 쓸어 모아 정지칸에서 선 채로 쓱쓱 비벼 간편하게 먹는 방식으로, 남정네들이나 관리들은 천시하는 밥 종류다. 그런데 이곳에서는 이런 천박한 방법을 아주 자연스럽게 행하는 모습 속에서 또 다른 별스러움을 느낀다.

어느덧 밤이 깊어졌다. 약 일흔 보폭이면 쉼터에 도착한다. 성주와 음식값을 치르고 나온 연화는 다시 한번 감사의 말을 건넨다.

"오늘 너무 감사했소. 잘 들어가오."

성주는 외려 자신이 고맙다는 듯

"오히려 제가 더 고맙죠. 이런 미인과 서울까지 가서 데이트했으니⋯. 근데 한 가지 드릴 말씀이 있어요. 몇 번을 망설이다 드리는 말씀이니, 양해해 주시고요⋯ 연화 씨 말투가 현대와 좀 달라요. 그러면 다른 사람들이 이상하게 봅니다. 조금 느끼셨겠지만, 여기서는 '-소, -오'보다는 '-요, -습니다'를 흔히 쓰죠. 앞으로 이곳에서 생활하시는 데 참고하시라고 감히 말씀드렸습니다."

연화는 '데이트'의 뜻을 모르겠으나, '만남' 정도로 이해하고 '예.'라고 간단하게 화답하며, 그렇지 않아도 현대인의 말투가 자신과 남다름을 익히 알고 있었다. 자신도 다음부터는 그들의 말투를 흉내 내야겠다고 다짐했다.

성주는 쉼터 대문 안으로 들어가는 연화의 등 쪽을 향해

"또 연락해요. 아니, 제가 연락드려도 되죠?"

연화는 대답 대신 고개를 끄덕인다. 성주는 신나는 어깨로 발걸음을 가볍게 옮기며 사라진다.

연화는 이제야 귀가함을 쉼터장에 알리고 조용히 자기 방으로 들어간다. 방문 앞에는 오전에 빌려놓은 『고려사절요』 네 권이 탑처럼 쌓여있다. 간단히 씻고 자리에 누워, 한 권을 들고 펼친다. 그러나 이내 하루의 피곤이 밀려오며 스르륵 눈이 감긴다. 자신도 모르게 잠이 들고, 들고 있던 책을 툭 하고 머리맡에 떨어뜨린다. 방안 천장에 매달린 긴 형광등은 이를 조용히 지켜보고 있었다.

6.

　　다음 날 새터민 센터에서 마련해 준 현대 적응 교육을 모두 마치고 오후 세 시쯤. 연화는 방으로 들어와 빌려온『고려사절요』한 권을 집어 들었다. 제26권 영민왕 1년(임진 원년, 원 지정 12년. 1352년)의 기록이 정월부터 12월까지 순서대로 기록되어 있다.

　그해 정월 임금이 변발을 벗어나며 탈원정책을 시도했던 일이 자신의 기억에도 또렷하다. 그때가 입궁한 지 5년이 된 해였다. 이에 관해 이 책에는 간략하게 잘 정리되어 기록되었다.

　정월 감찰대부 이연종(李衍宗)은 왕이 머리를 땋고 호복(胡服)을 입었다는 말을 듣고, 대궐에 나가 간하기를 "머리를 땋고 호복을 입는 것은 선왕의 제도가 아니오니, 폐하께서도 그런 것을 본뜨지 마소서." 하였더니, 왕이 기뻐하여 곧 땋은 머리를 풀고, 이연종에게 옷과 요를 주었다. 이연종은 어진 신하였다. 착한 것을 드러내고 악을 없애는 것을 자기의 임무로 알았으며, 위무로도 그를 굴복시키지 못하였으니, 당시에 그를 부르기를 '철석간장(鐵石肝腸)'이라 하였다.

　그즈음에 임금은 탈원정책을 몸소 실현하고자 무던히 노력 중이었다. 그때 '울고 싶은데 때려 주었다.'라고, 마침 중신 이연종이 그 역할을 톡톡히 해주어, 그를 핑계로 변발과 호복을 과감히 벗어던지며 좋아하셨던 기억이 새록새록 났다. 다음 달, 문무백관의 인사행정을 담당했던 정방을 폐지한 사실도 아울러 정확하게 기록되어 있었다.

그해 3월 임금을 곁에서 그림자처럼 모신 조일신(趙日新)에 대한 기록이 등장하는데, 당시 임금의 후광을 입고 하늘에 나는 새도 떨어뜨릴 정도로 권력이 막강했던 그였다. 그는 그 권력으로 2월에 임금이 폐지한 정방을 회복하고자 하였으나 임금이 그의 말을 듣지 않고, "신의 말을 따르지 않으신다면 무슨 면목으로 원 나라나 조정의 사대부들을 다시 볼 수 있겠사옵니까?" 하며 사직을 했다는 기록이 있었다. 실제로 그즈음에 조일신은 임금 수종의 공을 빙자해 인사권을 좌우하고자 폐지된 정방의 복구를 요구하는가 하면, 자기보다 높은 지위에 있던 이제현(李齊賢)을 시기하는 등 윗사람을 능멸하기도 하였다. 안하무인이었던 조일신이 늑대의 속을 드러낸 것은 9월이었다. 그는 반란을 일으켜 임금을 협박해 어보<sup>御寶</sup>를 열게 한 뒤 스스로 우정승이 되었다. 이에 임금은 조일신이 더욱 방자해진 행동을 일삼자 시월 초닷새, 삼사좌사였던 이인복의 의견을 들어 김첨수, 최영 등을 시켜 조일신을 참소하게 함으로써 엿새 만에 난이 평정되었다. 여러 날 흐린 날씨가 이어지어 침침한 나날의 연속이었는데, 조일신의 목을 벤 그날은 하늘이 활짝 개고 화창한 날이었는데, 그날 날씨에 대한 기록까지 상세하게 되어있었다.

임금 내외의 불교 신봉에 관한 이야기도 가끔 잘 기술되어 있었다. 오월 사흘 동안 도량을 설치하고 일천 명을 지장사에서 밥을 먹을 수 있도록 조치한 내용과 보허 스님과의 만남, 팔월 임금이 계연공주와 함께 복령사를 비롯해 많은 사원을 방문한 내용도 잘 들어있었다. 임금은 재위 후 계연공주와 사찰을 자주 찾아 국태민안을 기원하였다. 그날의 기억이 되살아난다.

복령사는 개경 송악산 서쪽 기슭에 있었던 절이다. 신라 시대에 창건되었는데, 사찰안에 인도에서 온 천불이 안치되어 있다. 그 안에 집채만 한 바위가 있고, 그 바위에는 어느 시인이 음각해 놓은 한시가 지금도 생생하다. 그때 하도 글귀가 좋아 적어놓고 수시로 외웠던 기억이 났다. 연화는 다시 그 시를 되새겨 본다.

伽籃却是新羅舊 / 절채는 신라의 옛적 것이고,
千佛皆從西竺來 / 천불상 모두가 서측에서 온 것이지.
終古神人迷大隈 / 예로부터 신인은 대외에서 길을 헤매었고,
至今福地似天台 / 지금까지 복지는 천태산과 흡사하구나.
春陰欲雨鳥相語 / 봄날 흐려 비 오려 하니 새들이 먼저 재잘대고,
老樹無情風自哀 / 고목은 무정한데 바람 제 홀로 슬프구나.
萬事不堪供一笑 / 만사가 한 번의 웃을 거리도 못 되고,
靑山閱世只浮埃 / 청산도 세상사 겪으매 뜬 타끌일 뿐이네.

지금 다시 암송해도 참 좋은 시 구절이다. 임금과 계연공주도 이 시를 읽고 난 후 탄복하며 몇 번이고 "참 좋다."를 연발했었다. 그날 임금 내외는 환궁하지 않고 하루를 더 연장해 불사에서 기거했는데, 갑자기 변경된 일정이라 수라상과 침구 준비가 잘되지 않은 상황임에도 불구하고 크게 흡족해했다. 그날의 갱반은 구렁쌀과 조탕(미역국)으로 준비했고, 덤으로 콩나물탕도 함께 준비했었다. 반찬은 송송이(깍두기), 규아상(만두), 조리니, 호두튀각, 백자(잣), 다(숭늉)가 전부였었다. 그날 연화는 임시로 준비해 놓았던 침소의대(왕과 왕비의 잠옷)를 침상에 두었고, 단봉지(홑바지)와 족건(버선) 두 쌍을 가지런히 놓았었다. 사찰에서 급조한 혼병(변기)도 방 한쪽 구석에 놓았었다.

대체로 『고려사절요』의 기록은 큰 사건에 대해서 충실한 편이었다. 그러나 여러 곳이 석연치 않았다. 영민왕 원년의 기록 중 12월에 해당하는 내용에,

"원 나라에서 종정부상판 양렬첩목아 등을 보내어 조일신의 변란에 관한 것을 국문하였다."라는 내용과 "밀직부사 이성서를 원 나라에 보내어 방물을 바쳤다."라는 기록이 있으나 실제 그때의 기억은 연화에게 뚜렷했다. 많은 중신이 그처럼 할 것을 종용했던 것은 사실이다. 그러나 임금은 이번부터 원 나라의 간섭에서 서서히 벗어나겠다는 의도로 이를 행하지 않은 결단을 내렸다. 이것 때문에 며칠간 조정이 술렁거리면서 혼란했던 기억이 지금도 남아있다.

그날은 음력 섣달 그믐 무렵, 유난히 눈이 많이 온 날이었다. 지방에서 올라온 장계에 의해, 양광도 북부에서는 사람 반 길 정도로 폭설이 내려 마을이 고립되고 왕래할 수 없을 정도라고 했었다. 한 사나흘은 계속된 눈발이었다. 개경 만월대에도 눈이 수북하게 쌓여 궁궐 나인들과 환관들이 오전 내내 눈을 치웠던 날이었다. 온 세상을 태산같이 뒤덮은 눈으로 걱정이 많던 임금과 계연공주는 궁궐 마당에서 하늘을 향해 '이제 제발 그만 눈 좀 내려달라.'라고 기원하며, 아직도 신하들의 사고방식이 원 나라를 벗어나지 못해 안타까워하는 논담을 먼발치에서 어렴풋하게 들었었다. 개혁은 즉각적으로 행동하고 발현되어야 한다고 임금은 생각했었다. 그러지 못하면 관례와 습성에 젖어 흐지부지하다가 도로 제자리로 돌아가기에 십상이라 보았기 때문이다.

『고려사절요』 제26권 한 권을 보는데 시간이 꽤 흘렀다. 과거로의 여행 같은 즐거움이 있었으나 그 즐거움에 빠져 시간은 자정을 훌쩍 넘기고 말았다. 제27권은 다음에 보리라는 결심에 욕심부리지 않고 조용히 한 쪽 편에 놓았다. 마음 같아서는 날이 새도록 다 읽으려 했으나 가만히 생각해 보니 현대에서 자신에 주어진 시간은 무궁무진했다. 딱히 직업이 있어 나갈 곳이 있는 것도 아니고, 나간다고 하여도 딱히 반겨줄 사람이나 장소가 없었다. 찹찹히 몸을 눕혔다. 그리고 천장에 누워있는 긴 등을 쳐다보다가 문 앞 누름쇠를 눌러 소등했다. 새까만 천장을 우두커니 본다. 계연공주의 자태가 그 천장에 아련히 그려진다. 작지만 당당하고 강하지만 인자했던 그의 미소와 성품. 그녀가 없는 궁에서 임금은 어찌 지내실까? 점점 피곤한 몸이 빳빳하게 곤두서진다. 주위에서 궁인들이 우왕좌왕하면서 임금의 비위를 맞추기 위해 동분서주할 모습이 상상된다. 특히 가장 가까운 벗, 이 나인의 얼굴도 그려진다. 이 나인은 항상 자신에게 웃는 낯으로 힘과 용기를 주지 않았던가? 이 나인을 그리다가 서서히 눈꺼풀이 가라앉는다. 추를 달아놓은 눈꺼풀은 다시 치켜뜨지 못하고 그렇게 잠 속으로 살며시 빨려 들어간다.

다음 날 오후, 어제와 같은 시간에 다시 『고려사절요』 제27권을 손에 쥐었다. 영민왕 8년(1359년), 기해년의 기록이니, 연화 나이 스물셋 때의 기록이다.

조소생(趙小生)은 고려 말에 원나라의 쌍성총관부 총관으로 부역하며 고려에 대항한 사람이다. 한양 조씨의 시조 조지수의 고손으로, 증조부인 조휘가 몽고에 투항한 이후 대대로 그의 자손들이 쌍성총관부의 총관을 세습했는데 조소생은 4대 총관이었다.

영민왕 6년, 임금이 원나라가 쇠퇴한 틈을 타 쌍성을 수복하려고, 밀직부사 유인우가 동북면병마사로 임명해 쌍성 공략을 지시했다. 조소생의 숙부 조돈은 충숙왕 시절 고려에 귀순하여 충숙왕의 총애를 받은 적이 있는데, 이 때문에 조돈이 고려군과 내통할 것을 우려한 조소생은 그를 구류시키면서 탁도경과 함께 저항하였다. 결국 조돈이 탈출하여 고려군에 협력하고 쌍성인들이 고려에 귀순하는 등 상황이 어려워지자 여진 지역으로 도주하였다.

2년 후 고려에서 조소생과 그의 일당을 회유하기 위해 조돈을 보냈지만, 조소생은 오히려 3년 후 원나라의 나하추를 끌어들여 고려의 동북변인 삼살·홀면 지역을 침공하였다. 나하추의 군대는 홍원의 달단동에서 이성계에 의하여 격파당했고, 달아난 조소생은 같은 해 여진의 다루가치와 총관에 의해 탁도경과 함께 살해되었다.

임금의 개혁에 걸림돌이었던 조소생에 대한 기록이 간략하게 정리되어 있다. 연화도 조소생을 여러 번 보았다. 눈매는 엎어진 팔자 형태로 가늘게 쭉 찢어지고, 콧등은 갸름하고 길쭉하게 흘러내렸으며, 볼기에는 살이 없이 움푹 파였었다. 첫인상이 후하고 푼더분한 모습은 아니었다. 그는 성격이나 말투도 날카로워 "야!", "자!" 소리치며 사람들을 능멸했고, 고개를 절대 굽히지 않았다. 임금은 그런 그를 못마땅하던 차에 개혁을 도화선으로 삼아 가차 없이 처단하였다. 임금은 그런 사람이었다. 개혁에 방해되는 자는 주저 없이 단칼에 정리하고 미련을 두지 않는 속단속결의 성격이었다. 물론 그런 그에게 혹여나 있을 큰 과오를 최소화하기 위해 조언을 아끼지 않은 사람은 계연공주이었고, 그 두 번째라면 신덕 정도가 다였다.

몇 장을 넘기니 눈에 주목할 만한 사건이 하나 기술되어 있다. 바로 안동에 원행 갔던 사실의 일부분이었다.

영민왕 2년 섣달 임진일에 왕이 복주福州(지금의 안동)에 이르렀다. … 왕이 영호루에 거동하여 얼마 동안 경치를 바라보더니, 이윽고 누에서 내려와 배를 타고 놀므로 구경하는 자들이 줄지어 늘어서고, 혹은 돌아서서 탄식하는 자도 있었다. …

재임 초창기 임금은 안동 원행을 즐겼다. 그곳은 풍광이 수려할 뿐만 아니라 인심까지 후했다. 홍건적이 2차 침입한 임금 재위 10년 (1361년) 9월, 임금 내외의 고생은 말도 아니었다. 그럼에도 불구하고 임금은 안동으로 몽진을 떠났고, 그 와중에도 절대 나라를 포기하지 않았다. 군사들을 모으고 재정비했으며, 개경으로 재반격의 기회를 호시탐탐 노렸다. 50여 일이 지나고 환궁 전투에 승리한 후 임금은 두고두고 안동의 기억을 잊지 않았다. 그래서 안동을 '대도호부'로 격상시키고 자주 가서 나라의 안녕을 기원했던 '영호루(映湖樓)'에 현판을 내렸고, '안동웅부(安東雄府)'라는 휘호도 직접 써서 판전교시사(判典校寺事)인 권사복에 주어 달도록 명하였다.

한편 이 권에 그릇된 내용이 있었으니, 영민왕 10년(1361년) 5월의 기록이다.

향리와 공사노비가 부역을 피하고자 불문(佛門)에 자취를 의탁하고, 손에는 불상을 들고 입에는 범패를 부르며 민가들을 이리저리 돌아다니면서 백성의 재산을 소모하여 그 피해가 가볍지 않으니, 모두 체포해 원래의 역(役)으로 돌아가게 하였다.

향리 두어 명의 행적일 뿐 공사노비까지 그러한 작태를 저지르지 않았으며, 당시 백성들은 원 나라 밑에서 오로지 불심으로 난국을 타개하고자 일심동체로 하나 된 상태였다. 따라서 기록처럼 사회적 문제가 될 정도는 아니었다. 연화는 전략적으로 불교의 폐단을 부추기기 위한 기록으로 보였다. 조선 시대에 고려의 사실을 기록하면서 유교 숭배의 정책을 합리화하고자 당시의 불교의 비리와 폐단을 기술하고 없던 것도 더 부풀리거나 두드러지게 강조해서 기술한 것으로 보였다. 당시에 몇몇 사찰은 사찰 소유의 토지가 광대해지면서 백성들에게 고리대금 수준의 소작료를 징수해 물의를 일으키기도 했다. 그러나 이를 임금은 알고 있었으며, 불교 재단 개혁을 시도하고자 했었다.

연화는 『고려사절요』를 두루 살펴보면서 크게 두 가지를 느낀다. 하나는 영민왕에 관한 기술이 너무 개략적이라 그러한 사실의 저의

나 배경에 관한 기술이 생략되었다는 점이고, 다른 하나는 내용이 전략적으로 의도된 기술이 적지 않아, 내용 중에 많은 부분이 허구라는 사실이다. 역사는 언제나 승리자의 편이라고 했지만, 그렇다고 사실이 아닌 내용이 고스란히 정사처럼 기록되어 후대에 알려지는 것은 못마땅하였다.

머리가 매우 복잡해지고 혼란스러웠다. 어쩌면 자신이 알고 있는 사실이 거짓일 수도 있을까는 모르겠다. 그러나 당대인들은 목격된 사실만을 있는 그대로 기록할 수 있는 증인임은 틀림없다. 판단이 내재된 정책에 대해서는 잘 모를지라도 객관적인 사실만은 보이는 대로, 느끼는 대로 기술하는 것이 정도이리라. 연화는 불현듯 성주가 보고 싶었다. 이러한 속내를 허심탄회하게 토로할 수 있는 유일한 사람. 그에게 연락했다. 마침 오늘 아침 이 주임에게 받은 새터민 지원용 핸드폰이 있어, 이를 처음으로 사용해 본다.

명함에 있는 전화번호로 전화를 건다. 지금 시각은 오후 5시 반.

'띠리릭 띠리릭 띠리릭'

세 번의 신호음이 들린다. 그러더니 반가운 목소리가 핸드폰 기계 속에서 흘러나온다.

"네. 최성주입니다. 누구신가요?"

연화는 순간 머뭇거린다. 뭐라고 얘기해야 하나 멈칫하다가 고려 때의 말투를 버리고 현대식으로,

"네. 저는 대전새터민센터에 있는 유연화예요."

성주는 바로 응대한다.

"아! 네. 연화 씨군요. 핸드폰이 못 보던 번호라. 혹 핸드폰 사셨어요?"

그의 목소리는 아주 힘이 넘치고 상쾌하다. 그가 가진 활력소가 남다름을 새삼 느낀다.

"네. 새터민센터에서 무료로 핸드폰을 주셨어요. 처음으로 걸어보는 겁니다. 지금 이렇게 말해도 되나요? 바쁘신 건 아니고요?"

성주는 이제야 알았다는 듯,

"그렇군요. 연화 씨 전화번호를 저장해 놓아야겠군요. 아! 지금 마침 기획 회의를 마치고 정리 정돈을 하던 참이에요. 통화 괜찮습니다. 그런데 무슨 일로?"

연화는 속으로 '휴우.' 한다. 혹여나 바쁜 사람 붙잡고 전화를 했으면 어쩌나 걱정하던 중이었다.

"네. 오늘 저녁 시간 있으세요? 그냥 뭣 좀 여쭙고 싶은 게 있어서…."

성주는 잠시도 주춤하지 않고 찰나의 시간에 대꾸한다.

"아무렴요. 없어도 있지요. 흐흣. 누구 전화이신데…. 언제 만날까요? 같이 만나서 저녁 식사라도 같이 먹을까요?"

연화는 그의 즉답에 골똘히 생각해 본다.

'이 사람은 너무 직선적이고 즉흥적인 사람이구나. 그냥 마음 내키는 대로 행동하는 그런 사람. 저녁 식사를 같이해도 좋으나, 그 경비를 생각하니…'

"아니요. 식사까지는 그렇고, 저녁 식사하시고, 차나 한잔하시거나 공원 야외 의자에서 잠깐 만나는 게 어떠실지?"

성주는 함께 저녁 식사까지 먹을 생각으로 흥이 났었지만, 좀 서운함이 감돈다. 목소리가 한풀 꺾인다.

"네. 그러죠, 그럼. 제가 식사하고 저녁 7시경 센터 앞 정문으로 갈게요. 괜찮으세요?"

연화는 자기 시간을 점검하고 그 시간이면 넉넉하리라 판단한다.

"네. 저도 좋아요. 그럼 이따 뵙죠."

# 7.

　　임금의 왕사(王師), 신덕은 마당을 갈팡질팡하며 시름에 잠겼다. 신덕은 하루하루를 폐인으로 살아가는 임금을 곁에서 모시면서 걱정이 이만저만이 아니었다. 오백 년 왕조의 큰 틀이 기둥부터 흔들리고 있음에 미래가 어두웠다. 자신이 임금을 돕는 왕사로 들어와 탈원정책에 대해 임금과 손을 맞잡고 개혁의 선봉에 섰다. 기존 중신들과 토호 세력들의 반발을 사기도 했지만, 억눌린 백성들은 그들의 개혁에 쌍수를 들어 환영하고 기뻐했다.

　　신덕은 잠시 산중으로 들어가 암자 하나를 골라 칩거하면서 수행에 들어갔다. 잠행하면서 이 난국을 뚫고 나간 방책을 강구해야만 했다. 마음을 차분하게 가라앉히고 명상의 시간을 가졌다. 생각에 생각을 거듭했다. 그러나 아무리 시간이 지나도 묘책은 떠오르지 않고 잡생각이 온몸을 휘감았다. 스스로 '나도 이젠 완전한 속세인이 되었구나.' 자괴하면서 자학을 한다. 그러다가 문득 자신을 임금에게 소개해 주고, 정신적인 지주이며 스승으로 모시는 김원명을 찾아 자문을 구하기로 결심했다. 의연히 암자에서 자리를 떨치고 길을 나선 건 이틀만이었다. 솔숲 사이의 빛살이 날카롭게 내리꽂고 있었다.

　　김원명은 이순의 나이로 임금과는 같은 항렬의 인척이었다. 수복경성 1등 공신이기도 했다. 그는 마음이 너그럽지는 못하지만, 계략의 귀재였다. 어떤 일을 기획해서 밀고 나가는 것을 남모르게 잘 처리하는 능력이 출중했다. 중신들은 그를 뒤에서 '늙은 여우'라 칭하는 것은 다 이유가 있었다. 그의 성품은 배울 것이 많지 않았지만, 그의 비범한 계략은 남다름이 있었다. 그의 집은 개경 만월대 옆에 남향으로 넓은 터를 잡고 아랫녘이 훤히 보이는 곳에 있다. 그 아래 펼쳐진 민가는 자갈밭과 산 두둑에 마치 개미굴이나 벌집 모양으로 옹기종기 모여있었으며, 지붕은 띠로 덮고 그 길이도 두 서까래 이상을 넘지 않았다. 그러나 김원명의 집은 기와로 지붕을 덮었을 뿐만 아니라 여러 채를 두고 각 채는 다시 간으로 분화하였으며, 곳곳에 마루를 깔아 청을 두었다. 앉는 방식도 좌식이 아니라 의자식으로 만들어졌다. 세 칸 솟을대문을 들어서며 그 위압적이고 압도적인 분위기에 신덕은 주눅이 든다. 화초장으로 빙 둘러쳐진 담장 곁의 사랑방에서 그를 만난 신덕은 고개 숙여 인사를 하고, 주안상이 들어올 때까지 간단한 안부를 서로 물었다. 김원명은 신덕을 귀하게 환대하고 기뻐했다. 잠시 후 여자 노비 하나가 한 중년 여인 노비와 함께 주안상을 들고 들어왔다. 궁에서 먹는 수라상 버금가는 차림이었다. 영광 굴비와 개성 인삼 무침, 파주 한우를 볶아 만든 너비아니에 진도 홍주가 올라와 진진하게 차려진 주안상이었다.

주안상을 들고 나던 여자 종의 모습이 신덕의 눈에 스친다. 몸가짐이 차분하고 낭랑 십팔 세로 보이는 나이에 가냘프지도 않고 뚱뚱하지도 않게 태가 고우며, 엉덩이는 넓적한 것이 순산과 다산도 거뜬할 만한 몸이었다. 얼굴도 자세히 뜯어보니, 앵두 두 개를 붙여 놓은 듯한 입술에 적당하게 내려앉은 콧대며 끝이 살짝 쳐지면서 선하게 보이는 눈과 밝고 또랑한 눈동자, 가르마 아래로 아이 손바닥만 하게 자리 잡은 뽀얀 이마, 갸름하게 흘러내린 턱선이 모두 오련하며 참했다.

김원명은 술병을 들어 신덕에게 한 잔 따른다.

"바쁘신 왕사께서 어인 행차로 이런 누추한 곳에 납시었는지요?"

중후하고 낮은 목소리로 격조에 맞게 묻는 김원명의 눈빛은 상대의 의중을 꿰뚫고 있음을 여실히 보여주었다.

"삼사좌사 나리 덕에 입궁하여 잘 지내고 있사옵니다. 자주 찾아뵙지 못한 이 죄인을 너그러이 용서해 주시옵소서. 날씨도 좋고, 풍경도 황홀한 중에 불현듯 나리가 생각나서 이렇게 찾아뵈었습니다. 기체후일향만강하시옵지요?"

김원명은 살짝 눈을 위로 치켜뜨며,

"아무렴요. 다 성은 덕택에 제 몸뚱어리는 큰 탈 없이 그럭저럭 잘 지내고 있사옵죠. 망극한 은혜이지요."

말을 마치자마자 자신의 술잔을 들어 신덕과 건배를 청한다. 신덕은 한숨에 잔을 들이키고 잔을 조용히 놓으며,

"오늘 찾아뵌 연유는 긴히 상의를 드리며 자문을 구하고자 해서입니다. 나리의 혜안으로 제게 큰 깨달음을 주셨으면 해서요. 아쉬울 때만 찾아뵈어 염치는 없습니다만."

김원명은 대략 무슨 일일까 짐작이 가는 눈치였다. 그는 그 정도로 흐름이나 눈치가 빠른 이였다.

"저 같은 석철의 머리가 무슨 도움이 되겠습니까? 그래도 미력한 도움이라도 된다면 영광일 뿐이지요."

신덕은 그의 혀 앞에 한 번 기가 죽는다. 독사의 혀가 생쥐 한 마리를 앞에 둔 꼴이었다. 부처님 손바닥 보듯 뻔한 것을 상의하러 왔다고 짐작하는 그의 태도에 신덕은 내심 탄복한다. 역시 범상한 인물은 아니다.

"다 아시겠지만, 요즘 폐하께서 옥체를 호되게 다루시면서 술에 빠져 정사를 통 돌보지 않으시니 나라의 앞날이 풍전등화입니다. 제가 옆에서 최선을 다해 보필하고는 있사오나, 힘이 턱없이 부족해서인지 조정은 혼란스럽고 백성은 굶주림과 아우성으로 불만이 최고조입니다. 폐하를 구렁텅이에서 빼낼 묘책은 과연 없는지요?"

김원명은 마치 기다렸다는 듯 잠시도 생각을 머뭇거리지 않고 답을 한다.

"저도 근일 조정의 폐하께서 나날이 술독에 빠져 지내시는 것을 풍문으로 들어 알고는 있습지요. 그래서 늘 걱정이었습니다. 미운 아이일수록 먼저 품으라는 말처럼 그럴수록 폐하를 더 품고 안아주어야 할 것입니다. 그렇다고 누이 믿고 장가 안 간다고, 남은 생각도 없는 일을 제 혼자 마음대로 믿는 어리석음을 만들어서도 안 되겠고요. 그래서 제가 생각해 둔 일이 있는데, 한번 들어 보시겠습니까?"

역시 김원명이었다. 미래를 예측하고 그 방책을 준비해 놓은 사람이었다. 그의 그러한 능력은 타의 추종을 허락하지 않을 정도였다.

"이열치열, 이독제독이라고 했습니다. 계연공주의 승하로 일이 이 사태까지 왔으니, 그와 비슷한 여자로 이를 치료하는 방법뿐이죠. 물론 후궁들을 몇 분 들여 그러한 일을 조정에서 노력한 바는 압니다.

그러나 저는 방법이 좀 다릅니다. 무릇 여자만 들일 것이 아니라, 폐하처럼 독특한 성품을 지닌 분은 미소년들을 같이 이용하는 것이죠."

신덕은 깜짝 놀란다. '미소년이라!'

김원명의 계략은 그랬다. 임금은 계연공주를 지극히 사랑했었기에 여자를 직접 들이면 절대 거절하실 거다. 그러나 곱게 생긴 미소년을 몇 명 뽑아 그들을 곁에 두고 있다가 그들을 이용해 폐하의 마음을 움직여, 후사를 이을 세자를 잉태하고 조정에 힘을 쏟을 수 있도록 하자는 것이었다. 신덕은 잘 이해가 되지 않아 눈만 꺼먹꺼먹하자 보충해서 설명한다.

"동성연애를 이용하는 거죠. 이성을 멀리할 때는 동성을 이용하는 방법밖에 없습니다. 여자처럼 이쁘장한 미소년 대여섯 명을 곁에 두고 밤이고 낮이고 같이 놀고 약주를 하면서 가까워지도록 내버려 둡니다. 시간이 지난 후 사이가 돈독해졌을 때, 동성애를 이용해 여인을 하나 투입하고 그들 간의 질투심을 이용해 폐하의 마음을 움직이자는 거죠."

역시 그는 조조였다. 신덕은 머리를 둔기로 한 대 맞은 것처럼 번쩍했다. 기가 막히는 계략이었다. 자세한 내용은 가만히 숙고해서 짜면 될 것이었다. 신덕은,

"역시 삼사좌사 나리의 탁견은 누구도 흉내 내지 못할 성싶습니다. 탄복했습니다. 역시 대단하십니다. 거듭 감사드립니다."

신덕은 몇 번이고 머리를 조아리고 조아렸다. 그리고 기쁜 마음으로 홍주 한 잔을 들어 건배를 제의했다. 홍주가 끊임없이 들어오고

들어왔다. 파주의 한우 새우살은 입에 닿는 즉시 쩍쩍 붙었고, 굴비의 찰진 흰 살은 고소할 뿐만 아니고 달짝지근하기까지 했다. 벌써 두 사람의 낯빛은 연분홍 복사꽃을 넘어 홍옥처럼 불그스레해졌다. 진도 홍주의 술빛이 외려 처량할 정도로. 부어라 마셔라 하던 중에 신덕은 문뜩 아까 봐두었던 주안상을 들인 여종을 회상하며,

"삼사좌사 나리. 한 가지 청이 있사옵니다. 좀 전에 주안상을 내오던 어린 여종 하나 있지 않습니까? 괘념치 않으신다면 저에게 그 여종을 파셨으면 하는데. 제가 탐이 나서 그런 것이 아니고, 저의 집에 두고 있다가 요긴할 때 쓸만한 재원이 될 듯싶어서요."

김원명은 이 또한 예상했던 청이라는 듯, 자세를 새로 바르게 잡으며,

"역시 신 왕사님은 매의 눈을 가지셨습니다. '반야'라는 계집종인데, 얼굴도 고울 뿐만 아니라, 심성도 참하고 예의가 바릅니다."

이름도 반야라니, 신덕은 혹하고 더 마음이 급해지며 당겨진다. 반야란 불교에서 만물의 참다운 실상을 깨닫고 불법을 꿰뚫는 지혜를 일컫는데, 비록 지금은 승려를 벗어나 속세인으로 있지만, 그 마음 한편은 아직도 불심을 오롯이 담고 있었기 때문이다.

"제가 뭐 드릴 것은 없고, 선물로 반야를 내어드리지요. 나중에 한 턱이나 내십시오. 허허."

신덕은 그의 배포에 고마움을 갖는다. 부족함 없이 떵떵거리며 사는 인생이지만, 여자와 종은 가질수록 좋다는 사회의 통념을 벗어던지고 흔쾌히 자신에게 계집종을 내어주는 배려다. 그는 반야를 데리

고 가 수양딸처럼 키우고자 했다. 자신은 불도에 들어선 후 여색을 극도로 멀리하고 오로지 수행에만 전념했었다. 젊을 때의 혈기 왕성을 허벅지를 꼬집으며 참아낸 인생이었다. 이제는 승려 옷을 벗고 나이가 들면서 여인을 가까이 두고 싶은 마음은 있지만, 그것은 개성과 평양에 가면 얼마든지 기생이 널려있었다. 그가 원하는 것은 여인의 몸이 아니라, 자신이 비빌 언덕이 필요했다. 그래서 반야를 데려가 면천을 시켜주고 외동딸처럼 키우고 싶었다.

동행했던 호위무사와 사내종이 자신을 어떻게 데리고 집에 왔는지 모르겠다. 떠 매고 왔는지 말에 얹혀 왔는지 도통 기억이 없었다. 참으로 오래간만에 술 한번 진탕으로 먹은 하루였다. 아침에 위장 속은 쓰릴 대로 쓰렸다. 점심과 저녁까지 거를 수밖에 없었다. 하찮은 미음조차도 먹는 족족 토했기 때문이다. 참으로 엊저녁 주안상은 난제를 해결하고 수양딸을 얻은 날이니 어찌 기쁘지 않았으리오. 음식을 먹지 못하고 힘들었지만, 김원명 나리에게 감사의 뜻으로 선물 꾸러미를 보냈다. 얼마 전 팔관회가 있었던 날, 아라비아 상인들이 들고 온 금향로와 홍해산 백산호를 함에 넣고 금보자기로 싸 반야 편으로 보내고 마지막으로 하직 인사를 한 번 더 하고 오라고 일렀다.

# 8.

       연화는 이제 제법 현대 문물에 대한 기초 지식도 쌓았고, 한글을 완전히 터득하게 되었다. 달포 동안 새터민센터의 배려로 꾸준하게 교육을 받았고, 연화 또한 현대에 속히 적응하고자 최선을 다해 학습하고 반복해 습득했다. 핸드폰 사용법과 버스, 지하철 사용법도 쉼터 총무를 통해 부지런히 배워 터득했다. 그 사이에 간간이 성주도 만났다. 그는 만남을 제의하면 모든 일을 제쳐두고 자신을 만나주었다. 그를 통해 현대 사회의 모습이나 젊은이들의 문화도 많이 알게 되었다. 아울러 그가 종사하는 3D 프린트 사업을 비롯해 연구원 안에 있는 다른 사업인 사물인터넷, 우주천문센터, AI 등에 대해서도 조금씩 알게 되었다. 그중에서 연화는 특히 3D 프린트 사업과 우주천문센터에 관심이 많았다. 평면에서 인쇄하는 것도 놀라운데 3차원 입체로 사물을 만들어내는 기술은 믿어지지 않을 정도였다. 또한 영민왕 원년에 있었던 개기 월식 현상을 보면서 신비로운 대자연의 광경에 큰 감회를 받았던 그녀는 우주천문센터에서 해와 달을 비롯해 각종 별자리의 움직임을 정확하게 관측하고 앞으로 일어날 현상에 관해서도 예측할 수 있다는 이야기를 듣고 더욱 놀라웠다.

  현대로 온 지 근 열 달이 다된 즈음, 여름으로 향하는 어느 날. 성주에게서 연락이 왔다. 이번 주 토요일 혹시 시간 낼 수 있느냐는 문자 메시지였다. 달리 일이 없었던 연화는 특별한 일은 없다고 답을 했다. 그랬더니 바로 잘 됐다며 그날 자신이 한국미래과학연구원에서 당직을 서는 날인데, 안은 보안상 자세히 견학시켜 줄 수 없으나 외관만이라도 볼 수 있으니, 혹 관심이 있느냐는 연락이 왔다. 연화는 꼭 한번 보고 싶은 곳이라 견학하고 싶지만, 섣불리 촐랑대면 가벼움이 느껴질 수 있어, "가봐도 괜찮을까요? 혹 방해가 되지는 않을지…" 하며 운을 떼었다. 성주는 상관없다고 했다. "그러면 한번 가보겠습니다. 토요일 10시경에 연구원 정문에서 만나기로 하죠."

그간 연화는 새터민센터를 통해 정부의 지원금을 받았다. 초기 지원금, 분할 지원금, 주거 지원금 등의 명목으로 총 1,900만 원을 수령했다. 또한 정착 장려금으로 1년간 매달 20만 원이 지원되었다. 그중 1,300만 원은 새터민 쉼터에서 거주하는 조건으로 지출했고, 남은 돈으로 생활을 꾸려 나갔다. 그중 매달 나가는 돈은 핸드폰 사용료와 가끔 개인적으로 필요한 물품비나 간식비가 전부였다. 현대인들은 화폐도 주화나 지폐를 간혹 썼지만, 주로 신용카드나 핸드폰으로 지불했다. 연화가 살던 그때는 충렬왕 13년(1287년)에 만든 청량화폐 쇄은이 잠시 통용되었으나 대외 무역 거래 때나 일부 부유층에서만 유통되었지, 대다수 백성은 쌀이나 베 등의 물품화폐로 거래하였다. 현대는 참으로 편리한 세상이었다. 그녀는 지원금 일부에서 견학 때 쓸 선물로 동네 화원에서 꽃 화분을 구매할 예정이었다. 그동안 성주가 자신에게 베푼 은혜에 비하면 약소할 뿐이었다. 그러나 자신의 처지에서 정성껏 할 수 있을 정도로 감사를 표현하면 되겠다는 마음이었다.

7월 초 토요일 아침, 습기도 많고 후텁지근한 날씨다. 지난번 새터민센터에서 지원받은 의류 중 가장 산뜻하고 깔끔하게 보이는 티셔츠와 바지를 입었다. 현대의 자기 또래 아가씨들은 모두 가슴이 푹 파이고 짧은 반바지를 선호했다. 그러나 연화는 아직 의생활에서는 그들을 쫓아갈 수도 없지만, 쫓아가고 싶지도 않았다. 남우세스러운 꼴이 영 불편해서다. 아침에 근처 화원에 들러 여자 주인이 추천하는 스투키 화분을 샀다. 책상 앞에 놓을 수 있는 앙증맞은 것으로 골랐다. 주인의 말로는 이 식물이 그늘, 열, 건조한 환경을 잘 견뎌 키우기 쉽다고 했다. 더불어 공기 정화, 음이온 방출, 전자파 차단, 산소 배출 등의 효능이 있다고 너스레를 떠는데, 그 말 중 반은 못 알아들었지만 나쁜 것이 아님은 확실해 추천한 대로 구매했다.

　10시를 10분 앞두고 연구원 정문에 도착했다. 오늘은 쉼터 총무 언니에게서 빌린 기초화장품도 좀 찍어 바르고 나왔다. 성주는 벌써 나와 연화를 기쁘게 맞이했다. 성주 또한 당직 서기에 편한 복장이다. 성주는 연화를 정문 안으로 안내한다. 건물 서너 동이 디근 자 형태로 있는데, 그 각각을 설명하고 자신이 근무하는 사무실 쪽으로 향한다. 건물은 하얀색으로 각진 형태이지만 미래를 준비하는 첨단 과학의 냄새가 물씬 풍긴다. 건물 앞에 조성된 조그마한 화단은 누군가의 손길이 늘 닿았는지 온갖 꽃들과 관상수로 아기자기하게 꾸며져 있다. 성주의 사무실이 있는 건물 안도 무척 쾌적하게 정돈되어 있었다. 사무동과 실험동으로 나누어진 구조가 한눈에 들어왔다. 사무실 쪽으로 안내한 성주는 손님을 접대하도록 꾸며놓은 휴게실로 향했다. 연화는 어리둥절하기도 하고 어안이 벙벙한 채로 주위를 구경하느라 고개가 쉴 없이 움직였다. 성주는 휴게실 안쪽의 편한 소파로 그녀를 앉히고 차를 한 잔 타온다. 그녀를 줄곧 만나면서 커피보다는 전통차를 좋아함을 알았고, 미리 준비해 놓았던 쌍화차 봉지를 잔에 넣은 후 뜨거운 물을 붓는다. 쌍화차 봉지의 내용물이 뜨거운 물을 만나면서 검정이 물 분자 사이로 확 퍼진다. 거기에 냉장고에서 달걀 하나를 꺼내, 흰자를 능숙하게 빼내고 노른자만 잔 속에 풍덩 넣었다. 쌍화차 봉지 안에 있었던 호두, 잣도 같이 어우러지면서 제법 쌍화차의 진면목을 보여준다.

"연화 씨, 쌍화차입니다. 아마 좋아하실 듯해서 준비했어요. 당시에도 이런 차가 있었는지는 모르겠지만. 쌍화차는 거기 봉지에도 나온 것처럼 백작약, 당귀, 천궁, 계피, 감초를 탕기에서 뭉근히 달인 거예요. 그걸 건조해 편하게 만들어 먹도록 해놓은 것을 타 드린 겁니다. 한번 드셔 보시죠."

연화는 이제 그의 준비성에 크게 놀라지 않는다. 그의 본능적 성품임을 이제는 알고 있어서다. 연화도 준비한 스투키 화분을 앞으로 내민다.

"빈손으로 오기 뭐해서 하나 샀어요. 화원 주인 말씀이 사무실에 두면 이런저런 유해 물질을 차단해서 좋다고 추천하셔서. 마음에 드실지 모르겠어요."

연화는 화분을 건네고, 찻잔을 들어 쌍화차 한 모금 맛본다. 화분을 받아든 성주는 만면에 희색을 띠었다. 달달하면서 쓴맛이 혀를 두드린다. 고려 시대는 차 문화의 전성기였다. 연등회와 팔관회에서 진차(進茶) 예식이 중요한 만큼. 진차는 주과식선(酒果食膳)을 올리기 전에 임금이 먼저 차를 명하면 신하들이 차를 올리는 행사였다. 녹차는 권문세족들도 흔히 즐겼고, 궁내에서는 임금이 납차(臘茶)를 흔히 즐겼다.

"차 맛이 제게 딱 맞아요. 커피보다 이 향과 맛이 참 좋네요. 저는 아직도 과거를 못 벗어난 듯해요. 이런 전통차를 좋아하는 걸 보면. 흐흐."

성주는 무슨 소리냐는 표정으로,

"차는 개인의 기호품이에요. 젊다고 꼭 커피를 선호할 필요는 없어요. 자기 취향이죠. 요즘 젊은 사람 중에 전통차를 좋아하는 사람도 많아요. 신경 쓸 것 없어요. 쌍화차 맛이 맘에 드신다니 다행입니다."

성주는 자신도 같이 들고 있는 녹차를 보여주면서 연화를 격려한다. 간단히 자신이 근무한 기관의 역사와 설립 취지를 설명하고 자신의 자리 위치를 손가락으로 가리키며 3D 프린트 연구팀에 대해서도 안내한다. 말로만 들었던 3D 프린트의 작동 영상도 보여주겠다며 자신의 컴퓨터 쪽으로 안내하고, 자신의 자리에 연화를 앉게 한 후 구현 영상을 틀어준다. 연화는 신기한 눈으로 보고 또 본다.

"뭐든지 3D 프린트로 만들 수 있는 건가요? 참 신기해요."

성주는 기다렸다는 듯

"아직까지 사물 모두를 만들 수 있는 단계는 아닙니다. 현재는 건축 자재까지 만드는데, 앞으로 더욱 기술이 발전한다면 아마 거의 모든 사물은 3D 프린트로 구현할 수 있을 거예요."

연화는 잠깐 엉뚱한 생각이 퍼뜩 든다.

"지난번 서울에 함께 갔을 때 사진으로 찍었던 영민왕 내외 영정 기억나시죠? 혹 그러한 사진을 이용해 3D 프린트로 탈을 만들 수도 있나요?"

성주는 '탈'이란 말에 '으윽' 하고 나오려는 웃음을 참는다.

"아! 탈이란 말보다는 얼굴 형체 마스크라고 하죠. 물론 가능합니다. 프로그래밍 작업이 좀 필요하긴 하지만, 불가능한 일은 아니죠. 왜요? 한번 만들어 보시게요?"

연화는 가능하다는 반응에 얼굴빛이 환해진다.
"혹 그러면 계연공주 얼굴 형체 마스크도 가능하시다는 말이죠? 어려운 부탁일까 모르겠지만, 그것 좀 만들어 주실 수 있나요?"

성주는 엉뚱한 부탁에 순간 망설이지만, 몹시 어려운 일은 아니라 승낙을 하고 만다.

"좋아요. 만들어 드리죠. 제가 다 만들고 나면 연락드릴게요. 대신 한 턱 쏘셔야 합니다."

연화는 흔쾌히 승낙한 성주에게 고맙다는 말을 연거푸 했다. '만약 고려 시대로 복귀하면 계연공주 마스크를 요긴하게 쓸 일이 있을 수도 있겠구나.'라는 생각이 퍼뜩 스쳐 가능하리란 기대 없이 그냥 내뱉은 말인데, 그게 가능하다니. 놀랍고 신기할 뿐이었다. 이윽고 계제에 지난번 유성의 천년근린공원에서 보았던 글귀에 관해서도 화제를 던져본다.

"유성 고려 행궁터에 갔던 날 기억나세요? 거기서 보았던 '以天地合一日 時空間合一也(하늘과 땅이 하나로 되는 날로써, 시공간이 하나가 되리라)' 글귀가 자꾸 마음에 걸려요. 아마 그것이 제가 고려 시대로 복귀할 수 있는 중요한 단서 같아요. 하늘과 땅이 하나가 되는 날이 무슨 의미일까요?"

성주는 그동안 잊고 있었던 그 글귀가 다시 기억나면서 그날 연화의 행동도 되새겨진다. '그래. 그때 그런 글귀가 있었지.' 성주는 그날이후 그 글귀에 관해 고민해 본 적은 없었다. 그래서 한창 잊고 있었는데. 우선 '천지합일일'이 무엇일까가 해결되어야 하고, 시·공간이하나가 된다는 뜻은 또 무엇일지를 풀어야 할 것이다.

"네. 그날의 기억을 어찌 잊겠어요. 그때 연화 씨와 제가 흙투성이가 된 날인데. 맞아요. 그때 그 글귀가 있었죠? 두 가지를 풀어야 하는데, '천지합일일'과 '시공간합일'이 무엇일까요?"

연화는 그때의 기억을 되살려 흙투성이 이야기를 성주가 꺼내자갑자기 얼굴이 발그스레해진다. 잠시 둘은 조용히 침묵과 명상의 시간을 갖는다. 얼마가 지난 후 성주는

"우리 연구원 별동에 우주천문센터가 따로 있어요. 혹 그곳에 가서관람하다가 그 해답이나 실마리를 찾을 수도 있을 듯해요. 한번 같이 가보시겠어요?"

연화는 그게 좋겠다는 생각으로 그렇게 하기로 하고, 성주의 뒤를쫄레쫄레 따라간다. 별동으로 가는 길은 오솔길처럼 화단 사이에 길이 나왔다. 엊그제만 해도 신록으로 연둣빛을 띠던 새순들은 어느덧 진초록이 되어 이파리를 팔랑거린다. 사람 키만 한 빨간 장미 넝쿨이 기다랗게 도열하고, 그 밑 황금 조팝나무는 분홍빛 꽃잎을 자아내고 있다. 또 그 밑에는 보랏빛 으아리꽃도 외롭게 벽을 오르면서활짝 핀 채로 지나가는 연화의 발목을 잡는다. 맨 아래에는 태양을닮은 금계국도 만발하였다. 맨바닥에는 잔디가 융단처럼 쫙 깔려있다. 황홀하기만 한 칠월의 꽃길이다.

우주천문센터 글귀 위에는 높은 첨탑이 솟아있고, 그 아래 현관을 통해 건물로 들어섰다. 이런저런 잠금장치를 해제하고 들어갔다. 입구에는 건물 안내도가 그려있다. 이 층에는 천체망원경이 설치되어 있고, 지구본과 태양계의 행성들이 모형으로 설치되어 있다. 1층에는 영화관도 있고, 전시관이 A, B, C로 나뉘어 있다. 그리고 그 뒤에는 연구실이 말집처럼 죽 늘어서 있다. 해와 달을 중심으로 중앙이 설치되고 그에 관한 자세한 기록이 된 A 전시관으로 향한다.

연화는 전시관 관람 순서에 따라 죽 훑어간다. 잘 이해하지 못하는 내용은 성주에게 물었고, 성주는 전시 내용 외의 보충 설명과 에피소드도 간혹 전한다. 해와 달의 탄생부터 서서히 스치며 지난다. 해에 관한 지형 소개 후 달의 지형 소개가 이어진다.

---

달의 겉보기 지형은 크게 두 가지로 나눌 수 있다. 이는 빛을 제대로 반사하지 못해 어두운 부분인 바다 부분과 밝은 대륙 부분이다. 바다 부분은 달의 약 35%를 차지하며, 대륙 부분보다 상대적으로 구덩이의 수가 적고, 현무암질의 용암이 흘러나와 구덩이를 메워 생긴 것으로 알려져 있다. 바다 부분 이외의 대륙 부분은 작은 돌들이 모인 암석으로 구성되어 있다. 그리고 달에는 대기가 거의 존재하지 않기 때문에 운석이 그대로 월면에 충돌하여 크레이터를 만들고, 또한 물이나 바람에 의한 침식과 지각변동을 받는 일도 없어서 수많은 크레이터가 만들어진 채 그대로 남아있는 것이다. 이러한 대륙 부분은 주로 칼슘과 알루미늄이 많이 함유된 사장석으로 이루어져 상대적으로 밝아 보인다.

---

달의 지형을 읽고 다음 칸으로 발을 옮겼다. 일식과 월식에 관한 내용이다.

일식이란 어떤 천체가 다른 천체의 움직임에 의해 가려지는 천문현상이다. 일식은 달에 의해 태양이 가려지는 현상을 말한다. 그리고 월식은 지구의 그림자에 달이 들어가 달이 가려지는 현상을 말한다. 일식이 일어나기 위해서는 달의 크기가 태양보다 크거나 비슷해야 한다. 하지만 달은 태양보다 훨씬 가까운 곳에 위치하기 때문에 태양과 시직경이 비슷하여, 태양보다 달이 아주 작음에도 불구하고 일식이 일어날 수 있는 것이다.

일식은 매번 일어나는 것이 아니라 달의 궤도가 황도에 충분히 가까워져야 일어난다. 따라서 달이 태양의 중심을 비켜 지나갈 때 '부분일식'이 일어난다. 그리고 달이 태양의 중심을 가로지를 때는 '개기일식'이 일어난다.

월식의 경우에도 '부분월식'과 '개기월식'이 모두 일어날 수 있다. 중심 개기월식 때에는 달은 1시간 40분까지 어둠 속에 머물러 있다고 한다.

옛날 사람들은 일식과 월식 현상을 보고 하늘과 땅이 하나가 되는 것으로 보았다.

---

기록을 읽어 내려가는 순간, 연화는 갑자기 몸이 쭈뼛해지며 얼어 버린다. "일식과 월식을 하늘과 땅이 하나가 되는 것으로 보았다."라는 기록 때문이다. 연화는 다급해진 목소리로,

"성주 씨, 성주 씨! 저기 좀 보세요. 설명서 아래에서 세 번째 줄. '일식과 월식을 하늘과 땅이 하나가 되는 것으로 보았다.'라는 부분

보이세요? 바로 저거였어요. 저거."

성주는 재빠르게 연화가 가리키는 곳을 쳐다본다. '천지합일일'이라는 말의 해답을 찾았다. 성주는 바로,

"아! 그러네요. 궁금해하시던 실마리를 찾았네요. 천지합일일이란 바로 일식과 월식을 말하는 거였군요."

연화는 연이어 무슨 생각이 떠올랐는지,

"혹시 일식과 월식 일정표가 어디 없나요?"

성주는 '아!' 하면서, "바로 다음 칸에 있습니다. 가보시죠." 했다.

그곳에는 1991년부터 2050년까지 5년 단위로 일정표가 죽 기술되어 있었다.

| 2015년~2020년 일식 일정표 | 2015년~2020년 월식 일정표 |
|---|---|
| 2016-03-29 금환일식 | 2016-03-14 개기월식 |
| 2016-09-21 개기일식 | 2016-09-07 부분월식 |
| 2017-04-30 부분일식 | 2017-05-16 개기월식 |
| 2017-10-25 부분일식 | 2017-11-08 개기월식 |
| 2018-04-20 혼성일식 | 2018-05-05 반영월식 |
| 2018-10-14 금환일식 | 2018-10-28 부분월식 |
| 2019-04-08 개기일식 | 2019-03-25 반영월식 |

| | |
|---|---|
| 2019-10-02 금환일식 | 2019-09-18 부분월식 |
| 2020-06-10 부분일식 | 2020-05-26 개기월식 |
| 2020-12-04 부분일식 | 2020-11-19 개기월식 |

연화는 성주에게 오늘 날짜를 묻는다. 오늘은 2020년 7월 5일. 앞으로 올 일식과 월식 중 빠른 일자는 12월 4일 부분일식과 11월 19일 개기월식이 있다. 이를 잊지 않기 위해 핸드폰을 꺼내 사진으로 남긴다.

# 9.

임금 재위 14년(1365년) 말, 계연공주 사망 이후 극도로 날카롭고 잠을 이루지 못하는 임금은 밤에도 독주를 먹지 않고서는 잠을 이루지 못했다. 이립에 거의 다다른 연화도 이제는 나인으로서 제법 연륜이 쌓였다. 특히 계연공주 생존 시 총애를 받았던 연화는 궁궐로 들어온 지 18년 만에 종7품 전설(典設)의 직계에 오른다. 장막을 치고 돗자리를 준비하며 청소와 물건을 베풀어 놓는 일을 담당하는 궁녀의 직책이다. 6품 이상이면 상궁마마님으로 불리는데, 아직 품계로는 부족하다. 그러나 자기에게도 비자라 하여, 관비 중에서 미혼녀로 차출된 자를 하녀로 두었다. 삭료로 쌀 7두 5승, 콩 6두 5승, 북어 2태 10미를 받았는데, 가족들의 생활에 큰 보탬이 될 뿐만 아니라, 이를 부모님이 이자놀이로 상당하게 부풀려 놓았다. 집도 개성 성곽을 벗어난 변두리이지만 오십 평 넘는 땅에 반기와집을 샀을 정도였다.

신덕은 계연공주 사망 후 본격적으로 정사에 관여해 임금의 개혁 의지를 적극적으로 도왔다. 그는 식솔로 데려온 반야를 친딸처럼 키웠다. 아녀자이지만 『내훈』을 비롯해 사서삼경까지 독파시키고, 행동거지도 양가 규수처럼 조신하고 얌전하게 훈육했다. 신덕은 임금이 계연공주를 잊지 못하고 술에 빠져 나날을 보낼 때, 나라를 걱정하는 마음으로 노심초사할 뿐이었다. 그렇게나 총명하고 추진력 있게 밀어붙인 개혁도 모두 자신에게 일임하며 정사를 내팽개치듯 방치하자, 일단 반야를 통해 정상적으로 회귀할 수 있는 발판을 마련하고자 하였다.

작심하고 하루 날을 잡아 곱게 단장한 반야를 데리고 입궁하였다. 그날도 궁궐은 어제와 같은 그 분위기였다. 주인 없는 듯한 마당에 휑뎅그렁한 건물들, 심지어 을씨년스럽기도 하며 화사한 온기보다는 냉기가 그득 찬 공기. 송악산은 이에 아랑곳하지 않고 궁 뒤를 넓은 어깨로 아우르고 있다. 승평문에 들어 광명천을 건너고 산봉문을 지나 회경전으로 가는 마지막인 창합문을 거치는 길은 삭막하기 그지 없었다. 황폐함과 쓸쓸함 그 자체였다. 신덕은 이러한 분위기를 쇄신하고 다시 개혁의 횃불을 재점화하고자 반야를 대동한 것이다. 반야는 과년의 나이로 살아 움직이는 꽃이었다. 피부는 백옥이었으며, 머리숱은 삼단처럼 수북하며 빛이 났다. 섬섬옥수에 가느다란 손가락은 기품을 자아냈다. 눈망울에는 총기가 가득해 맑고 투명했으며 단단한 다리 종아리, 탄력 있는 엉덩이는 사내들의 눈을 현혹시킬 만했다. 만약 중국 월나라의 서시가 살아있다고 해도 그에 못지않은 미모였다. 신장도 계연공주처럼 크지도 작지도 않았다. 말 그대로 낭창낭창한 자태에 고운 거동은 그 품격을 한껏 돋보이게 했다.

일단 궁에 데리고 온 반야를 궁녀들이 머무는 내전에 잠시 숨겨두었다. 김 상궁을 불러 몸을 정갈하게 해주고 꽃단장과 깔끔한 의복을 주문했다. 오늘도 임금은 회경전에 납시지 않고 침방에서 뒹굴고 있었다. 적당한 기회를 엿보아 임금에게 자연스럽게 반야를 소개하고 새롭게 정을 붙이며 기댈 언덕으로 만들어 주고 싶었다. 후궁으로 혜비 이씨, 익비 한씨, 신비 염씨, 정비 안씨가 있었지만, 모두 임금은 쳐다보지도 않았다. 오늘도 신덕이 중심이 되어 중신들과 국사에 대한 중론을 모으고 그에 따라 백성이 조금이라도 편하고 행복해질 수 있도록 힘썼다. 아울러 점점 쇠약해지는 원의 문화를 일소하고 하루가 다르게 세를 뻗치는 명나라에 대한 정보와 정세에 대해 알아보았다. 그러나 신덕은 국제 정세에 대한 판단이 흐림을 자신도 알고 있었다. 그에 대한 분석력이나 경험이 지금의 임금처럼 번뜩이지 못해 항상 그에 대한 판단은 임금의 몫이었다.

그날도 그럭저럭 해가 떨어지고, 서쪽으로 내닫는 예성강 바닥에 얼 비치는 낙조는 금빛으로 번쩍이며 하루를 서서히 마감하는 즈음. 임금은 눈이 똘망똘망해져 어제와 같이 독주를 대령하라고 분부를 내렸다. 소주방에서는 안동소주를 준비해 대령했다. 안주는 강화도에서 공수한 젓국갈비였다. 한우 갈비와 강화도 앞 자하젓으로 간을 해서 만든 갈비탕이다. 아니나 다를까. 오늘도 두 홉되는 술병을 두꺼비 파리 잡아먹듯 순식간에 해치웠다. 연일 지속되는 과음 속에서 간장이 버릴 대로 버려진 임금은 주저 없이 안동소주 두 병을 추가했다. 소주방 나인들과 내관들이 극구 만류하지만 소용없는 일이었다. 임금은 갑야 시간인데 벌써 만취하여 눈동자가 흐리고 고래고래 소리를 지르기 시작했다. 주위에 있는 내관들은 이리저리 분주하게 왔다 갔다 하며 그 주정을 다 받아주느라 땀을 삐질삐질 흘렸다. 이때 신덕이 임금을 찾았다. 갑작스러운 방문이었지만, 임금은 정사를 도맡은 신덕이 내심 고마웠기에, 그의 방문을 흔쾌히 받아들였다. 그리고 술잔을 같이 기울자고 권했다. 신덕도 거절하지 못하고 임금의 술잔을 받아먹는다. 40%가 넘는 도수라 그런지 목을 넘기면서 확 불이 오른다. 신덕은 속으로, '이런 독주를 매일 서너 병씩 드시니, 얼마나 간장이 비편하셨을까?' 한다.

주거니 받거니 이 각 정도의 시간이 지났다. 서로 취할 때로 취하고 얼굴은 불콰하니 세상에서 가장 행복한 두 사람의 모습. 추가한 두 병의 술병도 어지간히 비워질 무렵. 신덕은 더 취하기 전에 일을 치러야겠다는 마음으로 방문 앞 김 상궁을 조용히 부른다. 그리고 귓속말로 내전에 있는 반야를 들게 하라 명했다. 임금은 눈에 초점을 잃은 지 오래였고, 다만 늙은 어미 소처럼 느리게 감고 뜰 뿐이었다. 눈꺼풀의 탄력도 마치 김장철에 절인 배추처럼 숨 죽이고 축 늘어져 있다. 그러면서 툭툭 '계연공주! 계연공주!'라는 말만 뇌까리며 뱉는 용상이 한없이 처량하고 불쌍하다. 일각이 흘렀을까? 방문이 열리며 반야가 김 상궁의 보조를 받아 들어섰다. 반야를 보는 순간, 신덕도 깜짝 놀란다. 어여쁘게 단장한 수발부터 복사뼈 버선목을 지나 엄지발가락 끝 코까지, 참으로 막 도착한 선녀의 모습처럼 휘황찬란하고 후광이 비쳤다. 주정을 부리던 임금도 혼미했던 정신을 바로잡으며 반야를 보더니,

"아! 이게 누구요? 계연공주가 아니요? (머리를 절레절레 흔들어 본 후) 이제 헛것까지 보이는구나. 에잇! 귀신이면 썩 물러가라!"

스스로 눈을 비비고 술을 깨려고 안간힘을 쓰면서 다시 한번 외친다.

"썩 물러가라. 써억~!"

신덕은 순간 고민한다. 자신의 수양딸이라 솔직히 밝혀야 하나, 아니면 지금 환각 그대로를 즐기도록 내버려둬야 하나. 결국 신덕은 후자를 택한다. 반야에게는 손가락을 자신의 입 중앙에 두며 '쉿' 하라는 경고를 한다. 임금은 다시 한번 눈을 비비면서 눈을 치켜뜨고,

"계연공주요? 귀신이 아니고 진실로 계연공주요? 어디 갔다가 이제 왔소. 날 버리고 어디 갔다가 이제 왔소."

그렁그렁한 눈으로 그는 취한 몸을 흔들거리며 반야 쪽으로 향한다. 반야는 미동도 하지 못하고 겨울 찬바람에 꽁꽁 언 황태처럼 그 자리에 멀거니 있을 뿐이다. 임금은 반야를 와락 껴안았다. 그리고 부둥켜 울었다.

"어디 갔다가 이제 오셨소, 이 무정한 사람이여, 이 야속한 사람아! 이게 꿈이요, 생시요."

반야의 왼쪽 어깨에 턱을 괸 임금의 얼굴엔 통곡과 범벅된 눈물이 하염없이 흐르고 흘렀다. 반야의 등을 연신 두드리며 원망의 몸짓까지 한다. 이를 곁에서 지켜보는 신덕도 안쓰럽고 애처롭기는 매한가지다. 반야도 임금의 구슬픈 목소리에 동화되어 끝없이 눈물이 흘러내린다. 임금은 반야의 몸을 꼭 끌어당긴다. 그리고 힘을 잔뜩 주어 그녀의 가슴을 옥죈다. 이에 신덕은 자리를 조용히 떴다.

신덕은 방을 나오면서 주위의 내관들과 궁녀들을 모두 물렸다. 환상 속에 만나는 계연공주였지만, 그나마도 재회를 만끽할 기회를 소리소문없이 주고 싶어서였다. 방 안에는 곡소리가 한참 이어졌다. 이윽고 길고 소곤대는 목소리가 이어지더니, 이내 방의 불이 꺼졌다. 참으로 오랜만에 침실의 불이 평화롭게 꺼지는 밤이었다. 그날 밤 멀리 송악산에서 울려 퍼지는 소쩍새 소리는 그윽함을 더 고즈넉하게 만들고 있었다.

이튿날 반야는 새벽바람에 자리에서 일어나 주섬주섬 옷가지를 챙기고 방을 나섰다. 새벽부터 궁내를 청소하는 나인들이 분주하기만 했다. 나인들 몇은 반야를 보았지만 못 본 척한다. 반야는 사람의 눈을 피하기 위해 장옷을 두른 채 서둘러 궁 밖으로 나왔다. 같은 새벽이었지만 오늘의 새벽 공기는 쌀랑하며 축축했다. 가는 동안 반야는 자신의 미래에 관해 여러 가지 생각해 보았으나 전혀 예측할 수 없었다. 그저 수양아버지인 신덕의 뜻을 좇을 수밖에 없음을 알 뿐이었다.

한편 간밤을 뜬눈으로 지새운 신덕. 새벽부터 대문 앞에서 뒷짐을 지운 채 서성대고 있다. 반야를 친딸 이상으로 애지중지하며 키웠다. 키운 날은 많지 않았지만, 그동안 주지 못한 정을 흠뻑 들이부었다. 최고의 음식과 입성을 차려주었고, 짧은 기간 독서와 한시 작법, 수예와 꽃꽂이, 침선 등도 부지런히 익히도록 물심양면으로 지원했다. 직접 육신으로 낳은 자식은 아니나 마음으로 낳은 자식이라 여겼다. 그 와중에 세월은 흘러 부녀지간의 정은 새록새록 깊어만 갔다.

이런저런 생각으로 서성이며 과거에 잠긴 즈음, 반야가 막 집으로 들어섰다. 신덕은 환한 웃음기가 돌았다. 반야는 그런 수양아버지를 눈인사만 간단히 하며 부끄러운 듯 자기 방으로 줄행랑을 놓았다. 새색시처럼 불그스레한 볼빛으로 서두르는 반야를 새벽녘 대문 앞에서 본 신덕은 자신도 모르게 너털웃음이 절로 났다. 이윽고 무언가 새 일을 시작하려는 듯 아침 일찍 소세를 하고 입궁 준비를 서둘렀다. 그는 임금의 침전에 들러 임금의 반응을 살필 참이었다. 보통 때보다 앞서서 입궁한 신덕은 잰걸음으로 임금의 침전으로 향했다. 그날은 연화가 마침 당번으로 나와있었다. 연화는 전날은 당번이 아닌지라 자세한 곡절은 몰랐으나, 업무를 인계받으면서 간밤의 이야기를 대략 들었다. 연화는 아침 일찍 입궁한 신덕을 보며,

"신 왕사님! 어서 납시옵소서. 간밤에 취침은 무고하셨는지요?"

신덕은 연화의 말에,

"그래, 뭐 잘 잤다면 잘 잤고, 못 잤다면 못 잔 밤이었네. 그나저나 폐하께서는 기침하셨는가?"

연화는 신덕도 잠을 제대로 이루지 못했음을 직감했다. 잠을 충분히 자지 못해 피부는 떠있고, 노곤함이 얼굴에 가득했다. 연화는 현 상태를 파악하고자 임금의 처소에 귀를 기울였다. 비강 소리가 간간이 흘러나오며 예전과 같다. 보통 정오 무렵에 기침하는 것이 통상적이었다.

"아직 숙수 중이십니다. 보통 요즘은 정오 무렵에 기침하시는 편입니다."

신덕은 난감한 표정을 짓는다. 그리고는 잠시 생각에 잠기더니, 이내

"알리시게. 뭐 더 기다리기도 그렇고, 급히 여쭐 말이 있어 왔네."

연화는 신덕의 위세가 하늘 같아서 모두 벌벌 떨지만, 자신은 당돌한 그가 썩 내키지는 않았다.

"왕사님, 아무리 급한 일이라고 하셔도 숙수하시는 용상에 고하기가…."

신덕은 마음이 급해졌다. 다시 한번 연화의 위아래를 훑어본다. 감히 내 의견에 토를 다는 그녀의 당당함에 무례함을 느끼지만, 어쩔 수 없다는 표정으로,

"내 알았네. 그럼 잠시 후에 내가 다시 오겠네. 혹 그사이에 기침하시거든 황내관을 통해 기별을 넣어주게나."

연화는 두 손을 모으고 공손하게 응대했다.

"네. 알아 모시겠습니다. 살펴 가십시오."

신덕은 회경전으로 발길을 돌렸다. 다른 날보다 좀 일찍 왔지만, 아침 조정 회의를 준비하기 위해서. 가는 길에 연화를 다시 생각해 본다. 그녀는 분명 가리 트는 행위를 하지는 않았다. 한편으로 아주 괘씸하면서도 자기주장을 굽히지 않고 임금을 보필하는 모습에 약간 감동까지 했다. 보통 궁녀들은 자신의 말에 토를 단 적은 한 번도 없었다. 그러나 그녀는 달랐다. 눈썹 하나 까딱하지 않고 자신의 주장을 펼쳤다. 머릿속에 그녀에 관한 여운을 지니며 느릿느릿 발걸음을 움직였다.

삼각쯤 지난 시간. 신덕은 다시 임금의 처소에 들었다. 연화는 아직도 방문 앞에 돌기둥처럼 딱 붙어있었다. 연화를 향해 기침 여부를 고개를 까딱까딱하는 것으로 대신해 물었다. 연화는

"아직입니다."

신덕은 더는 지체할 수 없어, 연화에게

"내 직접 손기척을 넣고 아뢸 테니, 자리 좀 비켜주시게."

그러나 연화는 몸으로 막아서며 꿈쩍하지 않는다. 주위에 있던 황 내관과 김 상궁이 놀란 토끼 눈으로 연화를 본다. 그리고 이어서 김 상궁은 자리를 내어주라는 눈짓을 한다. 할 수 없이 연화는 방문 앞의 자리를 피해준다. 신덕은 어이가 없다는 짜증스러운 몸짓으로 손

기척을 '똑똑' 해본다. 바로 반응이 없자, 이번에는 여러 번 두들긴다.

'똑똑똑똑 똑똑똑똑'

방 안에서 부스럭대는 소리가 나더니,

"무슨 일인가?"

목소리는 짝 가라앉았으나, 잠을 깬 목소리이긴 하였다.

"폐하, 소신 신 왕사이옵니다. 기침하셨는지요?"

임금은 목소리에 위엄을 갖추고 잠시 후 말을 건넨다.

"그래. 신 왕사. 무슨 일 있소? 방으로 드시오."

신덕은 조용히 방문을 열고 임금 앞을 향했다.

"지난밤 숙수는 하셨는지요? 아침에 문안 인사 겸 건강이 염려되어 이렇게 염치 불고하고 왔습니다."

임금은 좀 귀찮았으나 짜증 나지 않은 밝은 얼굴로,

"이보시오, 신 왕사. 내가 어제 아주 좋은 꿈을 꾸었습니다. 글쎄, 계연공주가 꿈에 나와 이 방에서 나와 동침을 했다니까요. 얼굴이 더 젊어지고 예뻐졌더구면. 내 그래서 어제는 제대로 숙수를 했어요."

신덕은 '아, 폐하께서는 꿈이라 착각하고 계시는구나. 허허.'

"신이 갑야에 이곳에 들어 술 한잔 동행했던 것을 기억하시나요?"

임금은 당연히 안다는 듯,

"아, 그럼요. 신 왕사께서 들어와 짐과 안동소주 몇 잔을 주거니 받거니 한 걸 왜 기억 못 하겠어요. 이제 보니 신 왕사는 내가 술만 먹고 주정만 부리는 사람 취급을 하십니다그려."

신덕은 조심스레 말을 건넨다.

"신과 함께 네 홉을 함께하고 그 이후의 일이 기억나십니까?"

임금은 눈을 순간 감고 무슨 생각에 잠기다 입을 연다.

"글쎄. 그리고 귀가하시지 않으셨나요? 그리고 잠이 들었는데, 그때 계연공주가 꿈에 나와 함께했다니까요."

임금은 심호흡을 한 번 조용하게 한 후,

"그런데 말이에요. 그 꿈이 참 실감 났어요. 꿈 같지 않고 실제 있었던 것처럼 말입니다. 그녀와 짐은 같이 침상에 누웠고 오랜만에 긴 회포도 풀고 정감을 나누었습니다. 아침에 일어나니 옷까지 풀어져 있더구먼요 그래. 허허."

신덕은 이제 어젯밤 상황을 다 이해한 듯,

"네. 간만에 숙수를 하셨다니, 참으로 다행입니다. 앞으로도 그런 일이 자주 있으시길 기원합니다. 그럼 이만 신은 물러가겠나이다."

임금은 끝까지 웃음 띤 낯으로,

"그러게요. 이렇게 꿈이라도 계연공주를 만나면 그래도 좋아요. 어제는 행복한 밤이었습니다. 그래요. 어서 나가봐요. 잠시 후 조정 회의에서 봅시다."

달에 한 번 나올까 하는 조의(朝儀)에 참석하신단다. 신덕은 국사를 늘 남 일처럼 불구경 쳐다보듯 하며 내팽개치던 임금이 조의에 참석한다는 말에 오랜만에 안도감을 느낀다. 그동안 혼자서 끌어가는 수레가 너무 무겁고 힘들었으며 외로웠다. 임금을 국사에 몰입하는 장으로 이끄는 방법은 이 방법밖에 달리 없겠다고 생각했다.

# 10.

한국미래과학연구원을 다녀온 날을 연화는 잊을 수 없었다. 드디어 고려로 복귀할 수 있는 실낱같을 가능성을 확인했다. 그러나 월식과 일식이 천지합일일임을 밝혔을 뿐이지, 이것이 시·공간이 합일되는 것에 또 막히고 만다. 몇 날 며칠을 곰곰이 몰두했으나 도저히 그 해답의 실마리를 찾을 수 없었다. 답답한 가슴을 토로하고자 오후 늦게 퇴근 시간을 맞춰 성주에게 전화를 걸었다. 그런데 성주는 오늘은 마침 저녁에 연구원 동료들과 회식이 있어 좀 곤란하다고 했다. 연화는 언제든지 연락하면 달려오겠다던 성주가 처음으로 거절하자 기분이 약간 씁쓸했다. 그러면서 한편으로는 그동안 자신을 위해 열 일 제쳐놓고 온 것에 관해 다시금 감사의 마음을 갖는다. 성주는 마지막에 전화를 끊으면서

"회식이 일찍 끝나면 나중에라도 전화할게요. 무슨 급한 일은 아니시죠?"

연화는 시무룩하게 맥 빠진 목소리로,

"네. 그러세요."

하면서 힘없이 종료 버튼을 누른다. 연화는 오로지 그에게 의지만 하는 자신이 갑자기 부끄러워진다. 왜 만나려 하는가? 일단 그를 만

나면 묻고 싶은 것도 있지만, 그보다도 말로 표현하지 못하는 안정감과 든든함이 있다. 마치 노란 병아리가 어미 닭 품에 폭 안기듯. 현세에 와서 처음 만나 자신에게 스스럼없이 대해주는 사람. 장난기 있는 동안에 순수하고 성실한 남자. 잠들기 전 천장을 보면 이제 부모님 얼굴보다 그의 얼굴이 먼저 그려진다. 현세에 놀랍도록 적응하는 자신이 증오스럽기까지 하다. 최선을 다하는 그의 당당함과 배려심에 어느 순간 연정이 서서히 싹 트고 있었다. 역시 생각이 팔자라고, 생각이란 억지로 되는 것이 아니라 저절로 그렇게 되는 것이었다.

연화는 아직 남아있는 『고려사절요』 책을 꺼내 들었다. 계연공주 사후에 관한 기록을 들춰보던 중, 또 다른 거짓을 발견하게 보게 된다.

> 영민왕은 말년에 거의 폐인이 되었다. 공적 기구인 국왕의 전권을 신덕에게 맡기고 공주의 영전 건설에 막대한 비용과 인력을 동원해 국가의 재정이 악화되고 인부의 사망자가 증가했으며, 언제나 슬퍼하여 불공이나 탄식으로 날을 보냈다. 이를 말리는 신하들의 간언도 파면과 처형으로 틀어막았다.

임금이 폐인이 될 정도까지는 아니었다. 하물며 공주의 영전 건설에 막대한 비용을 지출했으나 인력 동원은 억지였다. 당시 백성들은 임금 내외의 애절한 그리움과 사랑을 안타까워했고, 스스로 자원해서 노역에 자청한 사람도 과반이 넘었었다. 국가의 재정상 노역에 대한 대가를 제대로 치르지 못했으나 노역에 참여한 백성들은 어느 하나 불만인 사람은 없었다. 역사적 기록은 다분히 영민왕이 불성실한 한량이었다. 정사가 아니라 야사였고, 진실이 아니라 허구였다. 이를 그대로 믿을 후대인들의 평가가 자못 두렵기도 했다. 폐하가 이를 본다면 억울함 때문에 땅을 치고 통곡할 만했다. 역사란 그런 것일까? 이런저런 생각에 잠겨 어느덧 시간이 밤 아홉 시를 넘길 때, 성주로

부터 전화가 걸려 왔다.

"연화 씨. 좀 늦었죠? 마침 일 차로 회식은 끝나고 저와 친한 선배한 분과 이 차로 입가심 한잔하고 있는데, 나오실 수 있나요? 이 선배가 마침 우주천문센터에 근무하시는 박사이신데, 제 고등학교 선배이시면서 서글서글하고 참 좋은 분이에요. 연화 씨도 만나서 지난번 일식과 월식에 관한 부분과 시간 이동에 관한 조언도 받으실 수있을 것 같아 전화를 드렸는데…."

연화는 예기치 않은 그의 제의에

"잠시 생각하고 전화드릴 게요."

하며 전화를 끊었다. 딱히 할 일이 있었던 건 아니다. 새로운 사람을 만나는 게 두렵기도 했으나 성주가 미리 잘 이야기를 해놓았을 것이라 짐작하고, 그렇지 않아도 '시·공간 합일'이라는 난제를 풀 기회가 필요했는데, 마침 그 분야의 박사라 하니 만나는 것도 크게 나쁘지 않으리라 판단했다. 이어서 성주에게 전화를 걸었다.

"좋아요. 그럼. 어디로 나가면 될까요?"

성주는 전화기 말속에서 신난 표정이 그대로 드러날 정도로 들뜬목소리였다.

"새터민센터에서 멀지 않아요. 혹 유성도서관 아세요? 그 앞입니다. 유성도서관 앞에서 다시 전화 주시면 제가 모시러 가겠습니다."

연화는 그렇게 하기로 하고, 옷을 차려입었다. 지난번 쉼터 언니랑 전통시장 구경을 간 후 샀던 기초화장품 몇 개의 뚜껑도 열어 살짝 얼굴에 발랐다. 단정한 회색 옷을 골랐다. 아직도 자신은 원색 계열의 옷은 소화하는 데 부담이 많이 갔다.

성주는 유성도서관으로 마중을 나왔다. 몸을 잠시 뒤뚱거리긴 했지만 그다지 취한 것 같지는 않았다. 만나서 신이 난 행동으로 무척 들떠있었다. 그의 손길에 이끌려 간단히 맥주를 먹는 선술집으로 향했다. '한밭실내포장마차'라는 간판이 세움간판으로 서있는 넓지 않은 공간이었다. 들어서자 두 사람을 눈여겨보는 사람이 바로 눈에 들어왔다. 신장은 성주보다 얼굴 하나 정도 더 크고 낯빛은 하야며 이목구비가 또렷한 남성 하나가 일어나 인사를 한다. 연화도 고개를 얼떨결에 숙인다.

"우주천문센터 김대현입니다. 성주에게 이야기는 많이 들었습니다. 이렇게 뵙게 되어 반갑습니다."

성주는 대현의 말이 끝나기가 무섭게 그에 관해 소개를 한다.

"이 선배님은 천체물리학자로 입자 물리학 박사학위를 따신 분이에요. 포털을 이용한 시·공간 이동에 대해서도 일가견이 있고요."

연화는 무슨 말인지 잘 이해를 하지 못했음이 얼굴에 그대로 나타난다.

"아! 뭐 제가 대단한 사람은 아니고요. 성주한테 시간 이동에 대해 연화 씨가 관심이 많다는 이야기를 들었어요. 맞나요?"

연화는 비로소 인사를 건넨다.

"예, 저는 유연화라고 해요. 성주 씨에게 어느 정도 제 사정을 들었
는지 모르겠으나 여하튼 제가 시·공간 이동에 관심이 많은 것은 사
실입니다. 초면에 너무 성급한 질문일까 모르겠지만, 혹 시간을 거슬
러 올라갈 순 없나요?"

대현은 너무 성마르게 훅 들어오는 질문에 당황했지만, 한 템포를
느슨하게 늘리면서,

"일단 맥주 한 잔씩 하고 말을 하죠? 술 한잔 같이 드시겠어요?"

연화는 '아! 너무 조급했나?' 하는 생각에 얼굴이 화끈 달아오른
다. 셋은 맥줏잔에 술을 가득 채웠다. 그리고 두 사내는 한숨에 들
이킨다. 연화는 반쯤 먹은 잔을 조용히 탁자 위에 놓는다. 연화는 한
입에 반을 먹으면서 속으로 '와! 나도 술이 제법 늘었구나.' 하고 생각
한다. 이어서 대현은 반 취한 상태로 주저리주저리 읊조렸다.

시·공간 이동을 할 수 있는 기계를 '타임머신'이라 하면서, 시간 여
행의 역사부터 이야기했다. 1905년 아인슈타인이 '특수 상대성 이론'
을 발표하면서 광속에 가까운 속도로 운동하는 물체에서는 시간의
느림이 느려진다는 사실을 밝혔다고 한다. 이러한 초창기 연구에서
시작되어 1916년 아인슈타인은 '일반상대성 이론'을 다시 발표해 중
력이 강한 천체 옆에서는 시간의 흐름이 느려진다는 사실을 밝혔단
다. 같은 해 카를 슈바르츠실트가 블랙홀의 존재 가능성으로 연결되
는 연구 성과를 냈고, 1935년 아인슈타인의 '웜홀' 가능성, 1949년
쿠르트 괴델은 우주가 회전하면 과거로 가는 시간 여행이 가능하다

고 주장했다는 것이다. 그 이후로도 1957년 휴 에버렛의 '다중 세계 해석', 1971년 블랙홀의 존재 확인이 있었고, 1988년 킵 손 박사는 웜홀을 사용함으로써 과거로 시간 여행을 할 수 있다고 주장하였다는 것이다. 문제는 광속을 넘을 수 있는 초광속입자를 찾아내는 것이 관건이며 이것만 찾아낸다면 광속에 가까운 속도로 나아가는 우주선을 중계 지점으로 이용함으로써 과거와 통신할 수 있다고 하였다. 영국의 물리학자 데이비드 도이치 박사도 다세계 해석을 인정하면 시간 여행자가 과거로 돌아가서 역사를 바꾼 경우, 시간 여행자는 원래의 미래와는 다른 역사의 세계로 옮겨진다고 보았다. 결국 과거로 가는 시간 여행 가능 여부는 '양자 중력 이론'의 완성에 달렸다고 끝을 맺었다.

과학도인 성주도 도통 무슨 이야기인지 알쏭달쏭했는데, 연화는 하물며. 이해되지 않는 것이 태반이었다. 성주는 흔들거리는 몸을 추스르며 되물었다.

"선배님, 그래서 결론이 뭐예요? 가능하다는 거예요, 아니에요?"

대현은 숨을 한 번 몰아쉬고

"이론상 가능한데, 지금 당장은 힘들어도 조만간 가능해질 거다. 뭐, 이 정도로 정리하면 되겠지."

연화는 한 가닥 희망의 줄기를 찾았으나 그것이 당장 필요한 자신에게는 몸만 더 달아오를 상황이었다. 연화는 유성의 고려 행궁 신줏단지 이야기를 꺼낸다.

"제 얘기가 전혀 비과학적인 이야기라 그쪽에서는 엉뚱하게 들리겠지만, 여하튼 말씀은 일단 드리겠습니다. 고려 시대에는 행궁을 지을 때, 왼쪽 기둥 아래에 건물의 설립과 이 건물의 의미를 적어놓아 후세에 참고하도록 보관을 합니다. 그런데 유성에 있는 고려 행궁 기둥 아래에서 '하늘과 땅이 하나로 되는 날로써, 시·공간이 하나가 되리라.'란 기록이 있어요. 하늘과 땅이 하나로 되는 날은 일식이나 월식을 뜻함을 알았는데, 시·공간이 하나가 된다는 말은 풀지를 못했어요. 그게 무슨 뜻일까요?"

대현은 "시·공간이 하나가 되리라."를 혼잣말로 계속 중얼거리며 무엇인가 고민에 빠진 표정이었다. 이윽고 맥주 한 잔을 따르더니, 꿀꺽꿀꺽 목 넘김을 하고 나서,

"글쎄요. 제 생각에는 일식과 월식이 있는 날, 그 자리에 있으면 어떤 작용이 일어나면서 시간 이동이 된다는 말이 아닐까요? 그날 번개 같은 초광속 현상이 동반할 때."

그렇게 이야기는 했어도 스스로 비과학적인 사실을 털어놓았음을 쑥스러워한다.

"말이 그렇다는 이야기지, 정답은 아닐 듯합니다. 좀 더 생각해 보고, 자아 자~, 오늘은 술이나 먹죠. 잔 듭시다."

연화는 '아! 그럴 수 있겠구나. 그래, 저 말이 실마리야.'라고 생각했다. 해결의 꼬투리를 찾은 듯 연화는 마음이 홀가분했다. 성주도 그러한 연화의 표정을 읽었다. 셋은 주거니 받거니 연거푸 잔을 기울였다. 그리고 자정 즈음에 모두 '꽐라'가 돼서 힘겨운 귀가를 하였다.

임금은 계연공주를 꿈에서 본 이후, 사나흘은 그 동안 미루었던 국사를 꼼꼼하게 챙겼다. 과거 총명하고 진취적인 눈빛도 되찾았다. 그러나 사나흘이 전부였다. 다시 독주를 먹고 밤낮으로 큰소리치면서 주정이 재발되었다. 신덕과 중신들, 궁궐 안 사람들은 다시 불안에 떨어야만 했다. 이에 신덕은 반야를 다시 한번 입궁시켜야 하나 고민했다. 그러나 반야가 극구 입궁을 거절했다. 반야는 그 날의 야사를 입도 뻥끗하지 않았고, 양심상 죄를 짓는 마음이 한 편에 있음이 분명했다. 밤을 지새운 듯했다. 혈기왕성했던 임금은 계연공주 사후 서서히 성도착증 환자가 되고 있었다. 몽골에 있으면서 어머니의 품을 그리워했고, 자신의 이러한 고통이 모두 아버지, 아버지의 아버지, 그 아버지의 아버지 탓이라는 생각이 잠재의식 속에 늘 남아있었다. 차라리 여자였더라면 하는 마음까지 들었다. 게다가 임금은 사람이 아닌 물건을 이용해 성적 흥분을 자극했으며, 상대방에게 성적 수치감을 강요했다. 그러면서 서서히 자존감이 낮아지고 부적절한 자아 개념이 흐물흐물 싹트고 있었다. 게다가 우울증까지도 동반했다.

하루는 임금이 연화를 불렀다. 그리고 여인들의 속옷을 비롯해 몸에 두르는 장구 일체를 대령하라고 분부했다. 연화는 스승항아님인 김 상궁에 고하고 그에 따라 모든 것을 준비해 임금의 침실에 대령했다. 무엇에 쓰시려나 궁금했으나 임금의 뜻을 묻는 것은 애초에 불가능했기에 그냥 접어두었다. 임금은 독주를 마시면서 여성들의 속옷 구경을 즐겼고, 그것을 몸에 문지르며 성적 쾌감을 느끼고 있었다. 심지어는 여인들의 옷을 입어보고 여인처럼 짙게 화장까지 하면서. 신덕은 네 명의 후궁 곁을 지키는 상궁들에게 후궁들이 임금의 처소에 들도록 힘쓰라고 명령했으나 성도착증세를 보이는 임금의 곁에 가기를 모두 마다했다. 어느 날은 정비 안씨가 임금의 침방에 들었다. 관음증과 타인 가학증세가 심하게 나타나는 임금의 행위에 정신적으로 충격에 빠졌고, 심지어 그 후유증으로 자살 시도까지 했을 정도였다.

결국 신덕은 반야를 다시 입궁시켜 임금을 달래보기로 결심했다. 반야를 이틀간 설득하며 독려했다. 흔들리는 이 나라를 구하는 길이라 했다. 그리고 같이 이 나라를 구하자고 했다. 마침내 반야는 양아버지의 간곡한 부탁에 보은의 마음으로 다시 한번 입궁을 결심했다. 계연공주가 살아있었을 때의 의복을 갖추고 임금의 처소에 들었다. 임금은 횡설수설하는 가운데 반야가 등장하자 계연공주가 재현되었다는 착각에 신바람으로 난리였다. 그날 연화는 또 느꼈다. 저토록 공주를 사랑하는 임금의 애틋함에 안쓰럽고 안타까웠다. 두 사람은 잠시 후 낮고 부드러운 담소가 오가더니, 잠시 후 사위가 적막해지면서 불이 꺼졌다. 반야가 처소에 든 날은 주위가 조용하고 고요했다. 임금의 웃음소리가 간간이 문턱을 가만히 넘을 뿐이었다. 오래된 이산가족을 만난 사람처럼 꺼이꺼이 울음소리도 났고, 무슨 이야기인지 박장대소가 연이어 터지기도 했다. 독주도 그날만은 과하게 들이지 않았다. 정야를 지나고 밝아오는 어둑새벽이 되어서야 임금은 숙수에 들었다. 임금이 숙수에 들자마자 반야는 조용히 처소를 나왔다. 밖에서 대기하던 연화를 비롯한 몇 명의 나인들에게 눈인사를 하고 반야는 총총거리며 사라졌다. 초췌한 그 모습이 처량하게 보였다.

전과 마찬가지로 임금은 신덕을 불러 어제도 꿈에 계연공주와 함께했노라고 입바른 소리로 자랑했다. 그리고 또 사나흘은 국사를 챙기고 정책에 관해 고민하며 뜻을 펼쳤다. 언 발에 오줌 누기식으로 치러진 합방은 잠시 임금을 제자리로 오게 할 뿐, 영구적인 대책은 아니었다. 신덕은 '이 나라가 앞으로 어찌 될 것인가?'에 관한 걱정이 항상 머릿속에 맴돌았다. 근본적으로 임금을 성군으로 돌아서게 할 방법을 이제는 강구해야겠다고 되새겼다. 그리고 자기의 스승인 김원명의 고견대로 미소년을 임금의 곁에 들여야겠다고 결심하고, 임금 재위 21년(1372년), 왕권 강화와 신변 호위 그리고 인재를 양성할 목적이라는 미명 하에 '자제위'를 설치했다. 그 구성원은 공신과 고위 관료의 자제를 선발하여 배속시켰다. 모두 여섯 명을 선발했는데, 용모가 곱고 살결이 희며 무예가 뛰어나고 고서 강독도 탁월한 사람들이었다.

임금은 자제위 미소년들을 호위병으로 늘 곁에 두고, 격구를 비롯해 수박, 마작, 사냥 등을 함께하고 경론의 시간도 갖게 되면서 차차 혼란의 시간을 벗어났다. 눈동자가 맑아지고 술을 먹는 횟수도 현저히 줄었다. 홍륜(洪倫), 권진(權瑨), 홍관(洪寬), 한안(韓安), 노선(盧瑄), 기상(旗常) 등이 자제위 구성원이었는데, 그중 단연 홍륜이 출중하고 지도력과 재능이 뛰어났다. 임금은 자제위 미소년 중 홍륜을 특히 더 감싸고 인정했다. 격구 경기는 임금의 관심 속에 점점 사치스럽고 호화롭게 발전해 무예와 유희를 병행하였고, 말이나 장비도 갈수록 고급화되었다. 또한 틈틈이 악(음악과 무용), 서(붓글씨), 사(궁술), 어(마술), 수(수학), 예(예의범절)를 육례라 하여 문무겸비의 인재가 되도록 같이 힘쓰고 노력했다. 임금은 붓글씨와 그림에도 독자적 경지에 이르러 도구들을 들고 풍광이 멋진 야외로 찾아가 갖가지 모습들을 화선지에 담고 글로 옮겼다. 임금이 이토록 서서히 생기를 되찾으며 친정을 시작하자 그동안 멈춰졌던 탈원정책에 탄력이 붙었고 백성들의 삶은 안정을 찾기 시작했으며, 조정의 중신들도 제자리를 지키면서 맡은 바 임무에 충실했다. 또한 혼란했던 마음을 추스르기 위해 불경을 암송하고 경전에 관해 자제위 미소년들과 토론하며 하루하루를 즐겁게 살아갔다. 연화는 변화하는 임금을 보며 한결 마음이 가벼워지고 편안했다. 용안도 옛 모습을 되찾으며 제빛을 발하고 초롱한 눈빛은 날이 갈수록 꿈틀거렸다.

임금을 바로 옆에서 모시는 내시로 최만생(崔萬生)이 있었다. 그는 무신정권으로 유명했던 최씨 가문의 서자로, 어머니는 개경에서 미모로 유명한 기생 '월이'였다. 어려서부터 자유롭고 자유분방함을 지닌 최만생은 그러한 기질임에도 불구하고 궁궐 생활을 남몰래 흠모했다. 자신의 집이 궁궐 근처였는데, 높은 담으로 둘러싸인 구중 궁궐의 모습을 그리워했고, 천마산 중턱에서 내려보는 궁궐 안의 모습은 별천지이고 무릉도원이었다. 그는 그 안에서 사는 사람들은 얼마나 행복할까 부러워하면서 궁궐 속 삶을 동경하며 유년 시절을 보냈다. 그러던 중 내시부에서 내시 선발 방이 붙자 기다렸다는 듯 주저 없이 부모에게 알리지 않고 응시해 덜컥 합격하고 말았다. 나중에 그 부모들은 그를 원망하고 탓했으나 최만생은 자신이 꿈꾸던 세상을 드디어 가게 되었다고 좋아 날뛸 뿐이었다. 이러한 만생을 그 부모들도 제지하지 못했다.

전에는 내시란 직책은 관직이 없고 녹봉도 받을 수 없었으며, 다만 의식상의 편의를 받을 뿐이었다. 그러나 무신정권 이후 점점 세력을 키웠던 내시들은 현 임금 재위 5년(1356년) 내시부를 설치하고 정이품에서 종구품에 이르기까지 품계를 받았으며, 대간의 권한을 대신해 임금의 측근에서 정치에 개입하고 대토지를 점유하기도 했다. 자제위가 설치된 현 임금 재위 21년(1372년)에는 최만생이 약관의 나이로 한참 물오르는 혈기방장한 청년이었다. 외모는 남자이지만 외탁하여 여인처럼 살결이 희고 고운 뿐만 아니라 미끈한 몸매에 이목구비가 선명한 청년이었다. 내시 의관을 갖춰 입었으니 망정이지, 그 의관을 갖추지 않았다면 남성인지 여성인지 구별하기 힘들 정도였다. 그는 내시 중에서도 임금의 수족이 되는 상선의 사령내시로 임금을 그림자처럼 항상 따라다녔다. 임금은 나이 어린 최만생을 끔찍하게 아끼고 귀여워했다. 음식을 먹다가도 퇴선으로 좋은 음식은 그를 별도로 불러 하사하였고, 고분고분하고 예의 바른 만생은 그러한 임금을 모시는 것 자체에 큰 자긍심을 지녔다. 만생은 몸과 마음을 바쳐 최선을 다해 임금을 보좌하고 극진히 모셨다.

그러나 만생을 그렇게 편애했던 임금은 자제위로 여섯 미소년이 들어온 후 점점 만생을 멀리했다. 그의 곁에는 항상 상선과 만생이 함께 있는데 그들이 들어오면서부터 자제위 여섯이 임금의 그림자가 되었다. 자제위는 시간이 흐를수록 임금의 총애 덕분에 기고만장하여 중신들도 뭐라 하지 못할 정도로 권세를 움켜쥐었다. 당연히 만생도 임금의 주위를 맴돌 뿐이었고, 자제위 여섯 도령은 내시라 하여 자신을 업신여기고 괄시했다. 하루는 그런 일도 있었다. 자제위 대장인 홍륜이 한가해진 틈을 타 만생을 불러 세웠다. 그리고 목이 마르니 물 좀 한 잔 떠오라고 명한다. 워낙 자제위의 권세가 하늘 높이 솟았으며 그토록 기세가 등등했던 홍륜이었다. 만생은 비록 품계는 같았지만, 나이가 한두 살 어렸기에 연장자 대접 차원에서 아니꼽지만 명을 따랐다. 그랬더니 괜한 트집은 잡으면서 물맛이 밍밍하다는 둥, 너무 늦게 가져왔다는 둥 불만을 토로했다. 만생이 어이가 없는 낯빛을 보이자, 느닷없이 떠온 물을 만생의 얼굴에 끼얹고 뺨따귀까지 때렸다. 드잡이를 막 하려던 차에 상선이 등장해 말렸기에 망정이지 자칫 큰 싸움이 될 뻔했다. 자제위는 그 정도로 득세를 내세웠고, 노중

신마저도 그들의 안하무인격 행동에 감히 제재를 가하지 못했다.

자제위를 들인지 어언 이 년. 자제위는 갈수록 임금, 신덕 왕사 다음가는 무소불위의 권력 집단으로 성장했다. 그들이 하고자 했으면 하늘에 떠있는 달도 따올 기세였다. 가지고 싶은 것은 죄다 가질 수 있었고, 하고 싶은 것은 무엇이든 할 수 있는 천상천하 유아독존이었다. 이제 만생 정도의 내시는 대수롭지 않은 아랫것처럼 하대했고, 내시부의 수장인 상선조차도 하대하며 막무가내로 행동했다. 한편 임금은 초창기 자제위를 들일 때의 취지에서 점점 그들과 어울리는 방식이 변질되었다. 격구나 마작 등의 운동과 오락으로 체력을 기르고 마음의 응어리를 풀던 모습에서 쾌락과 향락으로 내달렸다. 그러면서 그들과 임금은 음주 기회가 잦아지고, 술에 취해 동침까지 하는 지경에 이르렀다. 그렇다고 임금과 그들이 음주가무 속에서 여인을 방으로 들이지는 않았다. 임금은 죽은 계연공주와의 인연 때문이지 결코 다른 여인을 흠모하거나 쳐다보지 않았고, 특히 술자리에서 여자는 금물이었다. 혹여나 취한 나머지 여색을 탐할 수 있음을 미연에 방지하고픈 방책이었다. 사령내시 만생은 임금과 자제위 사람들이 그토록 퇴폐적으로 여흥에 빠지자 국가의 안위가 갈수록 걱정되었고, 사적으로 시기와 강샘마저 생겼다. 뒷방 늙은이처럼 내시들은 무시되었고, 술자리가 생길 때마다 그들의 수발이 되어 건사하기에 여념이 없었다. 노예 같은 푸대접이었다. 게다가 제자위와 최만생 간 생긴 갈등이 발생했을 때, 임금은 사리 판단이 흐려서 제자위를 두둔하고 오히려 최만생을 태형 백 대로 처분한 것은 두고두고 서운했다.

자제위 여섯 남자는 이십 대 청년이었다. 혈기왕성함은 물론이고 몸 안에서 끓어오르는 정력을 주체하지 못하는 그러한 존재였다. 술을 먹으면 응당 여자가 옆에 있고, 흥에 취하면 자연스레 자웅교접을 치르는 것이 본능이고 젊음 자체이며 남성이라는 표시였다. 이를 간파한 임금은 기상 망측한 방법을 모색했다. 잠잠해졌던 성도착증이 다시 돋아났다. 관음증까지 촉발되면서 기발한 방법을 그들과 모의했다. 자신의 후궁을 그들에게 내어주고 서로 관계하는 모습을 지켜보자는 제의였다. 제자위 여섯 미소년은 너무나 파격적이고 놀랄 만한 일이라 아무도 그에 동조하지 못하고 주춤주춤 결정을 망설이자 임금은 왕명이라 강짜를 두어 실행하고자 하였다.

그 첫 실행으로 자제위 대장인 홍륜을 골라 간통할 후궁을 익비로 정하고, 임금을 그림자처럼 모시는 내시들과 나인들을 모두 물린 후 조용한 별전에서 두 사람이 밀애를 펼치도록 조치를 취했다. 홍륜은 호남형으로 뭇 여인들의 환심을 충분히 살 만한 인물이었다. 그는 임금의 명에 따라 익비를 유혹했고, 독수공방으로 외로웠던 익비도 한두 번 기겁을 하며 거절했지만, 홍륜의 계략적 구애로 결국 무너졌다. 임금의 적극적인 후원 속에서 많은 패물과 서역 향수로 그녀의 환심을 산 후 지속적으로 몰래 밀애를 시도했고, 열 번 찍어 안 넘어가는 나무 없듯 익비도 마침내 그렇게 넘어가고 말았다. 이런 기회를 임금은 앞서서 의도적으로 만들어 자투리 시간이 날 수 있도록 협조했고, 그 속에서 홍륜은 익비를 유혹하는 것이 그다지 힘들지 않았다.

홍륜과 익비가 합궁하기로 한 날. 미리 그 옆 방에 불을 끄고 숨어 있던 임금은 문풍지에 자신만이 볼 수 있는 구멍을 만들어 놓고 대기했다. 시월, 궁중의 초목들은 모두 잎사귀를 떨구고 간혹한 추위에 맞서 동면의 채비를 하느라 스산한 어느 날. 미리 별궁 침실에 와 있는 홍륜은 심호흡을 하며 숨 죽인 채 익비를 기다리고 있었다. 병야 무렵 깊은 밤, 별궁 근처 풀숲에서 암컷을 유인하는 수컷 귀뚜라미 소리는 아름다운 노랫소리를 자아냈고, 멀리 천마산 기슭에서 '친

뚜르르' 하며 우는 지빠귀는 한밤의 정취를 더 고즈넉하게 했다. 먹이를 찾아 느릿한 보폭으로 오소리는 야산을 휘돌고, 야밤에 도토리를 챙기는 다람쥐는 바지런히 오가며 겨울 준비를 하고 있다. 익비는 장옷 차림의 나인 복장으로 방안에 살포시 들어섰다. 혹 누구에게 들킬까 손바닥만한 작은 등대(燈臺)를 준비하고 있던 홍륜은 익비가 들어오는 기척에 고개를 숙여 정중히 인사하고 등을 밝혔다. 불꽃은 손톱만한 크기로 어둠을 조금 내몰 뿐이었다. 흐릿한 불빛 아래서 보는 익비의 모습은 천상가인이었다. 갸름한 얼굴에 입술은 봉선화 한 잎을 붙여놓은 듯했고, 삼단같이 고운 머리는 촘촘하고 찰랑거렸다. 속눈썹은 고려인답지 않게 길어 윗두둑으로 치켜있고, 크고 맑은 눈동자는 그 끝이 야무지게 가라앉았다. 가녀린 몸매는 한들거리는 능수버들 같고, 봉긋한 젖가슴은 작은 표주박 두 개를 곱게 올려놓았다. 펑퍼짐한 엉덩이는 탄력을 받으며 다리매 쪽으로 흘렀고, 몸을 떠받치는 종아리는 튼실한 총각무가 야무지게 자리 잡았다.

홍륜은 익비를 이렇게 가까이서 본 적이 없었다. 그냥 스치면서 잠깐씩 볼 때도 광채가 나는 미모였는데, 이 밤에 조용히 둘만 있는 네 평 남짓한 공간에서 촘촘하게 훑어보니, 더할 나위 없는 절세미인이었다. 둘은 두 눈을 마주쳤다. 그리고 익비가 눈을 감자 홍륜은 입술을 그녀의 봉선화에 댄다. 이 순간을 낱낱이 옆방에서 보고 있는 임금의 눈매를 까맣게 잊고 오로지 이 순간에 온몸과 마음을 쏟아부었다. 봉선화 꽃잎은 달콤하면서 말랑거렸다. 홍륜의 입술에 힘이 들어간다. 그리고 익비의 꽃잎을 한입에 모은다. 촉촉하고 감미롭다. 지금 이러다가 죽어도 좋겠다고 생각한다. 왕의 여자를 탐닉하는 쾌감도 쾌감이거니와 자신이 왕의 여자와 살맞춤을 한다는 것에 마치 자기가 왕이 된 듯한 착각 속에 사로잡힌다. 아랫녘에 힘이 생긴다. 점점 성장하며 단단하고 빳빳해진다. 숨은 점점 거칠어지고 오른손은 그녀의 허리를 옥죄고 있다. 술은 먹어야 맛이고 여자는 품어야 맛이라고 했다. 익비는 지금 자신의 여자일 뿐이다. 익비의 살결이 파르르 떨리기 시작한다. 쭈뼛해지는 피부의 털들이 하나같이 곤두서있다. 작은 교성이 흘러나온다. 이를 옆방에서 지켜보는 임금의 두 눈이 확장한다. 그리고 자신의 몸에도 힘이 가해진다. 오랜만에 느끼는 오르가슴이다. 홍륜은 익비의 허리를 왼쪽으로 바꾸어 받치고 그녀의 옷고름을 하나씩 푼다. 세 개가 있는데 왜 이렇게 많은지 귀찮은 생각마저 든다. 벌써 둘의 입술은 완전히 한 입이 되어버린 지 오래다.

　홍륜의 오른손 놀림이 빨라진다. 윗옷 고름을 다 풀고 아래 치마끈이 어느새 풀렸다. 어깨끈을 살살 밀어내자 치맛말기로 가려졌던 젖가슴의 윤곽이 뽀얗게 드러났다. 겉치마가 스윽 방바닥에 내려앉고 이젠 속치마와 속곳 차림이다. 속치마를 익비는 왼손으로 어깨끈을 내리고 흘려보낸다. 익비는 아랑곳하지 않고 몰입하며 홍륜의 손짓을 돕는다. 홍륜도 저고리와 바지를 벗었다. 이제 둘은 속곳 차림이다. 이것만 각각 풀면 나체였다. 이를 문구멍으로 쳐다보는 임금은 자신도 모르게 미세한 신음이 나오려는 것을 재빨리 손으로 틀어막고 숨을 몰아쉬고 있다. '익비 한씨가 자신을 누차 유혹하며 교태를 부리더니, 저 정도로 색기가 있었구나. 요염한 여자 같으니…. 여우일세 여우야.'라고 임금은 생각한다. 이어서 '내 저런 요염하고 하질인 여자의 유혹에 넘어가지 않음은 천만다행이야. 계연공주의 반의반도 못 따라오는 저질 여인. 쯧쯧.' 한다. 그러나 두 사람의 사랑 행위는 정말 볼거리였다. 홍륜의 유도도 보통 아니지만, 익비의 반응 또한 여느 기생 못지않았다. 홍륜과 익비. 이제 두 사람은 미리 깔아놓은 침상에 드러눕는다. 그리고 마지막 옷마저 서로 벗긴다. 이제 둘은 완전한 나체다. 나체가 뒤엉킨 모습은 흡사 칡넝쿨이 또아리를 트는 모양이었다. 점점 익비의 교성은 커지기 시작하고 홍륜의 숨은 더욱 가빠지며 커졌다. 홍륜의 입술은 익비의 전 몸을 오가며 침으로 범벅이 됐다. 익비는 아랫배로 홍륜의 입술이 향하자 기어이 괴성에 가까운 교성을 내지른다. 이젠 두 몸이 완전한 하나였다. 두 몸 사이에 뜬 곳이 없었다. 이를 지켜보는 임금은 저토록 밀착되어 격렬하게 애무하는 행위가 전혀 아름다워 보이지 않았다. 자신은 계연공주와 저토록 저급하게 사랑 행위를 하지는 않았다. 서로 배려하고 품격있게 하나하나씩 진행했었다. 각자의 인격을 존중하면서 말이다. 후끈 달아오른 두 사람은 땀을 뻘뻘 흘리며 온몸을 하얗게 불살랐다. 앞으로, 옆으로, 뒤로. 입으로. 둘의 관계는 물 흐르듯 자연스럽게 흘렀다. 서로의 눈빛은 초점까지 잃고 황홀경이 심취한 듯, 마약에 도취된 듯, 독주에 취한 듯 별의별 동작으로 온 힘을 서로 간의 교접에 몰입했다. 동서고금에 유명한 『금병매』도 이를 따라오기 힘들었고, 시전에 나다니는 어떤 춘화도 이를 따라오지 못할 듯, 그들은 정교하고 기발하며 정열적인 사랑을 나누었다. 그러는 사이 멀리서 참나무 껍질을 쪼아 부지런히 구멍을 내는 오색딱따구리 소리는 새벽녘에 그윽이 별당 안으로 잦아들고 있었다.

# 12.

성주와 미래과학연구원을 다녀온 지 한 달이 채 되지 않은 어느 날 오후. 유난히 햇빛은 청명하고 밝았다. 새터민센터 앞 아름드리 감나무 위에서 까치가 아침부터 '깍깍' 짖어댄다. 새터민 정착 프로그램도 다음 주면 모두 마친다. 현대 문화와 역사, 한글에 대한 이해가 깊어가면서 서서히 현대에 적응하는 연화. 유성도서관에서 빌린 『고려사절요』는 두 번이나 기한을 연장하면서 읽어냈다. 영민왕에 관한 조선 사가의 평가는 혹독했다. 없던 일이 그려졌고, 불미스러운 사소한 일도 엄청나게 확대되어 그려졌다. 영민왕과 신덕이 펼쳤던 탈원정책과 국가 개혁에 대한 내용은 너무 약소하게 기술되고 폄하되었다. 새로운 왕조의 정당성을 위한 각색이며 포장이었다. 『고려사절요』는 세 번 연장이 거부되어 도서관에 반납하고 잠시 짬을 두어 다시 빌리기로 했다. 하루의 새터민 정착 프로그램 일정을 마치고 쉼터 거실에서 텔레비전을 시청하던 중이었다. 연화에게 '삐리릭' 핸드폰 전화음이 울렸다. 성주였다. 연화는 세 번이 채 울리기 전에 통화 버튼을 눌렀다. 성주는 다급한 목소리로,

"연화 씨, 잘 계시죠? 저 최성주입니다. 저 안 보고 싶었어요? 히힛. 저는 맨날 보고 싶었는데…. 크크. 농담이고요. 다름이 아니라 지난번 약속했던 계연공주 안면 마스크를 재현해서 완성했어요. 언제 만나 뵙고 전해야 할 텐데…. 혹 오늘 시간이 되세요?"

연화는 반가운 성주의 목소리로 온몸에 힘이 솟는다. 자신도 성주가 보고 싶었던 건 마찬가지. 그러나 내색하지 않는다. 아주 반갑고 행복한 소식이다. 그게 가능할까 했는데, 결국 계연공주 마스크를 만들었다니…. 그동안 성주가 남몰래 애써온 노력이 상상된다. 정상 근무 시간 후 남아서 이리 골몰 저리 골몰하며 만들어냈을 성주의 모습이 자연스레 그려진다. 참 대단하고 고마운 사람이다.

"아! 완성했어요? 정말? 대단하시네요. 그럼 얼른 만나야죠. 저야늘 남는 게 시간인 걸요."

연화가 흔쾌히 만남을 허락하자 성주의 목소리는 한 톤 더 올라가며 들뜬다.

"연화 씨를 위해 자투리 시간에 야근까지 하면서 만들었어요. 보시면 연화 씨가 기뻐할 모습을 그리며 아주 신나게 했답니다. 오늘 제가 퇴근하고 한 여섯 시 반쯤 쉼터로 찾아뵐까 하는데요. 오늘 마스크 받으시면 한턱 단단히 내셔야 해요."

연화는 응당 사례하기로 마음먹은 지 오래였다. 오늘 그를 만나 제대로 대접해야겠다고 마음을 먹는다.

"네. 제가 크게 한턱 쏠게요. 그럼 이따 봬요."

연화의 마음은 두근거렸다. 성주를 다시 보게 되어 그런 것인지, 계연공주의 마스크가 완성되어 그런지는 잘 모르겠으나 여하튼 두 가지가 복합적으로 작용했으리라.

연화는 오후 다섯 시부터 외출 준비를 서두른다. 샤워하고 머리를 잘 말린 후 기초화장을 비롯해 오늘은 색조 화장까지 시도한다. 옷도 지원금으로 아웃렛 매장에서 산 원피스를 곱게 차려입었다. 무엇을 먹을까 하다가 내가 좋아하는 것이 아니라 성주 씨가 좋아하는 것으로 먹어야지 하면서 자기 머리를 한번 쥐어박는다. '만약 너무 비싼 거 시키면 어쩌나?' 하는 염려도 든다. 그러나 곧 시름을 거둔다. 그간 지켜본 성주의 인품으로 미루어 그렇게 막무가내로 뜯어먹을 사람으로 여겨지진 않는다.

여섯 시 반. 성주는 이 분가량 앞서 쉼터에 도착했다. 외출 채비를 모두 마치고 쉼터 거실에 기다리던 연화는 성주가 도착하자마자 자리를 가볍게 박차고 현관으로 나간다. 성주는 자전거를 타고 왔다. 이마에는 땀이 송골송골 맺혔다. 연화를 맞이하면서 성주는 '씨익' 하며 웃어준다. 연화도 그 모습이 싫지는 않아 빙그레 웃음기를 보내준다. 성주는 대문 앞에 서있는 자신의 자전거 뒷좌석을 오른손으로 탁탁 내리치며,

"오늘은 자전거 뒤에 타시고 가면 어때요? 맑은 공기를 흠뻑 쐬어 보심이…"

연화는 그리 싫지 않은 모습으로,

"좋아요. 자전거 처음 타봐요. 한번 타보고 싶었는데 잘되었네요."

성주는 자전거 뒷좌석을 손으로 쓰윽 닦아주며,

"앉으세요. 단 앉아서 제 허리를 꼭 잡아야 합니다. 위험하니까요."

연화는 성주의 속내가 엉큼하다고 생각하다가도 자기만 오히려 곡해하는 게 아닌가 하는 생각도 든다.

"네. 알았어요."

성주는 연화가 뒷좌석에 앉아 두 손으로 허리를 가볍게 잡아 돌리자, 몸이 움찔한다. 그녀의 손끝이 야릇하게 전율이 온다. 성주는 자전거 페달을 힘껏 구른다. 자전거는 이내 서서히 움직이며 비틀거리다가 바로 올곧은 방향을 잡는다. 성주는 장난기가 발동한다. 그래서 더 힘차게 발을 구르며 핸들을 이리저리 왔다 갔다 해본다. 연화의 손목에는 힘이 한껏 더 들어간다.

"위험하니, 허리를 꽉 잡아요."

연화는 힘을 더 모으고 성주의 허리를 휘감는다. 얇은 옷 속 살갗의 감촉이 느껴진다. 뱃심이 있고 단단한 근육이다. 바람을 가르며 가는 자전거는 응어리진 마음을 뻥 뚫리게 쾌감을 안겨준다. 성주의 널찍한 등짝이 든든한 바람막이 되어 직접 오는 바람을 일단 막아주고 있다. 연화는 머리를 그의 등에 살포시 기댄다. 따스하고 푸근하다. 그리고 든든했다. 머리를 기대는 감촉을 피부 한올 한올이 느끼고 있던 성주는 온 신경을 등에 둔다. 힘이 솟으며 한편으론 맥이 빠진다. 그러더니 온몸이 쭈뼛쭈뼛해진다. 머릿속으로 성주는 옷 광고에서 나온 자전거 연인의 모습을 그려본다. 휘날리는 여인의 머리칼이 싱그럽고 맑았었다. 페달을 밟는 청년의 모습은 입이 함박꽃처럼 활짝 퍼져있다. 자신도 그 광고의 청년처럼 표정을 지어본다.

십여 분을 달렸다. 자전거 도로는 한산했다. 가끔 지나가는 사람

들은 두 사람을 연인의 행차로 보는 듯했다. 연화는 부끄러운 생각
도 잠시, 남녀 한 쌍이 대로변에서도 당당하게 손잡고 다니는 현대
청춘을 보면서 이내 그 부끄러움이 사그라진다. 남 의식 없이 감정을
자연스레 표현하는 현대인들이 좀 남우세스럽기도 했다. 그러나 이제
는 오히려 그 당당함이 존경스럽고 표현이 부러웠다. 그렇게 마음을
정하니 자신의 마음도 한결 편해졌다.

'끼익.' 자전거 브레이크 소리와 함께 굴비탕 전문점 앞에 섰다. 허
름한 기와가 올려있고, 대문은 대나무와 억새를 엮어 접이문을 만든
노포다. 문 옆에 달아놓은 창문은 얼마 전에 그 틀을 새로 공사했는
지 삼단의 미닫이로 하얀 테를 두르고 있다. 대문과의 부조화에서
왠지 어설픈 자연스러움이 묻어난다. 부조화의 엉성한 조화랄까? 자
전거를 받침대로 세우고 식당 안으로 들어갔다. 조기 전문 요릿집답
게 조기 비린내가 코에 훅 들어온다.

"연화 씨 조기 좋아하세요? 꾸덕꾸덕 말린 건 굴비라 하는데…."

연화는 굴비를 잘 알고 있다. 수라상에 자주 올랐던 생선이 굴비
다. 특히 영광산을 최고로 쳤다. 연화가 살던 고려 시대 중 선대였던
인종 재임 시절(1126년). 이자겸은 경원 이씨 집안이 왕비를 거듭 배
출하자 자신이 왕이 되고자 했다. 그래서 난을 일으켰지만 실패하고
전라도 영광으로 유배 간다. 그는 조기 맛을 보고 그동안 권력에 매
달렸던 자신이 허탈하게 느껴져, 임금에게 진상으로 올라가는 굴비
에게 '더 이상 비굴하지 않겠다.'라는 의미에서 굴비(屈非)라 했다는
여담이 궁에 전하던 물고기가 조기였다. 차림표를 보니, 굴비 정식,
참굴비탕, 굴비구이 등이 주된 종류였다. 간혹 소주방에서 수라를
올리고 남은 퇴선 중에 굴비를 손톱만큼 맛본 적이 있었다. 영광 앞

바다의 천일염 특히 비금도의 천일염을 최고로 쳤었지. —으로 간을 하고 갱수가 빠질 때까지 기다렸다가 먹는 생선. 혀에 느끼는 감촉은 고슬고슬하고 간이 딱 맞았다.

"아무렴요. 영광굴비는 임금님이나 맛본 것이지, 저 같은 사람은 구경조차 힘든 음식인데요."

성주는 껄껄 웃으며,

"지금은 돈만 있으면 누구나 맛볼 수 있어요. 여긴 굴비를 아주 저렴하게 요리해서 팔아요. 무얼 한번 드셔보시겠어요? 구이 아니면 탕?"

연화는 설레는 마음을 어쩌지 못하고 들뜬다. '이게 웬 떡이냐?'라는 심사로,

"두 개 다 먹어보면 안 되나요? 제가 성주 씨 사 드리고 싶어요. 물론 저도 그 맛이 어떨지 궁금도 하고요."

성주는 '아! 그게 좋겠다.'라는 생각에 흔쾌히 받아들인다. 종업원을 향해

"여기, 굴비탕 하나, 굴비구이 하나 주세요. 아! 소주도 한 병 주시고요."

잠시 후 소담스럽게 냄비에 끓여진 굴비탕과 석쇠에 구운 채 넓은 접시 위에 올려놓은 구이가 같이 올라왔다. 물론 소주 한 병도 잔 두 개와 같이 들어왔다.

"한잔하시죠?"

연화는 소주잔을 내민다. 그 맛도 한두 잔 먹어보니, 그리 독하지 않고 먹을 만했다. 연화는 소주란 이름이 참 좋았다. 궁에 있는 소주방과 한글 이름이 같아서였다. 물론 한자로야 소주방의 소주와 술 소주와는 한 글자만 같지, 다르다. 그러나 소리가 같아 친근감이 든다. 성주와 잔을 같이 채우고 건배를 했다. 목을 넘어들어 가는 소주액은 알싸하게 인후벽을 휘돌며 내려갔다. 연이어 안주로 굴비구이에서 배 옆살을 젓가락으로 엄지만큼 떠서 입에 넣었다. 육질이 고소하며 쫄깃하고 담백한 풍미가 입안을 감싼다. 이게 바로 그 녹는다는 맛이구나. 참 맛있다. 성주도 구이 한 젓가락을 입에 넣고 오물오물 씹어 먹는다. 겸사해서 탕의 굴빗살도 한 젓가락 떠본다. 구이하고는 또 다른 맛이다. 연화는 순간 행복감에 젖는다. 행복 중에 입안의 행복처럼 가슴에 꽃이 피어나는 행복은 또 있을까 하는 엉뚱함까지 든다.

굴비에 정신을 판 나머지 계연공주 마스크를 보자는 엄두를 못 내는 연화에게,

"연화 씨, 아주 굴비에 푹 빠지셨네요. 오늘 왜 저를 만나는지 잊으신 거 아니에요?"

연화는 그제야 정신을 차리고 '아차!' 한다.

"아! 제가 제정신이 아니네요. 죄송해요. 참! 오늘 계연공주 마누라님 탈을 보기로 했죠?"

성주는 '마누라님', '탈'이라는 용어에 뱅긋 웃는다.

"네. 그 탈을 다 만들었어요. 자! 한번 풀어보세요."

자전거 앞 핸들 앞에 걸어두었던 상자가 바로 그것이었다. 성주는 연화 앞에 네모난 상자를 놓는다. 연화는 상자를 열어 마스크를 꺼낸다. 무겁지 않고 표면이 피부 조직처럼 색도 연갈색으로 촉감도 부들부들하다. 정면에서 일단 본다. 깜짝 놀란다. 거의 표정이나 윤곽이 흡사하다. 대단한 과학기술력이다.

"이게 가능해요? 정말 놀라워요. 거의 계연공주 마누라님 얼굴이에요. 와! 정말 대단합니다."

성주는 뒷머리를 긁적이며,

"뭐 이 정도 갖고요. 사실 막상 마스크를 만드는데, 몇 번의 시행착오와 보정 작업이 있었어요. 재질도 몇 번 바꾸었고요. 그래도 여러 우여곡절 끝에 완성하고 나니 뿌듯했어요. 연화 씨가 기뻐할 모습이 선했고요."

연화는 그동안 얼마나 시행착오를 했을까 감이 잡히지는 않았다. 모르긴 해도 몇 번의 반복과 씨름했을 터였다. 마스크를 들고 얼굴에 써본다. 맞춤 탈처럼 마스크 안쪽이 피부에 착 붙는다. 식당 안 거울 앞으로 다가간다. 화들짝 놀라고 만다. 이건 계연공주의 재림이었다. 앞 얼굴은 물론이고 옆얼굴도 비춰본다. 참으로 살아 돌아온 계연공주 그대로다. 심지어 피부를 그대로 재현하고자 땀구멍과 약간 주근깨까지 재현해 피부처럼 자연스러움을 갖췄다.

"너무 잘 만들었어요. 얼굴에 딱 맞기도 하고요. 거울을 본 순간 계연공주 마누라님이 살아 돌아온 듯한 착각을 할 정돈데요."

성주는 아이처럼 신나서 마냥 기뻐하는 연화를 보며,

"이토록 좋아하시니, 그동안의 고생이 싹 가시네요. 그나저나 실례가 안 된다면 왜 이 마스크를 만들어 달라고 하셨는지 물어봐도 될까요?"

연화는 순간 멈칫한다. 사정 이야기를 해야 하나 말아야 하나 고민한다. 잠시 뜸을 들이고 결심한 듯,

"만약에 제가 다시 고려 시대로 돌아가게 된다면 그때 요긴하게 쓸 수 있을 거 같아서요. 폐하께서 계연공주 마누라님 돌아가신 후 폐인이 되다시피 했거든요. 곁에서 모실 때마다 너무 애처롭고 안타까웠어요. 이 탈, 아니 마스크라도 어찌 사용하면 좀 위로가 될까 해서요."

성주는 상전을 모시는 아랫사람의 갸륵함에 감동이 밀려온다. 옛날 사람들은 '상전 배부르면 종 배고픈 줄 모른다.'라고 했는데, 연화의 마음은 그 반대였다. 그래서 '종은 미고 못 살아도 상전은 미고 산다'고 했나 보다. 술은 어느덧 소주 한 병을 다 비웠다. 연화도 기분이 좋은 탓인지 술을 제법 들이켰다. 성주 또한 기분 좋게 술을 먹어서인지 술술 잘 넘어갔다. 소주 한 병을 더 추가로 주문했다. 탕과 구이를 번갈아 가며 맛있게 반주를 했다. 한 시간 후, 두 사람은 이제 몸을 가누지 못하고 흔들흔들했다. 빈 소주 병 하나만 탁자에 잘 서있고 나머지 두어 병은 나뒹굴고 있다. 어느새 밖은 어둠이 내려왔다. 이제는 일어서야 한다고 생각하며 자리를 동시에 일어났다. 연화는 휘청한다. 현세에 와서 처음으로 과음을 한 밤이었다. 성주는 휘청거리는 연화를 부축하며 몸 상태를 확인한다. 연화는 괜찮다고 했으나 몸이 제 말을 잘 듣지 않는다. 술값을 치르고 식당을 나왔다. 성주는 연화의 왼쪽 어깨를 부축했다.

"연화 씨 괜찮겠어요? 좀 취하신 듯한데…. 택시를 부를까요?"

연화는 정신은 말똥한데 몸을 가누지 못해 부끄럽다.

"아니에요. 저 안 취했어요. 정신은 말똥말똥해요. 여기서 저 있는 쉼터가 멀지 않으면 좀 걷죠. 좀 걸으면 몸도 제대로 가눌 듯해요. 미안하고 고맙습니다."

성주는 오 리 되는 거리를 같이 걷기로 한다. 빠른 걸음이라면 삼십 분이면 충분히 도달할 거리다. 그러나 이 상태에서는 시간이 좀 더 걸릴 듯하다. 연화의 뜻에 따라 천천히 어깨동무를 한 채 걸었다. 한 십여 미터를 가자 연화는 혼자 걸을 수 있다며 성주의 어깨 손을 가만히 내려주었다. 한참 둘은 말없이 걸었다. 연화는 속으로 이 사람과 나는 지금 어떤 관계인가에 관해 잠시 골똘하며 걷는다. 성주도 땅을 내려보며 둘이 호젓하게 걷는 이 상황이 어색하기도 하다. 십여 분을 나란히 걸었다. 말없이 그냥 걸었다. 가다가 문뜩 연화가 걸음을 멈춘다. 그리고 왼쪽으로 돌아 성주를 본다. 성주도 같이 걸음을 멈춘다. 그리고 그도 오른쪽으로 돈다. 둘은 마주 보고 있다. 연화가 뜬금없이 묻는다.

"우리는 어떤 사이인가요?"

성주는 무슨 말로 대꾸를 해야 하나 하다가, 말 대신 행동을 선택한다. 그리고 조용히 그녀의 이마에 입술을 댄다. 연화도 다가오는 입술을 막지는 않는다. 촉촉한 성주의 입술이 달콤하게 내려앉는다. 포근하고 감미로운 앙상블이다. 이윽고 성주는,

"우리 사귀어요, 앞으로. 오늘을 그 첫날로 잡고."

연화는 여기까진 미처 생각하지 못했는데. 이 남자가 좋은 사람인 걸 아는데…. 어찌하나. 망설이며 머뭇거리는데, 성주는 다그친다.

"제가 맘에 안 드세요? 미안해요. 전 그냥 연화 씨가 좋아서요. 사실 처음 봤을 때부터 호감이 갔습…"

연화는 성주의 말이 다 끝나기 전에

"좋아요. 사귀어요. 연인으로."

성주는 갑자기 제자리에서 크게 허공으로 솟구친다. 아싸! 좋아서 날뛰는 성주를 보고, 연화는 '푸홋' 하고 웃는다. 성주는 이제 자신의 손을 가만히 연화의 손으로 옮긴다. 그리고 손을 맞잡으며 깍지를 낀다. 연화도 그 이끌림에 순수히 따르며 성주의 손을 잡는다. '참 손이 따뜻하네'. 성주는 연화의 손을 잡아끌며 어디론가 향한다. 연화는 힘없이 그냥 끌려간다. 성주는 뭐가 그리 신나는지 계속 웃으며 걷는다. 그것도 맞잡은 손을 크게 흔들면서. 성주는 근처 문방구 전문점이라 써있는 가게로 연화를 데리고 들어간다. 그리고 혼자 다가가 주인아주머니에게 뭐라고 묻더니 아주머니의 안내에 따라 목걸이가 여러 개 놓인 상자 앞에 선다. 이윽고 큰소리로 연화를 부른다. 연화는 주위를 한번 둘러보며 발그레한 얼굴로 성주에게 다가간다.

"오늘 우리의 연인 첫날 기념으로 목걸이를 사 드리고 싶어요. 임시로 저렴한 액세서리이지만, 언제 시간 내서 금은방에서 제대로 된 걸 사 드릴게요. 어때요? 여기 목걸이 중에서 하나 골라보세요."

연화는 그의 갑작스러운 행동에 당황하면서도 나열된 목걸이를 죽 훑어본다. 은색 줄에 비췻빛 옥이 달려있는 목걸이가 눈에 들어온다. 비취색은 예부터 고려청자의 색이면서 고려의 색이었다. 밝고 고운 초록 빛깔이 어느 색도 탐내기 힘든 맑음이었다. 그녀는 그것을 든다. 그리고 거울 앞에서 걸어본다. 지금 입고 온 옷과도 색이 아주 잘 어울린다.

"아주 예뻐요. 잘 고르셨네요. 그것으로 할까요?"

연화는 대답 대신 고개를 끄덕인다. 성주는 주인아주머니에게 값을 치르고 문방구를 다시 나온다. 그리고 새터민 쉼터를 향해 발걸음을 옮긴다. 두 사람의 발걸음은 허우적대며 빠르지 않다. 그러나 성주의 발걸음은 마치 뜬구름 위에서 통통 튀는 파란 풍선이었다. 초저녁보다 상쾌하고 날렵하게 걷는 품이 신난 자태다.

## 13.

　　신덕은 오랜만에 벗, 능우를 만나러 간다. 그는 수도승일 때 만난 동년배로 어렵게 살아온 유년 시절이 비슷해 가슴까지 통하는 죽마고우였다. 양광도 예산 수덕사 주지로 있는데, 불심이 깊지만 창의적이고 엉뚱한 생각도 많은 벗이었다. 수덕사는 산과 바다를 아우르는 내포에 자리를 잡아 낮은 구릉과 평평한 들녘으로 둘러싸였고, 계곡마다 맑은 물이 흘러내려 작은 금강이라 일컬어지는 곳에 자리 잡았다. 최초 건립은 백제 위덕왕 때이나 지금의 임금이 나옹화상을 시켜 중건한 절로, 참선으로 자신의 본성을 구명해 성불하고자 하는 선종의 수도장이다.

　미리 전갈을 넣어두었더니, 능우는 절 초입까지 마중 나와있었다.

　"아! 이 땡중, 잘 있었는가?"

　신덕은 크게 웃으며 마중 나온 능우를 기쁘게 안아준다. 키는 육척에 가슴팍이 펑퍼짐하고 족히 백삼십 근은 나갈 풍채. 소싯적에도 그의 육중한 체구 때문에 스님이 안 되었다면 산적 두목으로 적당한 풍채라 어지간히 놀리기도 했었다. 홀어머니가 외동아들로 튼실하게 키워놓았더니, 속세가 싫다고 불가에 입문한 자였다.

　"야이! 이 신 땡초. 높으신 왕사 땡초께서 어인 일로 이런 누추한 절간에 납시었나?"

능우도지지 않고 대거리를 한다. 신덕도 역시 능우답다는 반응으로 웃으면서

"벗이 그리워 땡중과 곡차나 한잔할까 해서 왔네 그려. 일간 무사무탈하고?"

능우는 주위 산세를 훑으면서,

"이런 첩첩산중에 일이 있어 봤자 무슨 일이 있겠는가? 어제가 오늘이고, 오늘이 내일인 것을."

신덕은 대웅전에 우선 들러 큰 부처님께 삼 배를 올리고, 주지의 요사채로 들었다. 미리 다과상이 방안에 준비되어 있다.

"벌써 이리 준비를 다해 놓으셨구먼. 역시 자넨 준비성 하나는 철두철미해."

신덕의 칭찬에 능우는 멋쩍은 듯,

"뭐, 이 정도 가지고 그러나. 당연한 거 아닌가? 불당에서 공자 얘기하는 것은 좀 그러네만, '유붕이 자원방래면 불역락호아(有朋 自遠方來 不亦樂乎)'라 하지 않던가? 자네가 온다니 엊저녁부터 잠도 못 이루고 설쳤을 뿐만 아니라 무지하게 설레었다네. 자! 우선 곡차나 한잔 들어 목을 축이세."

능우의 권주에 신덕은 한입에 곡차를 탁 털어넣었다. 능우의 가용주 담는 실력은 스님들 사이에서 널리 알려질 정도였다. 모두 쉬쉬해서 그나마 널리 알려지지 않았을 뿐, 아는 사람은 다 아는 공공연한 비밀이었다. 한 잔, 두 잔 연이어 몇 잔이 이어지고, 취기가 좀 돌자 신덕은 능우에게 반야 이야기를 꺼낸다. 이래저래 해서 수양딸을 하나 들였는데, 폐하께서 돌아가신 계연공주를 잊지 못해 계연공주를 대신해 합궁한 사실을 요목조목 설명하였다. 능우는 신덕의 이야기를 한동안 들은 후,

"자네가 고생이 많구먼. 그래, 앞으로 어떻게 할 참인가?"

신덕은 그 말이 끝나기 무섭게

"그것 때문에 자네를 만나러 온 것이 아닌가? 자네의 톡톡 튀는 심상을 듣고 싶어 이 먼 곳까지 한달음에 왔다네."

능우는 눈을 가만히 감는다. 잠시 묵묵부답의 시간이 흐른다.

"나 같은 땡중이 뭘 알겠는가마는 자네가 이리 먼 곳까지 와서 조언을 구하니, 뭐라고 하긴 해야겠는데…. 내 소견으로는 그냥 그렇게 물 흘러가듯 일단은 내버려두는 게 어떨까 하네. 그러다가 덜컥 임신이나 하면 어쩌나 할 텐데, 그때 닥치면 생각하세. 아마 내 어머니께 부탁하거나 몇몇 수행자를 활용하면 일이 풀릴 듯도 하니."

능우는 자신의 심상을 모두 밝히지는 않는다. 미래 일어날 일이 안 일어날 수도 있고, 만약 나타난다면 그때 생각해도 충분하며 그때를 대비해 무엇인가 속으로 간단한 계획만 있으면 되리라고 보았다. 신덕은 불쑥 찾아온 벗의 고민을 한순간에 편하게 맞이하고 걱정하지

말고 훌훌 털어버리도록 하는 태도에

"그래. 자네 말대로 하겠네. 자네가 어디 믿는 구석이 있나 보네그
려. 알았네. 알았어. 오늘은 이 이야기는 그만하고 곡차 수렁에 풍덩
빠져보세. 허허."

신덕은 허례허식의 껍질을 모두 벗어던지고, 능우와 주거니 받거니
곡차에 빠졌다. 신덕도 술 하면 술동이 하나 정도 먹을 만한 주량이
었지만, 능우에 비하면 새 발의 피였다. 그는 두 개가량의 술동이를
먹어야 '이제 좀 취한다.' 했고, 네 동이 정도는 먹어야 술에 취하는
그런 중이었다. 저녁 어슴푸레한 즈음에 시작해 새벽녘이 떠오를 때
까지 그들은 먹고 또 먹고 취하고 또 취했다. 밝아오는 이튿날의 햇
빛은 구름에 가려 햇살만 조금 비추고 있을 뿐이었다.
　다음 날 능우는 새벽 불공을 위해 한숨도 자지 않고 불당에 나가
불경을 낭송했으나 신덕은 손님이네 하면서 해가 중천에 뜰 때까지
세월아 네월아 하면서 코를 드르렁 골고 있었다. 정오 무렵에서야 흔
들어 깨우는 동자승의 손에 발갛게 충혈된 눈을 치뜨며 신덕은 일어
났다. 늦잠을 호되게 자고 일어난 신덕을 향해,

"이런 잠퉁이 땡초중아! 이제 정신 차리고 해장 곡차 해야 하지 않
겠나?"

능우는 자신만만한 표정으로 신덕을 내려보았다. 이에 모든 것이
귀찮고 힘든 신덕은,

"자네는 정말 대단허이 그려. 밤새 술 먹고 나서도 얼굴 하나 변하
지 않고 그대로니 말일세. 부럽네. 난 지금 밥이 무언가. 쌀 한 톨,

물 한 모금도 들어가면 토악질이 나올 것 같네. 으윽!"

능우는 힘들어하는 신덕을 안쓰럽게 쳐다보며,

"중국 당나라의 시선(詩仙)인 이태백이 그러지 않았던가? '삼배통대도(三盃通大道) 일두합자연(一斗合自然)'이라고, 술 석 잔이면 큰 도에 통하고, 한 말 술이면 자연과 만난다. 나는 이 산속에 살다 보니 느끼는 게 술이요, 통하는 게 자연이네. 그러니 내가 자네보다 수월하게 아침을 맞이하는 건 당연한 일이고. 콩나물 맑은탕을 해장국으로 끓여놓았으니, 그 국물이라도 한술 뜨게나. 속이 한결 편해질 걸세."

신덕은 능우의 말에 기운을 내고 자리에서 일어나 앉았다. 그리고 그가 가져온 개다리소반의 음식들을 힘없이 내려보았다. 표고탕수에 콩나물 맑은탕, 백옥미 한 그릇, 시래기 도토리전, 고추콩가루찜 등이 가지런하고 정갈하게 차려져 있다. 신덕은 능우의 말에 따라, 콩나물 맑은탕에 숟가락을 담근 후 한술을 입에 툭 하고 털어넣는다. 참으로 맑고 담백했다. 사찰에서는 모든 동물성 식품과 오신채라 일컫는 파, 마늘, 부추, 달래, 흥거 등을 금한다. 부처님의 가르침 중 『열반경』에 '육식은 자비의 종자를 끊는 것'이라 하여 모든 살아있는 생명을 내 몸과 같이 여기는 불교적 자비관에서 비롯된 것이다. 오신채를 멀리하는 것도 맛에 대한 집착이 사소하게라도 일어난다면 불도수행에 방해될 수 있음을 경계하기 위함이다. 자신도 그러한 불가에서 소싯적부터 몸으로 느낀 탓에 지금도 육식이나 향이 강한 것은 즐기지 않는다. 그것이 정신을 맑게 하고 육신을 단단하게 해주는 것임을 벌써부터 느끼고 있기 때문이다.

그럭저럭 아침상을 치르고 나서 신덕은 능우와 절 주위 둘레길을 오붓하게 걸었다. 완만한 덕숭산의 구릉을 따라 삼단과 석축을 쌓고 가장 위쪽에 산지형 가람 형식으로 대웅전을 배치했는데, 덕숭산 중턱에서 내려보는 수덕사의 모습은 일주문, 조인정사, 대웅전으로 이어지는 동선의 배치가 뛰어나 구조미가 남달랐다. 지금의 폐하보다 선대였던 충렬왕 대에 건립된 정면 세 칸, 측면 네 칸의 맞배지붕과 주심포 계통의 대웅전은 최근에 새로 지은 건물 중에서는 단연 으뜸일 정도로 정성이 가득한 건물이었다. 그 속에 현 임금이 하사한 「탱화 금룡도」도 바람벽에 자리 잡고 있었다.

신덕은 수덕사 대웅전과 그 주변을 내려보며,

"참 위치가 좋네. 자네는 이곳에 있으면 평생 안 늙겠어. 속세에서는 하루가 여삼추이고, 이러니저러니 갈등과 싸움의 연속인데…"

능우는 허허 웃으며 대꾸를 한다.

"거 모르는 소리 하지 말게나. 왜 그러지 않던가? 비를 막아주던 나무 밑에도 그 비가 그치면 몰아서 빗방울을 떨어뜨린다고, 이곳 절 속에서도 갈등과 싸움은 존재하네. 그 차원이 다를 뿐이지."

신덕은 고개를 끄덕이며,

"어, 그런가? 그런데 난 그런 생각도 드네. 갈등이 많은 것은 어쩌면 성장을 위한 보양제가 될 수도 있다는 것을. 날리는 연도 순풍보다 강풍에 높이 오르듯, 평탄한 삶보다 질곡의 삶이 재미도 있고 나날이 의미도 있지 않을까 하는 생각도 들고 말이야."

능우는 신덕이 역시 속세에서 왕을 곁에서 모시는 왕사가 되더니, 마음의 폭이나 깊이가 제법 더해짐을 새삼 느낀다. 능우는 능청스럽게,

"땡초 왕사인 줄 알았더니, 제법인걸? 맞네. 자네 말처럼 세상은 우여곡절이 있어야 참맛이 나지. 참! 혹 폐하의 사주를 아시는가? 내가 감히 사주풀이를 한번 해볼까 하는데…. 혹 자네가 왕사 역할 하는 데 도움이 될까 해서."

신덕은 '아! 그래. 그거 좋겠는데.' 하는 생각에 자신이 알고 있는 임금의 사주를 능우에게 알려준다. 능우는 능숙하게 엄지로 검지, 중지, 약지, 소지 마디를 왔다 갔다 하더니, 혼잣말로 무엇이라 되뇌고 잠시 후 한마디를 한다.

"자네가 반야 불자의 이야기를 해서 혹여나 도움이 될까 사주의 여인 운을 중심으로 보았네. 폐하에게 여자는 셋일세. 그렇다면 계연공주가 하나일 테고, 반야가 둘째라 한다면 아직 나타나지 않은 여자가 한 명 더 있다는 이야긴데…. 그 여인과는 말년까지 끝이 아주 기네. 그렇게 계연공주 없이는 못 산다는 폐하께서 말년에 여인이 있다니…."

신덕은 능우의 사주풀이를 믿지 못하겠다는 듯,

"에끼 이 사람아! 자네, 이거 완전 초짜 아닌가? 선무당이 사람 죽인다고 잘못 이야기했다간 자네 목숨이 위험할 텐데…."

능우는 신덕의 반응에 맞장구를 치면서,

"감히 왕사와 벗인 나를 그 누가 감히 명줄을 끊겠나? 그나저나 참 이상허이. 세 번째 여자가 팔자에 분명히 있긴 있는데 말이야. …. 이제 나도 점술은 그만두어야겠네. 이제 신통력이 여엉 아닌가 보네. 껄껄껄."

신덕은 능우의 농담 속에 가시가 돋쳤으나 폐하에게 반야 이외에 또 다른 여자는 불가능하다고 판단하고 그냥 웃음거리로 치부해 버리기로 한다.

어느덧 둘은 해발 약 오백 미터의 덕숭산 정상에 다다른다. 정상에서 내려보는 내포 벌판은 광활했다. 삽교천의 좌우로 옥토가 광야처럼 펼쳐졌고, 남으로는 용봉산, 서로는 연암산, 동으로는 수암산, 북으로는 원효봉과 가야산이 터를 잡았다. 특히 원효봉은 신라 고승 원효대사가 이 산에 절을 세우고 난 후에 붙여진 이름이었는데, 그 절터가 무슨 연유로 없어지고 이름만 전하는 산이었다. 산 모양이 연잎과 같이 오망하게 생겨, 바위산이지만 참 잘 생긴 산이었다.

두 사람의 승복은 목덜미부터 겨드랑이와 사타구니까지 땀범벅이 되었다. 신덕은 땀이 이마에 송골송골 맺힌 능우의 얼굴을 보며,

"공자가 그러지 않았던가? '지자요수(知者樂水), 인자요산(仁者樂山).' 지혜로운 자는 물을 좋아하고, 어진 자는 산을 좋아한다. 참 좋은 말 아닌가? 자네는 인자이니, 이렇게 사방으로 깔린 좋은 산들과 함께하며 늘 지금처럼 그대로 살아가길 비네. 자네는 나에게 큰 언덕이니 오래 살아야 하네."

신덕의 진심 어린 말이 능우의 마음 한 편을 아리게 한다. 능우도

"공자의 다른 말도 있지 않던가? '지자락(知者樂)이요, 인자수(仁者壽)'라고. 지혜로운 자는 삶이 즐겁고 어진 자는 삶을 장수한다. 자네는 어려운 자리에 있으니, 인자보다야 지자가 나으려나? 여하튼 즐겁게 사시게. 인생 뭐 있겠는가? 다 그게 그것인걸."

두 사람은 서로 얼굴을 맞대고 껄껄 웃고 만다. 그리고 두 손을 맞잡고 힘을 준다.

# 14.

　　　　　연화는 오늘 우주천문센터 김대현을 만나러 가는 중이다. 물론 최성주도 함께. 시간여행에 대한 수수께끼를 다 풀지 못한 연화는 다시 한번 그를 만나 자문하면 무엇인가 실마리가 잡히지 않을까 해서다.

　토요일 휴일인데도 불구하고 대현은 무슨 연구가 더 남았는지 연구실에서 키보드를 치고 책을 읽고, 실험을 해보고 여기저기 쏘다닌다. 성주와 함께 방문하자 하던 일을 멈추고 그때야 숨을 제대로 쉬는 것 같았다. 분주하게 움직이는 대현을 보고, 미안해하는 표정으로 연화는,

　"무척 바쁘신가 본데, 저까지 귀찮게 해드리네요. 정말 죄송합니다."

　대현은 큼지막하게 웃음소리를 내며 너털웃음을 짓더니,

　"별말씀을. 우리가 하는 일이 다 그래요. 시간 날 때 미리미리 해두는 것이고, 당장 급하게 처리해야 하는 일도 아니고…. 걱정하지 마세요. 제 생활신조가 '오늘 일은 내일로 미루자.'이니까요. 오늘은 마침 여유가 생겨 그간 미뤄놓았던 일을 하던 중이었어요. 뭐 그리 급한 일도 아니지만…."

성주는 미안해하는 연화를 향해,

"선배님이 괜찮다잖아요. 신경 쓰지 마세요. 워낙 선배님 인품이 고결하시고 전문성도 우리나라에서 둘째가라면 서러운 분이니까요. 크크."

대현은 성주의 넋두리에 혀를 내두르며,

"성주, 너! 고등학교 후배라고 하나 있는 놈이 저러니…. 그래, 오늘은 뭐가 궁금하셔서 두 청춘남녀가 납시었는지요?"

연화는 준비해 온 주전부리를 내놓으며,

"연구하시다가 시장하시거나 입이 심심할 때 드시라고 뭣 좀 사 왔어요. 약소하지만 받아주세요."

성주도 손을 같이 내밀며 대현에게 건넨다. 대현은 부끄러운 듯

"우리 사이에 뭐 이런 거까지. 이번은 용서해 주는데, 다음부터는 이런 거 사 오시면 아예 만나지도 않을 겁니다. 알았죠?"

연화는 고개를 끄덕인다. 그리고 연구실 한구석에 놓인 소파에 대현을 마주 보고 앉는다. 성주는 연화 옆에 자리한다.

"지난번에 뵈었을 때 말씀드린 것처럼, '시·공간이 하나가 되리라.'가 아직도 풀지 못한 수수께끼예요. 대현 씨의 말씀대로 일식과 월식이 있는 날, 그 자리에 번개 같은 초광속 현상이 동반된다면 시간이동이 가능하셨다고 했는데…."

대현은 과거 일을 생각하며, '참! 그때 그런 얘기했었지. 그리고 만취해서 꽐라 되어 귀가한 날.' 하고 되새긴다. 이제야 생각난다는 듯,

"맞아요. 제가 그런 말씀을 드렸죠. 그런데 그게 무슨 문제가?"

성주는 옆에서 연화를 거든다.

"아! 무슨 문제가 있어서 드린 말씀이 아니라, 그럼 일식이나 월식이 있는 날, 번개 같은 초광속 현상이 동반되면 연화 씨가 다시 고려 영민왕 시대로 갈 수 있는 건가요?"

성주는 사실 김 선배가 그게 가능하지 않다고 말하길 간절히 원했다. 이제 진실 되게 여자 친구를 사귀어 정도 주고 맘도 주고 알콩달콩 재밌게 지내는 이 순간을 깨고 싶지 않아서였다. 그러나 대현은 이를 눈치채지 못하고 자신의 생각을 있는 그대로 답한다.

"초광속 현상만 동시에 일어난다면 불가능하지도 않을 듯해. 어차피 시간여행은 속도와의 싸움이 관건이니까."

연화는 대현의 말이 끝나기가 무섭게 다그친다.

"그러면 제가 알기로, 올 시월 말, 정확히는 11월 19일 개기월식 예정이고, 12월 4일에는 부분일식이 예정되어 있는데, 그날 중 번개만 동반한다면 제가 고려 시대로 복귀할 수 있다는 말씀이죠?"

대현은 뒷머리를 긁적이며,

"뭐, 말이 그렇다는 이야기이지, 반드시 그것이 실현되리란 보장은…"

성주는 대현의 어정쩡한 대구에 힘을 실어준다.

"아마, 아직 현대 과학으로는 불가능하지 않을까 싶네요. 지금은 선배님의 가설일 뿐이지 확실한 근거도 부족하고…"

그러나 연화의 표정은 자못 진지하다. 머리를 대현 쪽으로 더 가까이 두면서 결의에 찬 또랑한 눈과 토끼 귀를 쫑긋거린다. 당연히 성주의 말이 들어올 리 없다.

"십일월과 십이월 중 일식과 월식이 가장 잘 보이고, 번개가 동반할 가능성이 있는 지역은 어디이고, 시간은 언제일까요?"

대현은 연화의 질문에 자리를 슈퍼컴퓨터로 옮기고, 자판을 두드려 무엇인가 정보를 찾아낸다. 잠시 후

"11월 19일 월식은 충청도 지역에서 잘 관측되고, 12월 4일 일식은 경기도 지역에서 잘 관측되는 거로 나와요. 시간은 각각 밤 8시와 오전 10시. 그런데 번개 같은 초광속 현상이 같이 일어나려면 기상이 매우 불안정해야 하는데, 11월 19일보다는 12월 4일이 기류 불안정으로 번개가 동반할 가능성이 커요. 컴퓨터를 이용해 찾아낸 정보에 의하면 12월 4일이 비 올 가능성이 큰데, 빗방울이 상승기류로 인해 파열되고 파열된 빗방울은 양전하를 띠게 됩니다. 빗방울이 아래로 떨어지며 파열하기에, 이 음전하를 띠는 공기도 지상으로 퍼지면서 대량의 전자를 주고받죠. 바로 이때 번개가 만들어져요. 그때 그 자리에 있다면 아마 연화 씨가 온 그 시대로 갈 수도…"

연화는 실낱같은 희망 줄기를 찾은 실향민처럼 마음이 들뜨고 기운이 충천했다. 이를 곁에서 지켜보는 성주는 대현이 못마땅스럽지만 즐거워하는 연화를 보면서 내색을 할 수 없었다. 성주는 그래도 용기를 내어,

"선배님! 그러면 갈 때도 그렇게 간다면 지금 이 시대로 올 때 그리하면 되겠죠?"

대현은 살짝 입꼬리가 들리며,

"그야 그렇겠지."

성주는 그제서야 조금 마음이 놓인다. 연화를 영영 보내는 것이 아니라, 다시 올 가능성이 열렸으니 말이다. 연화는 감사한 마음을 가득 담아 말을 건넨다.

"감사합니다. 감사합니다. 드디어 제 숙제가 거의 풀렸어요. 제가 제 자리를 찾아갈 수 있다니, 정말 기뻐요. 물론 확실치는 않지만…"

셋은 소파에 앉아 연화가 사 온 주전부리 일부를 뜯어 차 한 잔과 함께 먹으면서 반 시간을 흘려보내고, 바쁜 대현을 위해 연화와 성주는 자리를 떴다. 그 둘은 두 손을 꼭 잡고 연구원 건물을 나섰다. 성주는 신이 나서 팔을 힘차게 흔들고 걸어가는 연화를 향해,

"다시 고려 시대로 갈 수 있다니 그렇게나 좋아요? 사실 난 별론데…"

연화는 그때서야 '아차!' 싶었다. 둘은 정식으로 사귄 지 이제 겨우 보름이 지났다. 성주가 없었더라면 지금 이렇게 적응해서 사는 것이 가능했을까 하는 생각마저 들었다. 연화는 잠깐 앞만 보고 가다가 이제야 옆을 보는 사람처럼,

"예. 제가 살던 원래의 곳으로 간다는 생각에 그만 성주 씨를 잊었네요. 미안해요."

연화는 그 말을 끝내고 성주의 얼굴 쪽으로 고개를 쑥 내밀어 본다. 성주의 입은 뽀로통해져서 삐져 나왔다. 쇠뿔도 당긴 김에 뺀다고 이어서 연화는

"그런데 저는 그곳에 가야 해요. 아니 최소한 갔다가 오더라도 일단은 그곳에 가야 해요. 가서 폐하도 알현하고 부모님도 뵙고 궁궐 사람들과도 만나고. 그런 후, 이것저것 정리하고 다시 이곳으로 오면 어떨까 해서요."

성주는 연화의 마음이 영원한 이별이 아니라, 다녀올 수 있다는 말을 큰 위안으로 삼아 마음이 조금 누그러진다.

"이런 말 드리면 좀 그런데, 아까 김 선배의 말은 가설이에요. 가능성이 좀 있다는 말이지, 완전히 갈 수 있다는 말은 아니에요. 그건 알고 계시죠?"

연화는 수긍하는 눈빛으로

"그럼요. 그런데 단 일푼, 아니 일리의 확률이라도 저는 도전해 볼

요량입니다. 성주 씨는 제 남자 친구니까 분명히 도와주실 거예요. 그렇죠?"

성주는 잠깐 정적의 시간을 둔다. 그리고 마지못해,

"그야 그렇죠. 연화 씨가 원한다면…"

연화는 대현의 말 중에서 한 가지 풀지 못한 장소를 성주에게 묻는다.

"혹시 경기도에 고려 행궁으로 남아있는 곳이 있나요?"

성주는 예전부터 대학 시절 아는 과 친구가 사는 파주가 생각나서,

"경기도 파주에 고려 행궁으로 혜음원지라는 곳이 있어요. 제가 대학 시절 그곳에서 온 놈이 하나 있는데, 어찌나 혜음원지 자랑을 했었는지. 그래서 기억이 나요."

연화는 마침 잘 되었다는 생각으로,

"내일 시간 되세요?"

성주는 물론 주말을 오롯이 연화와 보낼 참이었다.

"당연하죠. 왜요? 파주 혜음원지 가보게요?"

연화는 역시 눈치가 보통 아니라는 듯,

"역시 성주 씨는 눈치가 여우 뺨치겠어요. 맞아요. 내일 파주에 놀러 가요."

성주는 원래 내일은, 비록 백제 시대 유적 도시이지만, 공주와 부여를 갔다 올 예정이었으나 이를 다음에 미루기로 하고 흔쾌히 허락한다.

"좋아요. 내일 아침 일찍 출발해요. 내일 일정을 위해 커피숍에 들어가 계획을 짜보죠. 여기서 차로 십 분 정도면 저수지에 경치가 아주 근사한 커피숍이 있어요. 거기로 가죠."

두 사람은 수변가 커피숍을 향한다. 인위적으로 만든 호숫가에 삼층으로 크게 통창을 내서 시야를 확 트이게 했고, 일 층 마당에는 잔디를 깔아 푸르름이 넘실대며, 간간이 자태가 훌륭한 소나무와 몇몇 색을 입은 활엽수들이 전문가의 손을 거쳐 멋지게 배치된 커피숍. 두 사람은 시야가 딱 트이는 적당한 곳에 자리를 잡고 마주 보며 내일의 일정을 짰다. 유성에서 그곳을 가는데, 세 시간 이상은 걸린다. 우선 유성 톨게이트를 통해 경부고속도로로 갈아탄 후 판교에서 수도권 제1 순환 고속도로로 바꿔 타고 가야 한다. 따라서 둘은 아침 식사를 각자 자기 거처에서 간단히 해결하고, 아침 8시에 만나기로 한다. 점심 식사는 근처 맛집으로 소문난 강강술래 농원점에서 돼지 양념구이를 먹기로 한다. 그날 점심 식사는 연화가 한사코 사겠다고 주장해 그러기로 했다. 점심 식사 후 혜음원지를 한두 시간 들르고 늦어도 오후 세 시경에 출발하면 유성에 저녁 식사 무렵에 도착. 도착 후 연구원 근처 퓨전 순댓집에 들러 간단히 약주와 함께 저녁을 먹기로 했다. 이러는 사이 해는 서녘으로 기울고, 지는 해의 황금빛이 호수의 수면을 반짝이며 얼비출 즈음, 황홀한 빛의 향연을 두고 두 사람은 넋 놓고 그저 지켜만 보았다. 지금 이대로가 가장 행복하다는 표정으로 두 사람은 우두망찰한 상태였다.

다음 날 아침. 빵빵대는 성주의 차 소리에 서두르며 쉼터 정문을 나선 연화는 조수석의 문을 닫으며,

"어제는 잘 잤나요? 저도 어제는 참 잘 잤어요."

성주는 '부릉' 하며 액셀러레이터에 힘을 주고 도회지를 쏜살같이 벗어나 고속도로 톨게이트를 향한다. 가을의 고속도로 주변 모습은 청명하고 파랬다. 대지는 고개 숙인 벼들이 겸손하게 서있고, 유실수마다 마지막 자손 번성을 위해 열매를 한 아름씩 얹어놓았다. 하늘은 연한 바닷빛이었고, 흘러가는 조각구름이 간혹 얼굴을 내밀 때 바빠진 참새들은 쨱쨱대며 아등바등 정신없이 오갔다. 유성에서 파주 혜음원지는 거리가 이백사 킬로미터, 전통식 측량으로는 오백십 리 길이다. 이 거리를 겨우 세 시간에 가는 세상. 고려 시대였다면 하루에 많이 걸어야 백 리이니, 최소 오 일을 걸어야 가는 원거리였다.

오후 한 시경. 드디어 파주 혜음원지에 도착했다. 이 행궁은 개경과 얼마 거리가 되지 않아 연화도 궁인 시절에 두어 번 온 기억이 있다. 그런데 막상 그곳에 도착하니, 그 장엄하고 웅장했던 건축물은 온데간데없고, 기둥과 토대만 덩그러니 펼쳐있다. 수로는 북에서 남으로 한 갈래 흘렀고, 동에서 서로 흐르면서 십 자 모양으로 교차했다. 배산임수터에 열한 계단으로 건물이 자리를 잡았었다. 개경에서 이곳을 당도하려면 반드시 임진나루를 거치고 혜음령 고개를 넘어가야 했다. 이곳은 행궁 옆에 혜음사를 같이 두어, 사찰의 힘으로 국력을 보강하려는 마음이 컸었다. 혜음원의 앞에는 작은 저잣거리를 두어 주점과 음식점이 있어 성했고, 배수로를 중심으로 기단과 문을

배치했었다.

일요일임에도 불구하고 관광객은 거의 없었다. 이곳은 종합적인 발굴이 몇 년 전에 벌써 이루어졌고, 지금은 발굴된 자료를 바탕으로 터만 조성해 두었다. 연화는 그곳에 도착해 행궁의 왼쪽 주기둥을 찾았다. 그리고 그 자리에 서보았다. 맞은 편에는 산이 우뚝하게 저 멀리 솟아있었고, 사방이 적막하며 고요했다. 바로 이 자리라고 생각했다. 12월 4일 내가 있을 곳. 바로 이 자리에서 기다리리라 다짐하며 조용히 눈을 감았다. 이러한 모습을 지켜보던 성주는 연화에게 섣불리 말도 못 붙이고 그냥 꿰다놓은 보릿자루처럼 우두커니 지켜볼 뿐이었다.

유성을 향해 내려오는 두 사람의 기분은 대조적이었다. 연화는 미래의 행운 복권을 가진 사람처럼 설레고 가슴 뛰는 모습이었지만, 성주는 뾰로통해서 입이 한 자는 앞으로 나와 마치 물 건너온 범 모양이었다. 연화는 아무 말 없이 운전에 몰두하는 성주의 기분을 이제야 감지하고 이를 어쩌나 고민한다. 이윽고 기분을 풀어줄 마음으로,

"우리 가다가 휴게소 나오면 아이스크림 하나씩 사 먹어요. 좀 쉬었다 가자고요."

성주는 눈망울이 멍하며 힘없이 맥아리가 없다.

"네."

연화는 얼굴을 돌려 성주의 얼굴을 본다. 그리고

"성주 씨! 화났어요? 얼굴에 심통이 잔뜩 들어있네. 왜요? 제가 고려 시대로 아주 갈까 봐요?"

성주는 몰래 밥을 훔쳐 먹다가 들킨 고양이 꼴로,

"아니요. … 네. 에잇 모르겠어요."

연화는 천진난만한 성주의 표정에 별안간 키득키득 웃음이 난다.

"성주 씨는 참 귀여워요. 마치 다섯 살배기 어린아이 같아요. 심술만 하여도 삼 년 더 살겠어요. 크크."

성주는 그래도 마음이 풀리지 않는다.

"놀리지 마세요. 싫어요."

연화는 움찔한다. 더 이야기했다가는 상황이 안 좋아질 듯했다. 연화는 얼른 화제를 바꾼다.

"너무 조용하니 좀 어색해요. 저 라디오 틀어주실 수 있나요?"

성주는 대답 대신 라디오 스위치를 켰다. 마침 「오후의 음악감상」이라는 프로그램이 진행되고 있었다.

진행자는 날씨가 너무 좋은 날이라고 너스레를 떨다가 신청 사연을 들려주고 이선희 씨의 「인연」을 들려준단다. 이어서 그 노래가 나왔다.

약속해요. 이 순간이 다 지나고 다시 보게 되는 그날
모든 걸 버리고 그대 곁에 서서 남은 길을 가리란 걸
인연이라고 하죠. 거부할 수가 없죠.
내 생애 이처럼 아름다운 날
또다시 올 수 있을까요?
고달픈 삶의 길에 당신은 선물인걸.
이 사랑이 녹슬지 않도록 늘 닦아 비출게요.


취한 듯 만남은 짧았지만 빗장 열어 자리했죠.
맺지 못한데도 후회하진 않죠. 영원한 건 없으니까.
운명이라고 하죠. 거부할 수가 없죠.
내 생애 이처럼 아름다운 날
또다시 올 수 있을까요?
하고픈 말 많지만 당신은 아실 테죠.


먼 길 돌아 만나게 되는 날 다신 놓지 말아요.
이 생애 못한 사랑, 이 생애 못한 인연
먼 길 돌아 다시 만나는 날 나를 놓지 말아요.


연화는 가만히 눈을 감고 노래를 감상했다. 가락이 전통적인 우리
정서에 딱 맞는 곡이었다. 가수의 가녀린 목소리가 애처로웠다. 맑고
고운 목소리. 게다가 애절한 가사까지. 어쩌면 이 가사는 자신과 성
주의 관계를 꼭 집어 써놓은 줄글이었다. 자신의 생각을 고스란히
담아내고 성주의 마음도 거기에 같이 있었다.


"이 노래, 너무 좋네요. 가락과 가사 모두. 저 이 노래 배우고 싶어
요. 가사 좀 나중에 알려줄 수 있어요?"

성주는 좀 전보다는 많이 풀어진 모습이다. 스스로 생각해도 나이가 서너 살이나 더 먹고 어리석은 짓을 하고 있다고 반성하던 참이었다.

"네. 나중에 적어 줄게요. 지금도 이 노래를 핸드폰의 블루투스 기능을 통해 몇 번이고 계속 재생시킬 수 있긴 한데."

연화는 그럴 수 있으면 너무 좋다고 손뼉을 치고 난리다. 성주는 마침 휴게소가 삼 킬로미터 남아 그때 기능을 설치하고자 했다. 삼 분 후. 휴게소에 도착했다. 연화는 아이스크림을 사러 가고, 성주는 핸드폰에서 「인연」을 다운받아 연속 재생할 수 있도록 했다. 그리고 얼마 후 연화가 돌아오자, 바로 그 기능을 작동시켰다. 차 조수석 보관함에 있는 메모지를 이용해 가사의 내용도 적어서 건네주었다. 연화의 낯빛이 밝아졌다. 성주는 블루투스 기능을 설치하는 동안 연화와의 헤어짐을 잊었다. 그리고 지금 이 순간을 즐기자는 마음으로, 저기 휴게소 의자에 좀 앉아있다 가자고 제안했다. 연화도 선뜻 응했다.

연화는 담담한 목소리로 말했다.

"사실 폐하와 계연공주 마누라님을 잊을 수 없어요. 잊는다면 배은 망덕한 짐승이죠. 계연공주는 살아 계실 때, 저를 끔찍이 아껴주시고 보살펴 주셨어요. 그 후광으로 폐하께서도 저를 참 귀여워하셨고요. 어려운 살림으로 들어온 궁이지만 저에게는 꿈과 희망, 미래가 없었어요. 그저 창살 없는 감옥에 갇힌 참새 꼴이라 할까요. 그런데 그 창살을 허물어주시며 마음의 안식처를 주신 분들이 폐하 내외에요."

연화는 그리고 애잔하게 눈을 들어 하늘을 본다.

"계연공주 마누라님이 하늘로 가신 날을 잊을 수가 없어요. 그날은 비도 그렇게 많이 오더라고요. 오는 비를 흠뻑 맞으며 눈물을 하염없이 흘렸어요. 다음 날 심하게 감기몸살이 걸려 호되게 혼도 났지만, 계연공주 마누라님이 돌아가신 것에 비하면 아무것도 아니란 생각에 제 몸을 학대까지 할 정도였으니까요. 곁에서 지켜본 폐하의 모습은 너무 불쌍하고 처량해 차마 말로 다 표현할 수 없어요. 사흘 밤낮을 지치지 않고 우시더군요. 곡기를 전혀 입에 대지도 않으신 채. 지고지순한 사랑이 너무도 슬프고 아름다울 정도였으니까요."

성주는 연화의 눈시울이 촉촉해지는 것을 느꼈다. '저 여인도 두 사람에 대한 애정이 저토록 깊구나'. 하늘을 우러르고 이야기했던 연화는 고개를 떨구며 성주의 눈을 쳐다본다.

"그런 와중에 무슨 연고로 뚝딱 이 현세로 떨어졌으니…. 낯설고 두렵고 무서웠어요. 사물, 사고가 하나같이 전부 낯설었어요. 너무 달랐거든요. 물에 빠져 죽어가는 저에게 지푸라기라도 잡는 격으로 다가온 게 성주 씨였어요. 그냥 스쳐 지나가는 인연일 수도 있었으나 하늘은 저를 내팽겨 두지는 않은 듯해요. 성주 씨 같은 좋은 분을 소개해 준 걸 보면."

성주는 머쓱해진다.

"왜 그래요? 쑥스럽게."

연화는 다시 정면을 응시하며 말을 잇는다.

"며칠 밤을 자지 못하고 고민 많이 했어요. 그냥 이대로 여기에 주저앉아야 되는 건가, 아니면 돌아갈 수 있는 방법을 찾아 돌아가야 하는 건가? 현세에 와서 당시의 역사서를 찾아보고, 적지 않게 놀랐어요. 폐하가 영민왕으로 기록되어 있고, 폐하께서 하신 행적이 소상히 기록으로 전해지고 있더군요. 그런데 그 기록의 사할 정도는 모두 잘못된 기록이었어요. 영민왕이 고려의 말엽에 재위했음을 알았고, 이성계 장군 일파가 반역을 일으켜 '조선'이란 나라를 세운 것도 알게 되었고, 역사는 승자의 기록임을 절실히 느끼기도 했고요. 읽으면서 깨달았어요. 내가 반드시 돌아가서 이 잘못되게 기록된 역사의 터럭만치라도 바로 잡을 수 있게 하자. 그리고 영민왕의 업적을 드러낼 수 있도록 하며, 얼른 계연공주 마누라님을 잃은 슬픔에서 빠져나오도록 해야겠다고 다짐했어요. 그게 제가 고려로 다시 돌아가려는 의도예요."

성주는 여기서 짚고 넘어갈 것을 확실히 해두고자

"그럼, 저는 어떻게 되는 거죠? 우리가 그동안 만나면서 쌓아온 그 풋풋한 사랑의 추억은…."

연화는 얼굴을 힘없이 떨구며,

"그래서 저도 갈등 중이에요. 복귀하고 그냥 끝까지 살아야 하나, 아니면 다시 현세로 와 성주 씨와 만나야 하나?"

성주는 포기할 수 없다는 비장한 각오로,

"우리가 제대로 연인으로 사귄 지 보름이 좀 넘었어요. 그동안 이런저런 추억도 생겼고요. 저는 지금 이 순간이 선택에 있어 가장 중요하다고 봐요. 연화 씨가 고려로 갈 수 있다는 것도 가설일 뿐이지 가능성은 매우 희박하다고 봐요. 설혹 된다고 보아도 그때에 비해 인류는 대단한 발전을 현세에 이루었음을 아실 거예요. 풍요롭게 인생을 즐기면서 살 수 있는 게 요즘 세상이에요. 만약 연화 씨가 다시 고려로 돌아가 봐야 궁녀로서의 삶일 뿐이죠. 갇혀있으며 상전을 모시는 업무로 그날그날 미래에 대한 꿈도 없이. 그렇지만 현세는 달라요. 자기 능력만 있으면 얼마든지 그 꿈을 이룰 수 있고, 남과 특별한 관계가 아닌 한 굽실거릴 필요가 없는 개인 보장의 세상이에요. 당당하고 내 삶을 내 방식대로 살아가는…"

어느새 연화의 아이스크림은 하얀 액체로 흘러내리며 신발 코앞에 뚝뚝 떨어지고 있었다.

"현세가 살기 편하고 자기 맘대로 살 수 있다는 점은 인정해요. 그러나 그렇다고 꼭 행복하지 않아요. 제 주위에 함께할 사람이 없고요. 유일하게 성주 씨만 있을 뿐이지. 저에겐 소중한 가족도 있고, 모셔야 할 상전들이 그곳에 계십니다. 물론 그분들이 때론 제게 짐이 되기도 해요. 그러나 그것이 제가 짊어질 팔자예요. 또 그렇게 사는 것이 싫지도 않고요. 그곳에는 사람이 있어요. 현세인들도 정감 있는 분들이 많지만, 그곳 사람들은 정 속에서 사는 사람들이에요. 힘들지만 그들이 있어서 행복하기도 하고요."

성주는 현세에서 얼마 살아보지도 않고 속단했다는 생각에 한마디 한다.

"아니에요. 이곳에도 정 많은 사람이 아주 많아요. 연화 씨가 부딪쳐보지 않고 살아본 기간도 얼마 되지 않아서 그런데, 실제 겪어보시면 좋은 분들 많습니다. 쉼터 식구들 어때요. 다 괜찮지 않아요? 물론 개중에는 깍쟁이나 이기적인 사람도 있긴 해요. 그러나 태반은 정많은 분이 많답니다."

연화는 결론 없는 이야기만 하겠구나 하는 생각이 들자, 정리를 해두려 한다.

"저의 마음은 일단 정리가 되었어요. 고려로 갈 수만 있다면 복귀하는 것이 일차 목표이고요. 거기서 제가 할 일을 다 마무리하고 성주 씨를 보러 다시 올 수 있으면 오려고 합니다. 죄송해요. 제게 잘해 주셨는데, 우선순위에서 성주 씨가 밀린 것이 아니라, 제가 일단마무리할 것은 하고 와도 와야 하는 것이 제 맘에 편하고 후회하지않을 듯해서요."

성주는 포기한 듯한 얼굴에 풀 죽어 말한다.

"네. 알았어요. 그럼 일단 연화 씨가 고려 시대로 복귀하는 데 최선을 다해 돕겠습니다. 유일한 친구이고 연인이니까요. 그리고 만약그것이 실현되더라도 저는 다시 돌아오실 때까지 기다리겠습니다. 돌아오실 때까지."

연화는 성주의 순정에 가슴이 찡했다. 별스럽지 않고 한낱 궁녀에불과한 자신을 이토록 소중하게 생각하는 그에게 죄스럽고 못 할 짓을 한 것이 아닌가? 그러나 일단 뱉어버린 말이다. 말이 앞섰으니, 일 또한 그에 따라 실천하는 것이 순리이리라. 어느 사이에 시간이꽤 흘렀다. 남아있는 아이스크림을 먹고, 두 사람은 서둘러 차에 올랐다. 내려오는 차 안은 좀 전보다 여유로워졌다. 자신이 품던 마음을 모두 드러내면서 느끼는 일종의 카타르시스라 할까? 홀가분한 마음으로 둘은 준비된 이선희의 「인연」을 재차 듣는다. 연화는 성주가 건네준 가사를 따라 읽으면서 흥얼거린다. 다섯 번을 연속으로 듣자, 드디어 연화는 그 노래를 직접 불러본다. 참 고운 목소리다. 이선희 못지않음에 성주는 흐뭇한 웃음을 띤다.

　시간은 흘러, 유성에 도착했다. 약속했던 퓨전 순댓집을 찾았다. 하루의 노곤한 발품이 온몸에 알을 배게 하였다. 지친 몸을 위로하는 소주를 곁들여 두 사람은 주거나 받거니 한다. 점점 분위기가 흐물흐물해지며 느슨해진다. 성주의 목소리는 커지고, 연화는 풀 죽은 모습으로 미안하다는 말만 연발한다. 소주 병이 하나 더 추가된다. 연화는 잠이 들고 말았다. 성주는 '푸후푸후' 하면서 마음을 다스리는 알코올을 안주 없이 들이붓고 만다.

# 15.

　　내관 최만생은 날이 갈수록 홍륜의 작태가 아니꼬왔다. 도가 지나치게 행세할 뿐만 아니라, 익비와의 간통 사실도 묵과할 수 없는 처사였다. 장난도 좋지만 도가 지나치면 그것은 더 이상 장난이 아니기 때문이다. 물론 극비리에 폐하의 비호 아래 행해지는 것이지만, 이것은 정도가 아니라고 판단했다. 홍륜을 궁에서 볼 때마다 만생은 미덥지 않고 전에 있었던 구타 사건 이후 더더욱 꼴조차 보기 싫었다. 궁내에서 그와 마주칠 상황이면 길을 피하거나 무시하고 다녔다. 그러면서 이 사건을 폭로해서 '그를 궁지에 몰아넣어야 할 텐데.'라는 생각뿐이었다. 몇 날 며칠을 고민하고 방책을 강구했다. 엉킨 넝쿨을 과연 어떻게 누가 풀어야 하나 심사숙고했다. 그러한 고민을 해본 지 사흘. 신덕 왕사가 그 답이었다. 그의 힘을 빌려 해결하는 방법이 유일하다고 결정하고, 신덕 왕사와의 독대를 추진했다.

　비가 유난히 많이 내리는 어느 날 오후, 궁 안의 식생들은 습기를 한껏 머금고 손끝만 닿아도 금방 톡 터질 봉숭아꽃이었다. 잎사귀는 생기를 되찾으며 청록을 발산하는 날. 오랜만에 내리는 비는 대지의 수목들에게 생기를 충분히 불어넣어 주었다. 푸석푸석했던 궁궐의 건축들도 그동안의 목마름을 해갈하듯 앞다투어 습기를 쭉쭉 빨아들였다. 중신들은 그러한 비 때문인지 스산하고 쓸쓸한 궁궐을 서둘러 퇴청하는 분위기였다. 오후 중신 회의를 막 마치고 건덕전에서 퇴청을 서두르는 신덕 왕사를 보고, 최만생은 헐레벌떡 뒤를 쫓아 조용한 곳으로 그를 안내했다. 이윽고 잠시 드릴 말씀이 있다는 용건을 밝혔다. 막 퇴청하려는 신덕은 급하게 자신을 찾아온 최만생을 향해

"최 내관. 어인 일이신가? 혹 무슨 급한 일이라도?"

벅찬 숨을 고르면서 최만생은 주위를 다시 한번 살핀 후 아뢴다.

"송구하옵니다. 퇴청 중이신 건 아오나 긴히 올릴 말씀이 있사옵니다."

신덕은 다급해하는 최만생의 얼굴을 보며 순간 긴장한 낯빛을 띤다. 궁금한 표정을 숨기지 못하고,

"그래, 무슨 일인가?"

최만생은 주위를 또다시 한번 둘러본다. 비는 좀 전보다 더 세차게 내리고 있었다. 땅에 떨어진 빗방울이 다시 튀어 올라 바지 밑자락을 살며시 적셔주었다. 만생은 아무도 없음을 재차 확인 후,

"자제위 홍륜에 관한 얘기옵니다. 그가 여러 밤을 익비 마마님과 간통한 사실을 아시는지요?"

신덕은 폐하가 자제위 사람들과 밤마다 마작과 음주 가무를 즐기는 줄로 알았으나 익비와 간통하는 사실은 생소한 사항이었다. 눈을 동그랗게 치뜨며 평소의 낮은 목소리가 올라간다.

"뭐라! 자제위 홍륜이 익비 마마와?"

놀란 노루눈으로 다가오는 신덕을 향해 최만생은 '그렇구나! 신덕 왕사도 모르는 일이었구나. 내가 신하된 도리로 충정을 담아 얘기했으니 참 잘했다.' 하는 생각으로 이를 상세히 고해야겠다고 다짐한다. 곧이어 낮은 목소리로, 그간에 여러 밤마다 있었던 사실을 소상히 고했다. 물론 이를 방조하고 부채질하며 지켜보았던 폐하의 모습도 낱낱이 고했다.

한참 동안 이를 듣던 신덕은, 비가 끊임없이 쏟아지는 잿빛 하늘을 한 번 더 올려보고 고요하고 긴 한숨을 쉬며,

"아! 그런 일이 있었나? 내 알았네. 그래 이 사실을 아는 자는 몇이나 되나?"

최만생은 자신만이 아는 비밀을 누설하며, 순간 무슨 큰일을 도맡아 처리한다는 착각에 거만함이 솟는다. 아주 조용한 목청으로 신덕의 귀에 최대한 바짝 대고,

"폐하의 침전을 담당하는 김 상궁, 곁에서 모시는 황 내관과 저까지 도합 셋 정도만 아는 아주 극비 사항입니다."

신덕은 고개를 끄덕이며,

"알았네. 그런데 이 사실을 왜 내게 고하는가?"

최만생은 신덕의 되물음에 잠깐 당황한다. 이러한 극비 사항을 알려줌은 이를 개선하라는 취지를 모르는 바가 아니건만 신덕의 이러한 반응이 의외였다.

"아니, 음…. 생각이 좁은 소신이 봐서는 정도가 아닌 듯도 하고, 중차대한 일을 관장하시는 왕사께 이를 알리는 것이 도리가 아닐까 하는 충정에서 드린 말씀입니다."

신덕은 낮고 차분한 목소리로,

"잘 알았네. 앞으로도 입조심 하시게."

최만생은 무언가 대단한 일을 한 영웅처럼 뿌듯한 마음까지 들면서,

"네. 알겠사옵니다. 그러면 안녕히 퇴청하시옵소서."

집으로 향하는 신덕의 마음은 묵직한 추를 가슴에 단 것 같았다. 폐하가 아직까지도 정사를 제대로 돌보지 않고 밤마다 음주와 오락에 빠진 사실까진 알았으나 이 정도까진 줄 몰랐다. 오락과 음주가 점점 심해지면서 그 강도를 더해가며 성도착증과 관음증까지 동반되었다니. 이러한 사실을 아무리 쉬쉬하고 있다지만, 발 없는 말이 천 리 간다고 영원한 비밀이 불가능함을 아는 신덕은 발걸음이 천근만근 무거울 뿐이었다.

집에 도착한 신덕은 반야를 시켜 주안상을 내오라고 명했다. 그리고 소기름에 심지를 심어 밝힌 등잔불을 한없이 그저 바라보았다. 이리 뒤척 저리 뒤척이기도 하고, 방 안을 뒷짐을 지며 몇 바퀴를 돌았다. 그리고 술 한 잔에 안주 한 점을 털고 또 돌고 또 뒤척였다.

그리고 얼마 후. 신덕은 생각을 정리했다. 그리고 내일 아침 문안 인사 겸 알현을 위해 일찍 입궐하기로 하고, 병야가 다 지난 시간에 잠자리에 들었다.

아침 마당에 까치 두 마리가 사랑싸움을 하는지 푸드덕거리고 지저귀며 어수선하다. 늘 듣던 까치 소리였건만 오늘은 귀찮은 짜증이 났다. 숙면도 못 한 탓이겠지만 그래도 아침부터 불쾌하게 시작됨이 자못 못마땅했다. 신덕은 반야가 미리 준비해 둔 소셋물로 세수와 아침 양치를 마치고 입궐을 위해 준비된 의복을 갖춰 입었다. 직함이 여럿이라 그런지 의복에 걸치는 부속물도 여럿이고 색깔도 다양했다. 궁궐 안에서 입는 복색 중에서 임금의 색인 황금색과 붉은색을 제외한 각양각색으로 치장한 화려한 관복이 오늘은 왠지 거추장스럽고 되레 추해 보이기까지 했다. 신덕은 '오늘은 왜 이러나'? 하는 생각에 곧은 정신으로 가다듬으려고 머리를 흔들고 자기 뺨도 때려본다.

임금의 침전 앞은 풀벌레 소리도 들리지 않고 괴괴했다. 자신의 행차에 침전을 책임지는 김 상궁이 나와 마중을 했지만, 을씨년스러울 정도로까지 고요했다. 어젯밤에 하늘이 무너질 정도로 밤새 퍼부었던 비도 잠잠해지고 이를 흠뻑 머금은 사물들만 생채 발랄했다. 김 상궁의 이야기를 듣자니, 어젯밤도 늦도록 자제위 사람들과 한바탕 시끌벅적하게 판을 벌이고 놀았단다. 지금은 곤히 주무시느라 기침이 힘드실 거라 했다. 그러거나 말거나 신덕은 오늘 막무가내로 그래도 지금 폐하를 알현해야 한다고 부득부득 고집을 피웠다. 김 상궁은 황 내관을 불러 귓속말로 뭐라 이르고, 이내 황 내관이 침전으로 들어갔다. 잠시 후 나온 황 내관은 지금 막 기침하셨으니, 잠시만 등대(燈臺)하라는 전갈이 왔다. 일각이 지났다. 들어오라는 통지를 받고 의복을 다시 가지런히 정돈한 후 침전으로 들었다. 방 안 곳곳은 전쟁통의 아수라장이었다. 세간살이와 여기저기 뒹구는 술병, 안주 부스러기는 흩어져 있고 코를 찌르는 발효주 냄새와 안주향으로 코가 얼얼하게 시큼했다. 신덕을 맞이한 임금은 겸연쩍은 모습으로,

"어서 오시오, 신덕 왕사. 어제 좀 늦도록 자제위 것들과 가음을 했더니, 침전 꼴이 말이 아니네그려. 이해하시구려. 그래. 무슨 급한 일이 있다고 이렇게 아침 일찍 짐을 보자고 했는지?"

임금의 얼굴은 퀭한 낯빛에 술 냄새가 구중에서 부채꼴로 흘러나오고, 의관은 갖추었으되 제대로 위치를 잡지 못해 뒤틀리고 어긋났다. 신덕은 예의를 갖추고 한마디를 거든다.

"숙수에 훼방을 놓지 않았나 모르겠사옵니다. 넓은 마음으로 헤아려 주시기 바라옵나이다. 요즘 기체는 어떠하시온지요?"

임금은 자신의 몸을 위아래 훑으면서,

"뭐, 왕사께서 보시는 바와 같이 몰골이 이렇습니다. 자제위 동량들과 하루가 멀다고 술과 오락에 빠져 우물에 빠진 개구리 꼴이랄까요? 헛허. 짐도 이런 모습이 아침마다 후회막급이지만, 밤만 되면 이 병이 도지네요. 술이 없으면 통 하루를 마감하기 힘듭니다. 정사야 왕사께서 어련히 알아서 다해주시니, 그 덕에 짐이 천하태평이올시다. 헛허허."

신덕은 자신의 처지를 한탄하는 임금의 말속에서 아직도 국왕으로서의 체통은 미약하나마 남아있음을 확인하며 그나마 다행이라는 마음을 갖는다. 신덕은

"폐하! 아뢰옵기 황공하오나, 이제는 용체를 신경 쓰셔야 할 때이옵니다. 연일 지속되는 음주 가무로 혹 대사를 치르지 않을까 저어하옵니다. 아울러 자제위 홍륜과 익비 마마의 간통 행위를 멈춰주시옵소

서. 이는 고려 개국 이래 가장 수치스러운 일이 아닐까 하옵니다."

임금은 홍륜과 익비의 간통 이야기에 깜짝 놀라는 표정이다. 그러나 이를 겉으로는 담담하고 여유 있게 받아들인다. 오른쪽 눈 밑이 살짝 떨린다.

"왕사도 홍륜 건을 아시오? 어허. 내 그리 입단속을 하라고 당부했건만…. 짐 건강을 염려하는 왕사의 충정은 충분히 아오. 왕사도 알다시피 짐이 계연공주를 하늘로 보낸 후 삶 자체가 너무 힘듭니다. 낙도 없고요. 그러다 보니 여기까지 왔구려. 부끄럽지만, 이렇게라도 하지 않으면 미쳐버릴 것 같아 하루를 넘기기가 너무 두렵습니다. 지난번 몽중에 계연공주를 만났을 때 얼마나 좋아했던지 왕사도 아시지 않습니까?"

임금은 반야와의 동침을 아직도 꿈으로 치부하며 그 기억을 소중하게 지니고 있었다. 이제 그에 관한 이야기도 신덕은 오늘 결판을 내면서 매듭을 지어야 할 것 같았다. 잠시 이 매듭을 어디부터 풀어야 할지 고민하자, 임금은 이때를 놓치지 않고 주춤거리는 신덕을 다그친다.

"왕사! 왜 그러시오? 무슨 말이라도 하지 않고."

신덕은 몇 번이고 망설이는 표정이 역력하다. 언젠가는 밝힐 일로 다짐했건만 오늘이 그날이 되니 서성이는 마음을 좀처럼 잡을 수 없었다. 심호흡을 크게 쉬고 결국 두 입술을 조심스레 떨어뜨렸다.

"폐하! 소신이 지금부터 드리는 말씀을 잘 들으시고 노여워 마시옵소서. 몇 번이고 망설이다 드리는 말씀이옵니다. 홍륜과 익비 마마의 간통 사실은 폐하와 소신을 비롯해 김 상궁, 황 내관, 최 내관 등 모두 일곱이 알고 있사옵니다. 이 간통 사실이 혹여 궁궐 담을 넘어간다면 일파만파의 파란이 있을 것이옵니다. 이것은 폐위까지 나올 정도의 중대사이옵니다. 따라서 이 간통 사건은 신의 뜻에 따라 처분해 주시기를 간곡히 바라며, 지난번 계연공주와 동침한 꿈에 대해서도 드릴 말씀이 있사옵니다."

신덕은 밤새우면서 세웠던 계략을 이제 하나씩 임금에게 풀어놓기 시작한다. 그리고 반야에 대한 동침 건도 그 내막을 소상하게 고한다. 신덕의 전략은 이랬다.

일단 홍륜과 익비의 간통 사실을 아는 자 중에서 익비를 제외한 홍륜, 김 상궁, 황 내관, 최 내관을 참형에 처한다. 풍기문란과 비리의 행실을 올가미로 씌워 처리하고, 간통 사실을 영원히 비밀로 은폐한다. 아울러 익비를 일단 폐하에 침전에 며칠 동안 들게 한다. 그러한 일을 궁녀와 내관들의 입을 통해 '폐하가 후사를 위해 익비와 동침을 했다.'라는 소문이 퍼지도록 한다. 지난번 계연공주와 꿈에서 동침한 일은 폐하의 안타까운 그리움을 달래기 위해 자신이 식솔로 데리고 있는 '반야'라는 아이를 계연공주의 옷을 입혀 꾸민 처사였음을 밝히고, 두 번 모두 반야와 동침한 것이며 현재 반야는 그날 이후 폐하의 용정을 고이 받아 태기가 있음을 밝힌다. 이는 분명히 폐하의 후사로, 아들이면 반드시 대를 이을 사건이다. 그러나 반야는 출신 성분이 절 노비로서 천출이기에 이를 받아들이기보다 익비와 동침 후 익비가 잉태한 것으로 소문을 퍼뜨리고, 열 달 후 반야의 출산일에 익비가 후손을 낳는 것으로 처리한다. 당일 익비가 왕자나 공주를 낳는 데 참여한 관계자들은 모두 참형에 처하거나 멀리

귀양을 보내 당일의 사건을 비밀에 부친다. 아울러 익비 또한 그들과 같이 처리한다. 반야는 순산할 때까지 아무도 모르는 곳에 칩거하면서 몸조리를 하고 이를 위해 자신의 절친인 수덕사 능우 주지의 어머니에게 부탁하여 관리한다. 마지막으로 대의를 위해 적은 희생은 감수하시라는 당부를 아울러 덧붙인다.

참으로 엄청난 계략이었다. 반야의 아기를 익비의 소생으로 만들고, 그에 관련된 모든 이들을 영원한 비밀로 만들기 위해 처형하는, 피바람이 부는 무서운 계략이었다. 이를 들은 임금은 가슴이 쿵쾅쿵쾅 심하게 요동친다. 자신의 사랑과 왕실의 후사를 위해 몇 사람의 목숨을 파리목숨처럼 홀대할 수밖에 없는 현실이 무섭기도 했다. 무엇보다 계연공주의 꿈속 동침은 실제 반야라는 여인과의 동침이었다니…. 그 와중에 자신의 용정을 그녀는 온전히 품었다. 이보다 기쁜 일은 없었다. 그러나 이를 무탈 없이 처리하기 위해 치러야 할 희생이 너무 컸다. 갑작스러운 신덕의 제안에 임금은 정신을 차리지 못하고 어안이 벙벙했다. 그리고는,

"짐에게 얼마 동안 말미를 주시오. 그러면 숙고한 후 판단할 거니, 왕사께서는 잠시 물러나 있다가 부르면 그때 한 번 다시 봅시다."

신덕도 자신의 계략이 엄청남을 안다. 그러나 이것이 소수의 희생으로 왕권이 서고 왕의 후사가 결정되는 중요한 결단이었다. 신덕은 임금의 침전을 조용히 물러 나왔다. 그리고 그날은 아침 조정 회의 불참을 통보하고 조용히 집 안에 칩거하였다. 임금도 당일은 침전에서 한 발짝도 나가지 않고 묵상에 잠겼다. 오백 년 왕조를 이을 계략과 죄없이 무고한 죽임을 당할 몇 사람. 과연 무엇이 옳고 바람직할 것일까? 임금은 생각의 응어리를 되뇐다. 신덕이 그동안 자신을 위

해 최선을 다해 몸을 불사름을 잘 안다. 그런데 오늘은 자신에게 엄청난 과제를 짊어지게 던져주고 가버렸다. 대의를 위해 얼마간의 희생을 감수한 역사적 사건은 얼마든지 많았다. 그에 따라 진리가 위선이 되고 허위가 당당하게 세상에 나타나는 경우도 많았다. 최근 무신의 난으로 혼란스러웠던 조정의 모습을 보면 그 같은 사건은 흔했다. 평민 출신 이의민이 의종의 총애에도 불구하고 그를 살해함으로써 대장군이 되었던 사건, 결국 이의민도 최충헌에 의해 살해당하면서 살해의 이유를 '이의민이 까막눈에 무당을 몹시 신봉한 것' 때문이라고 정당성을 밝혔던 사건 등이 아직도 생생하게 잊히지 않고 세상 사람들의 입에 회자되었다.

한편 퇴청해 칩거에 들어간 신덕은 낮부터 주안상을 대령하라고 하고, 잡념을 잊기 위해 독주를 연거푸 마셨다. 먹어도 먹어도 취하지 않았다. 자신의 절친한 벗 능우라면 과연 자신의 이러한 처사가 잘한 짓이라고 할까? 결정은 빠를수록 좋다. 이왕 엎어진 물이었다. 최종 결정은 임금의 손아귀에 들어있다. 그가 어떻게 결정하듯 자신은 그에 따르면 그뿐이었다. 자신은 폐하를 위해, 고려 왕국을 위해 이 정도면 나름대로 최선을 다했다며 자위했다.

궁 안에 칩복한 임금도 이러지도 저러지도 못하고 생각에 몰입한다. 그렇게 즐겨 먹던 술 생각도 나지 않았다. 화선지를 곁에 두고 붓으로 이렇게 되면 어떤가, 저렇게 되면 어떤가 쓰고 쓰고 또 쓰고, 버리고 버리고 또 버렸다. 그러면서 마지막에 신덕 왕사가 말한 "대의를 위해 적은 희생은 감수하라"는 말이 자꾸 귓전에 맴돌았다. 떨쳐버리고 무고한 생명을 옹호하는 가슴 한편의 목소리는 점점 수그러들고 있었다. 서서히 자신의 마음은 신덕의 계략 속으로 빠져들었다. 큰 그림을 그리자. 왕조의 번영을 위해 몇 명의 참사가 있더라도 과감히 실행하자는 쪽으로 마음이 서서히 기울기 시작했다.

어느덧 해는 뉘엿뉘엿 중천에 떠올랐다. 바람 한 점 없는 잔잔한 하루였다. 궁 안을 떠도는 종다리는 무엇이 그리 바쁜지 두 마리가 짝을 지어, 여기부터 저기까지 휘젓고 다녔다. 침전을 나온 임금은 짝지어 다니는 종다리를 보면서 고구려 유리왕이 읊었던 「황조가」가 되새겨졌다.

翩翩黃鳥(편편황조) / 펄펄 나는 저 꾀꼬리
雌雄相依(자웅상의) / 암수 서로 정답구나.
念我之獨(염아지독) / 외로울사 이 내 몸은
誰其與歸(수기여귀) / 뉘와 함께 돌아갈꼬.

치희를 잃은 유리왕이 꾀꼬리에 빗대어 자신의 외로움을 표현한 수작으로 일컬어지지만, 계연공주를 잃은 자신의 마음은 이보다 더하면 더했지 전혀 부족하지는 않았다. 그래서 술도 정신을 잃을 때까지 먹어보고, 오락도 자제위와 함께 미치도록 해보았다. 그러나 그럴수록 계연공주에 대한 그리움은 점점 심해지면 심해졌지, 나아지지 않았다. 지나칠 정도의 음주와 오락도 어지간해서 시름을 잊도록 하지 못하니, 괴벽스런 생각까지 들자 익비와 홍륜의 간통도 조장했었다. 갈수록 극에 치달아 오르는 자신의 처사가 못마땅하지만 달리 외로움을 달랠 수가 없었다. 짝지어 날아다니는 종다리가 너무 부러웠다. 자신은 늘 혼자였다. 자신을 걱정하는 중신, 내관, 나인들이 항상 곁에 맴돌았지만, 자신은 고독했다. 마침 두 번 있었던 계연공주와의 몽중 만남이 그래도 최근이 있었던 가장 행복한 순간이었다. 그러나 이마저도 꿈이 아니라, 신덕이 만든 현실이라니…. 신덕의 충정을 충분히 이해하지만 이를 분간하지 못하는 자신의 신세가 한심하고 처량했다. 천천히 발길을 옮기며 건덕전을 휘돌아 회경전으로 들어섰다. 하늘과 땅을 쳐다보며 걷는 품은 넉넉하지만 어딘지 모르게 불안하기만 했다. 회경전 뒤에 있는 세자의 거처, 춘덕전은 후사가 없는 관계로 텅 빈 지 한참이었다. 춘덕전의 전체를 한 눈으로 샅샅이 둘러본다. 그리고 이내 눈길을 다시 땅으로 떨군다. 춘덕전을 앞에 두고 발걸음을 오던 길로 되돌렸다. 궁내의 회갈색 흙들은 임금의 족적이 옮길 때마다 자그마한 먼지를 불러일으키고 있었다. 곁에서 따르는 김 상궁과 황 내관, 그리고 그들 뒤에 한 발짝 뒤처져 오는 최 내관, 또 그 뒤에 서너 명의 나인들이 뒤따르고. 그들은 그림자처럼 임금의 주위를 맴돌며 따랐다. 발걸음을 멈추고 황 내관을 쳐다본다. 이어서 김 상궁도 훑어본다. 너무 고마운 사람들이다. 항상 자신의 수족이 되어 일거수일투족을 세세히 살피면서 심신을 다해 자신을 보필했던 사람들이다. 힘 빠진 완보를 얼마쯤 갔을까? 임금은 가던 길을 잠시 멈추고,

"황 내관! 오늘 하늘이 참 맑고 깨끗하구려… 항상 고맙고 미안하네."

갑작스러운 임금의 언질에 순간 황 내관은 어쩔 줄 모른다.

"황공무지로소이다, 폐하. 되려 용체를 잘 보필하지 못하는 소신들이 불충할 뿐입니다."

이를 옆에서 듣는 김 상궁에게도 임금은 한마디 거든다.

"김 상궁, 궁에 들어온 지 얼마인가?"

김 상궁은 찬찬한 목소리로 머리를 조아리며 아뢴다.

"네. 스무 해가 넘었사옵니다."

임금은 김 상궁의 몸을 향해 용안을 돌리면서,

"그래. 자네도 궁 속 이력이 대단허이. 그동안 많은 선왕을 살피고 게다가 짐까지. 고생이 많았네. 정말 고마우이."

김 상궁은 임금의 사의 표현에 몸 둘 바를 모른다.

"황공무지로소이다. 늘 폐하를 짯짯하게 보필하지 못하는 소신이 죄인일 뿐이옵니다. 슬거운 마음으로 옥체를 보존하시여 천세 강녕하시기를 기원하옵나이다."

임금은 울적해진 마음을 가다듬고 마지막으로 황 내관보다 한 발더 뒤에 서 있는 최 내관을 앞으로 불러 세운다.

"최 내관. 자네는 지난번 홍륜과 관련된 건으로 질책을 받아 많이 서운했었지? 넓은 아량으로 융회(融會)하시게. 그래도 최 내관의 충정은 짐이 늘 마음속에 담아두고 있다네."
한 발짝 뒤서거니 했던 내관 최만생은 이렇게 앞으로 불러 친히 말씀을 전하는 임금에게 우충(愚衷)을 드러내며,

"네. 폐하. 황공하올 따름이옵니다."

세 사람을 제외한 나인들과 내관들은 모두 다른 곳으로 물리고 임금은 회경전 앞 정자에 자리를 잡았다. 김 상궁, 황 내관, 최 내관과 임금. 청명한 하늘이 너무 높게 펼쳐진 오후. 사위는 적막할 정도로

고요했다. 멀리 송악산에서 우는 새소리만 간간이 작은 소리로 울려 퍼질 뿐, 사방이 천하태평한 풍경이었다. 정자 한 편에 조용히 자리를 잡고 앉자, 세 사람은 임금을 중심에 둔 채 부채꼴 모양으로 서있다. 임금은 세 사람에게 편히 앉으라 권했다. 그러나 그들은 감히 어떻게 그럴 수 있냐며 만류했다. 거듭 명했으나, 그들은 지금 이렇게 있음이 더 편하다며 머리를 조아렸다. 임금은 내린 명을 거두고 물었다.

"그대들은 의(義)가 뭐라고 생각합니까?"

세 사람은 서로 눈치만 보고 주춤한다. 임금은 나이나 경험으로 미루어 황 내관에게 발언 기회를 먼저 준다.

"아뢰옵기 황공하오나, 소신의 짧은 식견으로는 사람으로서 마땅히 지켜야 할 정도를 일컬으며, 소신의 처지에서 보면 군신 사이의 바른 도리를 말하는 것이 아닐까 하옵니다."

임금은 고개를 끄덕이며 김 상궁과 최 내관에게 기회를 주나, 같은 생각이라고 할 뿐 달리 별말이 없었다.

"그대들이 짐보다 훌륭하오. 항상 이렇게 짐을 아끼고 보살피는 것이 의가 아니고 뭐겠소. 그대들의 의로운 맘과 몸이 항상 짐에게는 든든한 버팀목이었소. 내 그대들의 충정을 예전부터 익히 잘 아는 바, 지금의 그 심신으로 앞으로도 생활해 주길 바라오. 늘 고맙고 미안하오."

세 사람은 임금의 말이 끝나기가 무섭게 말을 잇는다.

"성은이 망극하여이다."

아울러 황 내관이 대표격으로 한마디를 더 거든다.

"부디 천세 옥체 강녕을 염원할 뿐이옵니다."

임금은 그들의 노고를 위로하고, 특별히 그들의 가족들에게 하사품으로 비단 열 필과 개경 인삼 한 관씩을 내렸다. 그리고 말하길,

"그동안 세 사람의 노고를 위로하는 의미이니, 가족들에게 전하고 항상 홍복이 깃들길 바라오."

세 사람은 기쁜 낯빛으로 하사품에 감사했으나 그 저편에 드리운 그림자가 있음을 전혀 눈치채지 못했다. 최 내관은 자신이 신덕에게 충정으로 고한 사건으로 인해 받은 상금쯤으로 치부하고, 속으로 김 상궁과 황 내관이 자기 덕에 받는 것을 모르리라 여기며, 살짝 입꼬리가 들린다.

해가 막 서해 속으로 침잠하고, 갑야가 가까운 무렵이었다. 예성강에 얼비친 해거름의 노을은 하양, 노랑, 주황, 빨강을 한 줄의 스펙트럼으로 펼쳐놓았다. 예성강물은 그 빛을 가슴에 담아 금천부터 시작한 오조천과 합류되면서 유유히 서해로 넘실대며 출렁거리고, 한가롭게 날아다니는 물새들은 취침을 앞두고 종종대며 둥지를 향했다. 미리 신덕에게 그즈음에 입궐하라는 전갈을 넣은 임금은 일찍 저녁 수라를 비우고 차분하게 신덕의 방문을 침전에서 기다렸다. 좌우를 물리고 남아있는 궁인은 황 내관 하나뿐이었다.

기다린 지 이각이 채 지나지 않아 신덕 왕사가 입궐해 침전 앞에 당도했다는 보고가 황 내관으로부터 들렸다. 지체 없이 들라 이르고, 비밀 면담이 있으니 황 내관도 특별히 부르기 전까지 침전 근처

에서 떨어진 곳에 가있으라는 분부를 내렸다. 신덕의 얼굴은 긴장으로 굳어있었다. 임금 또한 편한 용안은 아니었다. 중대 결단을 내리기에 앞서 나타나는 전율과 긴박감을 두 사람은 오롯이 간직하고 있었다. 두 사람은 침전에 미리 차려놓은 주안상을 마주하고 앉았다. 오늘은 목포에서 올라온 종어구이와 금산의 미삼 무침이 맛깔나게 놓여있고, 술은 안동의 소주를 대령하라 했다. 서로의 긴장을 이완하고자 먼저 술잔을 든다. 그리고 연거푸 석 잔을 마셨다. 맑고 깨끗한 무색의 소주가 목부터 강한 도수를 자랑하며 인후의 감각을 뒤흔들어 놓았다. 임금은 바로 그때 무거운 말문을 열어, 방 안의 분위기를 차분히 압도했다.

"신 왕사. 그래 지난밤은 어찌 지내셨나요?"

신덕은 자세를 가다듬고 조용하게 아뢴다.

"갖은 사색으로 무름하게 지내지 못하고, 뜬눈 반, 잠긴 눈 반으로 지새운 듯하옵니다."

임금은 그의 대답을 충분히 이해하는 목소리로,

"그러셨을 테지요. 짐 또한 매한가지였습니다. 전전불매로 뒤척이다 정야가 지나고 새벽녘에 풋잠을 잤을 뿐입니다. 신 왕사의 제안이 워낙 엄청나고, 숙고하지 않으면 안 되는 일인지라…."

임금의 눈매는 잠이 덜 깬 모양으로 푸석했으나 그 눈동자만은 어느 때보다도 똘망똘망하였다. 술잔을 들어 또 한 잔을 신덕에 따른다. 그리고 신덕에게 자신도 한 잔을 받는다.

"폐하께 비편(非便)함을 드려 송구할 따름입니다."

임금은 입가에 살짝 미소를 머문 채,

"신 왕사의 노고를 짐이 왜 모르겠소. 다 짐을 위하고 나라를 위한 충정인 것을. 늘 고맙고 미안할 뿐이지…."

신덕은 자신을 헤아려 주는 임금의 넉넉함에 잠시 푸근함을 느낀다. 그리고 고개를 숙이면서,

"성은이 망극하옵니다."

임금은 종어구이 뱃살을 안주 삼아 젓가락으로 한 점 집는다. 그리고 입안에 가만히 들여놓고 잘강거리며 경솔하지 않고 꼼꼼하게 씹는다. 곧이어

"…. 신 왕사의 뜻대로 합시다. 가슴 아픈 계략이지만 국태민안의 관점에서 크게 보자는 왕사의 뜻이 정답이라 판단했소. 억울한 피바람도 있지만 그들의 혼백이 좋은 곳으로 가도록 하고, 그들과 관련된 식솔들에게도 마음의 상처를 조금이나마 위로 되도록 혜택과 후원을 합시다."

임금은 안동 소주 병을 손수 들어 주저 없이 자작을 한다. 소주 맛이 무지하게 톡 쏘고 씁쓸하다. 신덕은 고민하며 고뇌에 찬 임금의 모습이 안타깝다. 괴로워하는 임금의 모습에 신덕은

"폐하! 너무 심기를 비편해하지 마시옵소서. 대의를 위한 계획이기에 해당하는 사람들도 기꺼이 그 운을 맞이할 것이옵니다. 차후 사

건의 처리는 하명에 따라 신이 직접 진두지휘해 처분하겠사옵니다. 너무 괘념치 마시옵소서."

신덕의 응답에 임금은 그다지 크게 위로받지는 못하지만, 어쩔 수 없는 상황임을 깨닫고 그의 의견을 따르기로 한다.

"왕사의 뜻대로 하시구려. 다 짐이 부덕한 탓이지만, 억울한 몇 명의 희생이 맘에 걸릴 뿐이오."

신덕은 번뇌 속에서 내린 결정을 마친 임금에게,

"폐하! 이제 어려운 결정을 하셨으니, 지금부터는 모든 걸 실념하시고 신과 곡주나 더 드시다가 숙수에 드시옵소서."

임금은 수긍하는 몸짓으로 신덕에게 한 잔을 힘 있게 따른다. 그러나 잔을 따르는 손아귀에 힘이 가냘프게 들어갔다. 천천히 손을 들어 잔에 댄다.

"그럽시다. 자! 한잔합시다."

둘은 을야, 병야가 지나고 정야가 올 때까지 술동이를 비우고 또 비웠다. 어스름한 여명이 침전 창호에 서서히 비취고, 어느샌가 가랑비가 조금씩 내리더니, 새벽이 다 되어서는 줄기찬 소나기로 퍼붓고 있었다. 궁 밖 저 멀리에서 울려 퍼지는 닭 울음소리를 들으면서 신덕은 침전을 나왔다. 임금은 실신 정도까지 만취한 상태였다. 신덕은 임금을 조용히 침상에 눕히고, 주위의 내관과 상궁을 불러 뒤처리를 부탁하면서 몸을 제대로 가누지 못한 채 저벅저벅 발소리를 내며 궁을 나왔다.

# 16.

원덕전 나인 숙소에서 끊임없이 지붕을 두드리는 햇살 알갱이에 부드럽고 편안한 숙면을 하고 일어난 아침. 새벽부터 비추기 시작했던 햇살은 점점 굵어지고 강했다. 어린아이의 오줌발처럼 가느다란 줄기가 제법 힘찼다. 연화가 2020년에서 돌아온 지 나흘. 자신이 600여 년 후에서 근 1년 동안 헤매었으나 14세기인 고려 시대로 돌아와 보니, 이곳에서는 단 하루만 지나간 상황이었다. 하루 동안 행방불명된 자신의 존재에 대해 스승항아님은 말 못 할 고민이 있어, 몰래 어디서 정신적 휴양을 하고 왔으리라 예단하고, 잠깐 불러 다시는 그러지 말라는 질책을 한 후 별다른 문책 없이 조용히 넘어갔다. 연화는 2019년부터 1년가량 있었던 대전유성새터민 쉼터의 기억을 그들에게 이야기할 순 없었다. 이야기해 보았자 믿을 리 만무하고, 되려 자신에게 해가 되면 되었지, 이득 될 것이 전혀 없다고 판단했기 때문이다.

그녀는 성주가 만들어준 계연공주 3D 마스크를 자신의 함지에 고이 담아 의롱(衣籠) 깊숙이 감추었다. 그리고 언젠가는 요긴하게 쓸 날이 오리라 확신하고 있었다. 넣어두고 신경 쓰지 말아야겠다고 스스로 다짐했다. 설혹 이 물건을 쓰고자 어떤 획책을 종용했다가 잘못되면 멸문지화가 될 공산이 클 수 있으니까. 요물단지가 될 수 있는 물건이었다. 요사스러운 물건이란 잘 쓰면 큰 복을 받을 수 있어도 잘못쓰는 날에는 몇 대에 이르기까지 그 화가 머무를 수 있다는 것을 잘알고 있었다. 그런저런 생각 속에 심란한 마음을 추스르고자 바깥바람을 쐬러 간단하게 의복을 정제하고 나섰다. 오후에 마침 비번으로 짬이 나자 어디로 갈 것인가 고민하다가 근처 개경 연복사로 향했다.

　연복사가 위치한 한천동으로 가는 길목은 한산했다. 궁에서 멀지 않은 고려 건국 기념 사찰 중의 하나로, 한 마장의 거리다. 근처에 다다르자 세 개의 연못 중 하나가 눈에 들어온다. 연꽃은 추운 날씨 탓인지 꽃대를 축 늘어뜨리고 힘없이 가까스로 지탱하는 모습이 애처롭다. 그래도 간혹 똑바로 꽃대를 세우고 보랏빛을 발산하는 몇 송이의 연화를 보면서 세상 사람들도 모두 한 가지가 아닌 것처럼, 연꽃도 모두 하나의 모습이 아님을 새삼 느낀다. 연꽃을 보니 엉뚱하게 신덕 왕사도 떠오른다. 그는 궁에서 술을 먹을 때 꼭 연화주를 고집했다. 자신이 스님으로 있을 때를 아직도 잊지 못하고 연꽃에 쌀가루와 녹두, 찹쌀을 짓널은 다음 냇가의 산초를 넣어 한데 반죽해 띄운 연꽃 누룩을 밀주로 담아 늘 마신 습관으로 유독 연화주를 고집했다. 임금도 신덕 왕사와 대작을 할 때면 이에 대한 배려로 되도록 연화주를 먹고자 했었다. 첫 번째 연못을 지나 두 번째와 세 번째 연못을 지나면서 석축교를 건넜고, 그 아래 계곡물은 투명하게 일렁이며 오가는 버들치들의 율동을 선명하게 보여준다. 짧은 거리였지만 사찰 입구의 우물터로 먼저 향한다. 큰 표주박에 구멍을 뚫어 소담스레 만든 두레박을 내려 한 바가지의 물을 퍼 올린다. 어느새 내려앉은 이마의 땀을 오른손 옷자락으로 훑어낸다. 한 모금 꿀꺽. 시원하고 맑다. 식도를 타고 내려가는 낙수가 명치까지 얼얼하다. 잠시 한숨을 돌리고 주위를 훑는다. 절 마당에는 연복사종이 위풍당당하게 덩그러니 매달려 있다. 선대왕인 충목왕과 그 공주의 발원으로 원나라 황제의 명을 받아 강공금강(姜公金剛)과 신후예(新後裔)라는 두 사람의 장인이 만든 종이다. 그동안 전해 내려왔던 고려 전통의 종 모양을 다소 벗어난 중국 양식을 첨가해 높이는 두 길이 넘고 폭도 한 길이다. 원래 절에 있는 범종의 맨 꼭대기 종을 다는 부위에 음통이 있고 그를 용이 휘감는 용뉴가 있는데, 이 종은 음통 없이 쌍룡으로 맨 꼭대기를 처리했고, 종 끝도 밋밋하게 둥근 것이 아니라 나팔꽃 모양의 팔릉형 곡선으로 처리해 남다른 면이 있어, 백성들이 볼 때마다 특이함을 인정하는 종이다. 게다가 일반적인 사찰의 범종은 종신부조상을 가운데에 그리고 연곽<sup>戀廓</sup>과 연뢰<sup>蓮蕾</sup>를 그 상단에 그려 놓는데, 연복사종은 네모와 선을 중심에 두었고, 사각 안에 연복사<sup>演福寺</sup> 신주종명<sup>新鑄鐘銘</sup>이 빽빽하게 양각되고 불일증휘<sup>佛日增輝</sup>, 황제만세<sup>皇帝萬世</sup>, 법륜상전<sup>法輪常轉</sup>이라는 문자를 나열해 놓은 것이 독특했다. 마침 저녁 무렵 초경을 알리는 종소리를 울리기 위해, 스님 한 분이 정성스레 종자루에서 당좌를 향해 힘껏 치고 있었다. 스님의 힘찬 타격에 종의 하대를 거쳐 종구 쪽으로 빠져나온 음파는 공명이 되어 땅을 움푹 판 움통에서 메아리가 되었다. 그 메아리는 다시 종신 안으로 반사되어 흡수되고 다시 되돌려 나오는 종소리. 긴 여운이 한없이 늘어지고 있었다. 연화는 조용히 눈을 감고 그 소리에 몸을 싣는다. 완만한 곡선을 이루며 공중으로 날아올랐다가 땅으로 내리꽂는 흔들림. 몸이 너무 가볍고 홀가분했다. 이렇게 천리만리까지 갈 수 있을 것만 같았다.

종 치기를 마친 스님을 마주하며 두 손을 모아 합장 인사를 조용히 올렸다. 밋밋하게 깎은 스님의 두상이 막 튀어나온 도토리 알처럼 참 잘생겼다. 연화는 연꽃처럼 소담스레 진흙 속에서 순결한 꽃을 피우듯 살라고 붙여준 자신의 이름에 과연 걸맞은 삶을 살았는지 되돌아본다. 충숙왕 복위 5년인 병자년, 청주골 새뜸골에서 태어나 부족한 형편 속에서도 푼푼한 부모의 사랑을 받았지만, 품은 뜻이 있어 충목왕 3년인 정해년에 입궁했었다. 가족과 헤어짐이 아쉬웠지만, 지긋한 가난과 추위에서 벗어나고 화려한 궁궐 속에서 본능적 고통으로부터 탈피하는 삶을 동경해 들어온 입궁이었다. 어릴 때는 궁인의 기본을 다지고자 문자를 습득하고 말투에 대한 교육, 예절을 몸에 익히는 데 치중했다. 힘들었지만 배고프지 않아서 좋았고, 등이 따뜻하게 잘 수 있어서 좋았다. 가족에 대한 그리움이 생길 겨를이 없었다. 궁 안의 초목들과 고관대작들을 곁에서 보는 것만으로도 정신없이 흘러간 세월이었다. 궁녀로서 처음 종팔품의 전채(典彩)라는 작물 담당 나인으로 품계를 받는 날. 그날은 고관대작이 부럽지 않았다. 정식 나인으로서의 존재감이 궁 안에서 자리매김하는 순간이었다. 다달이 녹봉도 곡식으로 받았고, 그중 일부는 본가에 도움도 줄 수 있었다. 왕실의 잔칫날에 받은 특별 상여금은 틈틈이 모아 본가에서 땅 서너 마지기를 살 수 있도록 도와주었다. 격일제로 근무했으며, 일이 그다지 힘들지 않아 쉬는 날에는 책도 읽고 수예를 취미로 삼았으며, 친한 궁인들과 나들이도 다녔다. 몇 년 동안 묵묵히 최선을 다해 살아왔다. 가족에 대한 그리움이 생길 때가 그즈음이었다. 어지간히 터를 잡은 부모님도 일 년에 한두 번 집을 방문했을 때, 덕분에 집안이 펴는 것을 미안해하시고 고마워했다. 가족의 낯빛이 서서히 윤기가 돌고 사지가 단단해지며 집안도 화기애애함이 묻어있었다. 자신의 희생이 가족에게 웃음을 안겨주었으니 그보다 큰 행복이 더 있을까? 그러는 사이 자신은 낭랑 시절을 거쳤고 직물을 보는 눈빛이 탁월함을 스승항아님께 인정받아 종칠품의 전제(典製)로 승품할 때는 전문가로서 위치를 확고하게 다졌다. 그러는 사이 임금은 원에서 복귀하여 계연공주와 궁궐 생활을 시작하였고, 스승항아님의 추천으로 왕후를 곁에서 모시는 상침(尚寢)의 품계까지 올랐으니, 바야흐로 승승장구한 세월이었다. 서있는 곳이 다르면 풍경이 달라진다고 했다. 오를수록 책임은 막중해졌다. 어릴 적 상궁 나인들은 그저 놀고 한가한 줄만 알았다. 그러나 왕관을 쓰려면 왕관의 무게를 견디듯, 자리마다 고충과 난관은 격이 달라지면서 꾸준히 있었다. 그래도 하해지택(河海之澤)과 같은 왕후의 총애를 받으며 하루하루가 행복했었다. 그러나 잔잔했던 바다도 태풍의 전조인 것처럼, 궁 안에도 결국 회오리바람이 불었다. 계연공주의 승하를 비롯하여 하루가 다르게 쇠락해지는 임금, 그 속에 권문세가들의 득의양양과 그 틈을 비집고 들어온 신덕. 급진하게 돌변하는 궁세의 바람은 몸을 제대로 지탱하기 힘들게 했다. 궁인들과 관리들도 그러한 속에서 쉬쉬하고 몸을 바짝 엎드려서 조심스레 살얼음을 디디듯 살아갔다.

영복사 대웅전 앞. 가쁜 숨을 잠재우며 기단에 잠깐 몸을 내렸다. 오늘 연화는 대웅전에서 고려와 가족을 위한 기도를 드릴 요량이다. 특히 임금의 안위와 미래에 대한 걱정이 컸다. 미리 보고 온 미래에서 고려 왕조의 쇠락을 익히 아는 바, 고통스럽게 나날을 연명하며 지내는 임금을 위해 부처님께 빌고 빌며 천세 만수무강과 행복을 빌었다. 108배를 시작하며 축원하고 기원했다. 절을 올리는 동안 온갖 잡생각이 머리 주변에 또아리를 틀었다. 상념에 사로잡히지 말아야 한다는 마음이 더 머리를 복잡하게 했다. 손끝에 기를 모으고 오로지 부처님만 바라보았다. '괜찮다, 알았다'는 듯, 염화미소를 정겹게 보여주는 부처상에 더 신실한 마음으로 빌고 빌었다. 오직 절에만 몰두하고 전념했다. 서서히 잡념이 사라졌다. 그리고 솜털 구름에 편안히 안착한 푸근함이 찾아왔다. 몸도 차차 가벼워져 구름 위에 살짝 앉은 깃털처럼 홀가분했다. 어느덧 108배를 마치니, 이마와 겨드랑이에서 땀이 촉촉하게 맺혔다. 시원하고 개운했다. 자세를 바로잡고 뒷걸음으로 대웅전을 나온 연화는 승려들 숙소 쪽에 심어져 있는 아름드리 느티나무 그늘 아래로 몸을 숨겼다. 눈을 조용히 감고 느티나무 잎 사이를 스치는 바람 소리에 취해보고, 맞은 편 산자락에서 고요히 울려 퍼지는 산비둘기 소리도 놓치지 않고 귀에 담았다. 머리가 맑고 깨끗한 순간이 다가왔다. 그리고 찬찬히 앞일을 그려보았다. 요물단지로 미래 세계에서 가져온 계연공주의 3D 마스크를 활용해서 임금을 더 편한 곳으로 모셔야겠다고 생각했다. 임금의 뒤를 이을 후사가 태어나 세자로 책봉되어 자리를 잡게 되면 곧바로 임금을 위해 이 마스크를 활용하리라 다짐했다. 느티나무 저편에 핀 인동꽃은 애초의 흰색을 버리고 서서히 노랗게 변하면서 금은화의 자태를 뽐내고 있었다.

한편 신덕 왕사는 애초 계획대로 홍륜과 익비의 간통 사실을 아는 자들은 소리소문없이 제거하고, 익비의 침소에 임금이 자주 납신다는 소문을 풍문에 흘려보냈다. 떠벌이기 좋아하는 몇몇 나인들을 시켜 그 소문이 급속도로 퍼지도록 만들었다. 반야의 배가 점점 불러오자 친구 능우에게 당부해 그의 어머니 곁에서 몸을 보살피도록 하였고, 익비는 반야의 임산부 배 크기와 똑같이 바가지를 배 안에 넣고 복대를 둘러 임금의 용정을 잉태한 것으로 행세하도록 하였다. 이와 같은 일들은 신덕 왕사가 몸소 일일이 소소한 것까지 처리하고 정리하고 진행했다. 아울러 위험의 요소를 뿌리부터 끊어버리기 위해 이러한 내막을 아는 능우의 어머니는 나중에 멀리 함흥으로 집을 마련해 떠나보내고, 반야는 출산 후 미래 화근이 될까 싶어 조용히 사람을 시켜 제거할 계획이었다.

반야의 출산일인 임금 재위 14년(1365년) 시월 초아흐레. 익비도 춘덕전 출산방 옆에 고이 몸을 숨기고 반야가 무사하게 출산하기를 기도했다. 초저녁부터 시작한 출산의 고통은 긴 시간 동안 아기와 산파 어의와의 힘겨루기였다. 출산할 아기는 그러나 호락호락하지 않고 세상의 빛을 거부했다. 게다가 태아의 위치까지 거꾸로 되어있어, 머리부터 산도로 나오도록 유도하기가 보통 힘들지 않았고, 산모인 반야도 결코 순탄치 않은 고통을 끈질기게 견디고 있었다. 결국 자정을 넘기기 직전. 궁궐에 힘찬 사내아이의 음성이 쩌렁쩌렁하게 기둥을 맴돌고 단청을 뛰어넘어 궁 밖까지 울려 퍼졌다. 반야는 후에 우왕이 될 임금의 용정을 세상에 내보냈다. 그러나 안타깝게 정작 자신은 난산의 후유증으로 출산 후 아기 얼굴도 보지 못하는 불운의 산모가 되어 세상을 등졌고, 이를 지켜보던 임금은 후사에 대한 기쁨과 산모를 잃은 슬픔을 동시에 짊어진 현실을 이겨내야 했다. 신덕 왕사는 원래의 계획대로 그 옆에 숨어서 대기하고 있던 익비의 방 안에 아기를 넣어두어 익비의 아기 탄생을 세상에 공포하고 왕실의 영원하며 무궁한 발전을 기원하는 축하연을 준비하도록 궁궐 사람들에게 명했다. 참으로 완벽하고 은밀하게 모든 일은 착착 진행되었다. 물론 신덕 왕사는 후에 이 사실을 아는 어의와 출산 참여 나인들도 조용히 사람을 시켜 제거했다.

이러한 속내까지 알지 못했던 연화는 현 임금을 이을 후사의 탄생으로 왕조에 새빛이 영롱해짐을 기뻐했다. 하늘에 계신 계연공주 마누라님도 이 경사스러운 일을 축하하리라. 자신의 기도를 이토록 깔끔하게 들어주신 부처님의 은혜가 하해 같았다. 한편 어느덧 미래의 최성주 씨와 헤어진 지 어언 1년이 넘어서고 있었다. 구중궁궐에 있지만, 항시 최성주를 잊지 못한 그리움으로 전전반측했다. 그 사람처럼 가슴이 따뜻하고 자신을 배려해 준 사람은 없었다. 그의 마음 씀씀이는 어디 작은 흠을 잡을 것도 없이 완벽에 가까웠다. 이곳을 정리하고 다시 미래로 갈까, 아니면 그대로 남을까 오늘도 갈등에 결정을 못 내리고 있었다. 연화는 오늘은 어떻게든 결정을 내려야 자신도 번뇌의 고통에서 벗어날 수 있으리라 판단했다. 그러나 결정 내리기가 결코 쉽진 않았다. 숙고와 고민의 나날이 며칠간 이어졌다. 그리고 결국 연화는 다시 가기로 결정을 했다. 그런데 가더라도 적어도 십여 년 후에나 가기로 결론을 내렸다. 그때 되면 비로소 계연공주 마스크로 임금을 설득해서 고려를 아들인 우왕에게 넘기고 마지막 여생을 미래에서 자신이 보필하며 지내도록 하겠다는 장기적 계획이었다.

왕자의 탄생은 궁궐에 큰 반향을 일으켰지만, 전전긍긍하던 후사 문제가 해결되자 조정은 다시 대외정책에 대해 찬반양론으로 나뉘어 대신끼리 충돌하고 난리가 아니었다. 한편 후사를 낳은 것으로 계략을 꾸며 정실왕후가 된 익비는 사연왕후에 봉해졌다. 한편 임금과 신덕 왕사는 왕자의 출생 비밀이 혹 탄로 날까 두려워하며 마음이 떨리고 조심스러웠다. 일 년이 가고 이 년이 지날 무렵, 갑자기 사연왕후가 축혈과 한냉이 점점 심해지더니 자궁내막증이 급속도로 확산해 어의들은 며칠 동안 차가워진 자궁을 데우고 한약으로 몸을 보하였으며 금궤요략이라는 비책까지 세워 처방하고 비정상적인 혈관조직을 키워 치유하고자 했다. 그러나 어의의 이러한 모든 노력은 결국 수포로 돌아가고 왕자가 세 살도 되기 전에 저세상으로 떠났다. 사연왕후의 승하는 비통한 일이지만 어쩌면 왕자 탄생의 비밀을 고스란히 알고 있는 왕후의 죽음이 오히려 비밀을 유지할 수 있어, 그나마 다행이었다. 임금은 이에 아랑곳하지 않고 쑥쑥 자라나는 왕자를 강령부원대군에 봉하고 그의 재롱을 보는 것으로 한낮의 궁궐 생활을 꾸려 나갔다. 그러나 밤이 되면 다시 예전의 버릇이 서서히 움터 올랐다. 계연공주를 여전히 잊지 못하고 애타게 그리워했다. 사연왕후야 비밀을 간직한 여인으로 과거 홍륜과의 간통을 알고 있던 임금은 결코 왕후 대접은커녕 대면조차 싫었다. 조정 대신들은 새로운 왕후를 옹립하자고 아우성이었으나 임금은 계연공주에게 죄짓는 것 같아 더 이상 왕후를 새로 두는 것을 거절했다.

개경을 관통하는 지파리천이 서해를 향해 유유히 질주하듯 세월은 그렇게 흘러만 갔다. 송악산에 불어오는 바람 소리는 대군을 키우는 영양분이었고, 오뉴월 비에 고사리 올라오듯 대군도 하루가 다르게 성장했다. 아버지의 총기를 그대로 이어받은 탓인지, 총명하고 자기 단도리를 철두철미하게 해냈다. 대군을 보필하는 나인들은 성군감이 출현했다고 이구동성으로 나불댔다. 비록 천출인 밭에서 싹을 틔웠으나 씨앗이 신성해서 역시 잘 자라주었다고 임금과 신덕 왕사는 생각했다. 그사이 연화도 어느덧 궁인으로는 꽤 높은 품계의 상궁이 되었고, 자신의 가르침을 따르는 나인들도 대여섯을 거느린 중견으로 성장했다. 임금을 곁에서 모시는 상궁으로 승품한 연화는 점점 3D 마스크를 사용할 시간이 다가옴을 피부로 직감했다. 한편 임금은 대군이 편안하게 성장하고 조정도 안정을 되찾자 옛 버릇이 다시 꿈틀대더니 오로지 술과 오락에 빠져 분탕질만 일삼으며 과거로 회귀했다. 이에 연화는 임금과 나라를 위해 용단을 내려야 할 시기가 점점 다가오고 있음을 절실히 느끼고 있었다.

임금에 오른 지 23년(1374년), 몇몇 대신들이 출생의 과정이 석연치 않다는 반대에도 불구하고 임금은 과감하게 대군을 세자로 책봉하였다. 세자는 열 살에 들어서면서 날로 문무에 강한 면모를 보여주고, 창의적인 사고도 남달랐다. 임금은 이제 죽어도 여한이 없다고 안심하고 더더욱 술과 사냥에 빠졌다. 신덕 왕사는 이러한 임금을 도와 조정을 운영한다는 핑계로 서서히 포악하고 안하무인이 되더니, 임금 버금가는 위세로 폭정을 내둘렀다. 이에 위기의식을 느낀 임금은 최영 장군과 이성계 장군의 힘을 빌려 신덕 왕사를 제거하고 현 세자를 최영 장군의 보위 아래 두려 하였다. 그러나 교활하고 잔일에 약게 구는 신덕 왕사 아닌가? 이를 눈치챈 신덕 왕사는 그동안 자신의 역할을 망각하고 자신을 해하려는 임금의 처분에 분기탱천하여 자제위를 시켜 임금을 독살하고자 하였다. 복어 독을 사용해 소갈증이 있는 임금을 심근경색으로 돌연사한 것처럼 위장할 계략이었다. 자제위 중 임금의 총애를 가장 덜 받았던 홍관과 친했던 연화는 어느 날 만취한 홍관의 입에서 신덕의 임금 독살 계략을 듣고 이러한 일련의 일들이 쉬쉬하며 암암리에 이루어지는 것을 알았다. 이러한 사실을 안 이상 연화는 이제 더 이상 시간을 지체해서는 안 되겠다는 결단을 내렸다. 그리고 어느 화창한 날, 등궐한 최영과 이성계 장군에게 신덕 왕사의 반정 계획을 비밀스레 알렸다. 이에 최영 장군은 사병과 이성계 장군의 병사를 대동해 당일 저녁 임금의 신덕 왕사 체포 계획을 윤허 받고 지체 없이 새벽에 신덕 왕사의 집을 이백 명의 선발대와 임금 친위 부대를 사용해 잡아들였다. 신덕은 머뭇거리다 거사가 성사되지 못함을 이내 분통해했고, 임금의 탐문 조사와 최영 장군의 심문으로 정변의 물증과 증인이 명백하여 바로 교수형으로 처벌하였다. 이로써 임금 못지않던 신덕 왕사의 집권은 하루아침에 아침이슬처럼 사라졌다. 많은 고관대작은 그러한 처결을 환영했으나 곧 피바람이 조정에 불지는 않을까 노심초사하였다.

그리고 며칠 후엔 그해 정월 개기월식 일인 정월 대보름을 하루 앞두고 임금을 자신이 잘 모실 테니 아무 걱정하지 말라는 기별을 최영 장군댁을 직접 찾아가 은밀하게 전했다. 아울러 최영 장군이 고려의 국운을 짊어질 영웅으로서 존경한다는 내용과 함께 이성계 장군을 잘 지켜보시면서 나라를 살펴보심이 어떨까 하는 당부의 말도 남겼다. 이는 연화 자신이 후대에서 본 고려의 쇠락과 조선 건국이라는 역사적 사실을 알기에 이를 바꾸진 못해도 늦추고자 하는 마음에서였다. 이때 연화도 불혹을 앞둔 나이였다. 자신이 입궁한 지 어언 30년이 가까웠던 것이다.

연화는 무엇인가 결심한 듯 눈매에 힘을 주고 그날 저녁에는 부모님께 전하는 서찰을 썼다. 그 서찰은 마침 사흘 후 가귓날이라 하여 본가로 다니러 가는 궁내 가장 절친한 벗 이 나인을 통해 그간 자신이 조금씩 모아놓은 각종 패물과 보석, 엽전꾸러미를 함에 넣고 같이 동봉해서 보낼 예정이었다.

정월 대보름 하루 전. 임금을 바로 옆에서 보필하는 상궁 연화는 연등회와 계연공주 기일을 맞이하여 늘 술에 찌든 임금을 꼬여 계연공주의 혼령 위로제를 올린다는 명목으로 개성 영복사 산행을 아뢴다. 임금은 살아생전 계연공주를 지극히 아꼈던 연화 상궁의 간언을 십분 인정하여 영복사 행차를 윤허했다. 그날은 보름 전이라 큼직한 달이 휘영청 밝았다. 달빛은 영복사로 향하는 일행들의 머리부터 발끝까지 구석구석 알뜰히도 비췄다. 임금은 영복사에 도착 후 바로 수라를 끝냈다. 곧이어 헌수주(獻壽酒)를 올리고 조금 쉬고 난 뒤에 꽃을 올려 꽂는 행사가 진행되었다. 임금이 영복사 대웅전에 나와 앉으면 근시관(近侍官)이 함에 꽃을 담아 들고 또 다른 근시관은 잔과 주전자를 받들어 먼저 올렸다. 추밀(樞密) 이상의 고위직이 전에 올라 머리를 숙이고 엎드렸다가 일어났다. 이어 대신들이 꽃을 받들고 꿇어앉아 임금께 드릴 때 주악이 시작되었다. 임금이 꽃을 꽂고 나면 이어 대신과 관원들이 꽃을 꽂았다. 이때 몇몇은 임금으로부터 꽃을 하사받았다. 그 꽃은 모란 모양을 하고 있었다. 그 광경을 임금은 두고두고 가슴에 담아두고 싶었다. 이윽고 즉흥시를 지어 모란꽃처럼 생겼던 계연공주에 대한 사무친 그리움을 토로했다.

누가 붉은 비단을 오려서 모란꽃을 만들었나
봄 추위가 두려워 꽃봉오리를 활짝 피우지 못했네.
옛날 임금이 선택한 꽃을 어류화라 하지만
내 님을 향하는 마음이야 어류화 못지않으리.

임금은 신라 말 최치원을 통해 당으로부터 들어온 모란을 특히 좋아했다. 화려할 뿐만 아니라 위엄과 품위를 갖추고 있어 계연공주와 똑같다는 마음에서다. 그러한 임금을 곁에서 보는 연화는 측은지심에 마음이 짠했다. 연화는 영복사 행차 전 미리 준비한 3D 마스크를 비밀리에 숨겨 들어왔다. 아침을 죽조반으로 간단히 먹은 임금은 영복사에 묵는 동안 하늘은 구름을 잔뜩 머금었다. 일관을 불러 당일 일기가 어떠한지 물었다. 천기의 모습은 잠깐 저녁 무렵 소나기가 한차례 내릴 뿐 전반적으로 일기는 양호할 것이라 예측했다. 연화는 그제 미리 써놓은 미래의 최성주에게 보낼 편지도 품에 잘 간직하고 수시로 잘 있는지 확인했다. 그리고 이 편지는 단단히 밀봉했다. 연화가 영복사에 당도하면 주지 스님께 이 편지를 대웅전 부처님께 복장하도록 부탁할 예정이었다. 그녀는 이 편지가 서기 2023년의 최성주에게 잘 도달하리라는 기대를 하며 썼다.

**2023년의 대전 유성구 한국미래과학연구원 최성주 님에게**

당신과의 만남은 어쩌면 천지신명이 큰 장난을 친 것이 아닐까 합니다. 말도 안 되는 현실을 맞이한 저는 당신이 아니었으면 그때 어떠했을까요?

신은 왜 우리에게 이런 장난을 치신 걸까요? 과거를 바꿔보라고? 아니면 미래를 개척하라고? 아마 다 아닐 겁니다. 과거는 지나가지만, 사람들은 결코 과거를 잊지 않습니다. 잊는다는 것은 그들의 착각일 뿐이죠.

당신과 머물렀던 일 년의 현대 생활은 저에게 헤어나올 수 없는 큰 충격이었습니다. 당신들은 정말 엄청나게 문화를 발전시켰더군요. 저는 그 모습이 혼란스러웠지만, 결코 부럽지는 않았답니다. 사람의 삶이란 게 편의와 간편함만이 다는 아니기 때문이지요. 이곳 고려 개경의 삶은 불편함이 있었지만, 그래도 굴곡이 있어 좋습니다. 불편하지만 소통이 있고, 싸우지만 정이 있었습니다. 힘들지만 미래도 있었고요.

최성주 님은 의심의 여지 없이 내 평생에서 가장 멋지고 배려심 깊은 사람이었습니다. 저를 낯선 세계에서 가장 안락하고 편안하며 행복하게 만들어주려고 노력했으니까요. 그 고마움, 가슴에 오래도록 보관하겠습니다. 전혀 다른 세상 사람인 저를 당신은 헌신을 다해 대해 주셨습니다. 마치 당신의 전부인 양 말이죠. 저는 그에 대한 보답의 마음을 전하지 못하고 야멸차게 돌아와 버렸죠.

만약 다시 당신과 다시 연결된다면 영원히 당신과 함께하고 싶고 또 할 것을 감히 약속드립니다. 그때는 제가 당신께 할 수 있는 모든 것을 바치겠습니다.

당신을 처음 볼 때의 모습이 지금도 생생합니다. 또랑또랑한 눈빛과 선량한 눈매. 항상 제 옆에서 있어주고 그 속에서 버틸 수 있도록 도와줘서 저는 정말 행복했습니다. 당신은 제게 과분한 기쁨이었습니다. 이런 사람과 행복한 가정을 이루면 더할 나위 없으리란 생각도 들었습니다.

늘 제게 힘과 용기를 주고 어려운 고비 때마다 함께해 주셨습니다. 제 옆에 당신이 있었기에 지금의 제가 존재했습니다. 당신이 제 삶에 들어온 이후 늘 저는 편했고 행복했습니다. 당신은 저의 힘이고 사랑이고 전부였습니다.

미래에 다시 만나리라 약속했지만 혹 그러지 못할 것 같아 이 편지를 대신해 제 마음을 전합니다. 미안합니다. 고맙습니다. 그리고 사랑합니다.

고려 궁인 연화 상서

추신

최성주 님의 이해를 돕고자 훈민정음으로 글을 씁니다.
지금 제가 쓴 훈민정음이란 글자는 참으로 간단하고 편합니다.
쉽게 설명할 수 있고 쓸 수 있는 당신들은 참으로 복 받은 후세들입니다.

다행히 이 편지는 주지 스님께 전달되었고 전후 사정을 묻지 않고 흔쾌히 부탁까지 들어주면서 연화는 한 시름을 놓았다. 두 손을 공손히 모으고 합장하여 그 고마움을 진솔하게 전했다.

영복사의 밤하늘. 낮에 짙게 깔렸던 구름덩이들은 간혹씩 달을 가려

주고 그림자를 낳고 있었다. 애잔한 밤공기는 싸늘하게 경내를 감싸며 촉촉한 습기를 머금고 있었다. 송악산 너머에서 어스름한 빛살이 내렸 다가 다시 지나는 구름에 가려 사라졌다. 칠흑 같던 경내지만 노란 불 빛이 스치는 바람에 하늘하늘 흩날렸다. 계연공주를 위로하는 위령제 를 영복사 방장과 주지 스님이 주관하고 임금은 계연공주에 대한 그리 움에 큰 소리로 울부짖었다. 계연공주가 이승을 하직한 지 그토록 오래 건만 아직도 그녀를 사모하는 연정은 끝이 없었다. 위령제는 슬픔 속에 서 엄숙히 진행되었다. 임금은 위령제를 마치고, 제에 사용한 약주를, 사찰에서 준비한 음식을 안주 삼아 연이어 구순에 들이붓기 시작했다. 어느덧 사찰에도 어둠이 짙어지고 행사를 위해 밝혔던 사위도 어둑해 지면서 산짐승들도 보금자리를 찾아 숲속으로 집을 찾아 회귀했다. 임 금은 술에 취해 사처곡을 애달프게 불렀다. 초목들도 임금의 애끓는 마 음에 동화되어 잎들을 늘어뜨리고 야월빛이 내려앉은 꽃들도 고개를 숙였다. 잠시 후 달빛이 조금씩 희미해지고 절 안이 캄캄해졌다.

이제 개기월식이 서서히 나타나는 순간, 연화는 미리 준비한 계연 공주 3D 마스크를 다시 한번 확인했다. 그리고 조용히 내려보았다. 정말 계연공주와 너무 똑같았다. 애초 예상대로 이제 이 마스크를 쓰고 만취한 임금을 꾀어 미래로 시간여행을 갈 시간이 다가온 것이 다. 지금 이 순간도 자신의 결정을 후대 역사가 어떻게 평가할지 모 르겠지만, 어차피 이젠 시위를 떠난 화살이었다. 자신 말고 임금을 곁에서 모시는 상선에게 오늘은 자신이 임금을 곁에서 홀로 보필할 테니, 일찍 가서 쉬라고 했다. 자신이 나인 몇 명과 함께 할 터이니 염려 말라는 당부와 함께. 몽롱한 정신을 그대로 유지하고 혼미함 이 유지되도록 임금의 침전 앞에 연기를 피웠다. 효소를 사용해 맵 고 역한 냄새를 제거한 연기를 피워 올렸다. 숙취로 곯아떨어진 임금 의 침전에 연기가 모락모락 스며들었다. 저 멀리 송악산에서는 아직

봄이 오지 않았지만 서둘러 소쩍새가 뜬금없이 구슬프게 울어대고 있다. 쓸쓸한 정도로 고요한 절 내에 임금과 연화만 있는 것 같았다. 모두 숨죽이고 개미 발소리도 크게 들릴 정도로 적막하기만 했다.

임금 침전 안 기척을 가만히 살폈다. 깊이 잠든 임금의 코 고는 소리만 연이어 들릴 뿐이었다. 조심조심 침전문을 열었다. 어느새 연기는 침전의 반가량을 뒤덮은 채로 잔잔하게 일렁이고 있다. 마스크를 쓰고 연화는 한 발 한 발 임금을 향해 다가섰다. 콧등과 등어리에는 식은땀이 송골송골 맺혔다. 한 발 내디디고 숨을 한 번 고르고 또 한 발. 널브러진 임금의 용체가 눈앞에 바로 있다. 코 고는 소리만 없다면 축 늘어진 시체처럼 미동도 없다. 조용히 무릎을 꿇고 임금의 손목을 잡았다. 미세한 감촉을 감지한 임금은 실눈을 뜨면서 부스스 몸을 움직였다. 연화는 일단 동작을 멈추고 동상처럼 가만히 있었다. 잠결에 임금은 연화를 보고, 고개를 두어 번 흔들더니, 눈을 치켜떴다. 그리고 주저 없이 "아니! 이게 누구요, 이게 누구냐 말이오? 계연공주 아니신가?" 하며 윗몸을 바삐 움직여 몸을 세웠다. 연화는 한 발 뒤로 몸을 물렸다. 물러서는 연화의 손목을 임금은 재빠르게 낚아챘다. 임금은 방바닥을 향해 굽어보며, "이게 또 꿈을 꾸고 있구나." 하는 혼잣말을 되뇌었다. 꿈속이라도 공주를 만난 기쁨에 임금의 구순은 널찍하게 귀에 걸렸다. 연화는 마음을 가다듬고 조심스레 계연공주의 목소리를 흉내 내어 입술을 움직였다.

"폐하! 소인, 폐하를 모시러 왔습니다. 지금보다 좋은 세상으로 데려가려고요."

임금은 잠깐 멈칫대다가 연화의 낯을 뚫어지게 보았다.

"그래요. 좋아요. 짐은 공주가 없는 세상이 너무 힘들었어요. 살아도 사는 게 아니고, 숨을 쉬는 순간순간이 너무 고통스러웠어요. 짐도 공주가 있는 천국에 데려가시오. 이 세상에 손톱만큼의 미련도 없습니다. 후사를 이을 세자도 있고요. 당신이 없는 이 세상, 짐에겐 지옥일 뿐이오. 제발 데려가시오. 제발."

연화는 목소리를 가다듬고 온화함을 갖춰,

"그래요. 소인과 함께 가시지요. 그간 고통스러워 하는 모습을 지켜보면서 소인의 마음도 찢어지는 듯했사옵니다. 소인과 같이 딴 세상에서 못다 한 이야기 끊임없이 원 없이 하면서 아옹다옹 살아보시지요."

임금은 고개를 연거푸 끄덕였다. 그리고 주섬주섬 옷차림을 정제하고 자세를 바로잡았다.

"갑시다. 지금 곧. 빨리 갑시다. 짐은 이 세상이 너무 외롭고 힘들고 싫어요. 사실 공주가 이 세상을 하직했을 때 같이 가지 못함이 늘 죄스럽고 안타까웠습니다. 당장 갑시다. 머뭇거릴 시간 없어요. 지금 당장."

임금의 서두르는 모습에 연화는 움찔했다. 임금의 사랑이 이다지도 깊고 애절했다. 계연공주는 일찍 승하했지만 한 남자에게 참으로 전폭적인 사랑을 받았음에 부러운 마음마저 들었다. 두 사람은 손을 맞잡았다. 그리고 한 발씩 발걸음을 옮겼다. 하늘에 있는 계연공주에게 불현듯 죄스러운 마음이 일었다. 계연공주 마누라님이 자신의 마음을 이해해 주리라 자위하며 속죄의 마음으로 조용히 용서를 구했다. 맞잡은 임금의 어수는 따스하고 온화했다. 후대에 이 임금은 영민왕이라 일컬었다. 그에게 흠도 많았지만 성정은 맑고 순하며 부드러웠다. 계연공주만 곁에서 오래 함께했다면 술과 오락에 빠져 국정을 회오리바람 속에 빠뜨린 임금으로 후대에 평가절하되지는 않았을 것을. 자리가 사람을 만들고 환경이 행동을 이끈다고 할까? 임금은 때를 잘못 만난 것도 있겠지만, 한곳에 몰입하는 집중 때문에 도탄에 빠진 것이 아닐까. 한나라의 고조 유방도 현명한 장자방이 주위에 있었기에 책략의 귀재가 되었고, 중국 삼국시대 촉한의 유비도 제갈량이 곁에 있지 않았던가? 신덕이 나타나 고려말 정국을 돕고자 했으나 그는 현명한 책사가 아님은 분명했다. 처음의 마음이 아니라 권력과 호령의 마음을 지닌 한량일 뿐이었다. 항상 오늘을 입궐 당시의 초심처럼 살았더라면… 세상은 바뀌면 바뀐 대로 늘 그렇게 흘러갔다. 초심불망 마부작침이다. 초심을 잃지 않고 도끼를 갈아 바늘을 만들 듯 한결같아야 그 빛이 나는 것임을 새삼 연화는 깨닫는다.

  연화는 손아귀에 힘을 주었다. 임금의 어수도 단단하게 조여왔다. 침전을 천천히 나왔다. 주위에 한둘 대기한 나인들은 두 사람의 놀라운 행동에 눈이 휘둥그레져 자리를 제대로 잡지 못하고 어수선했다. 곧이어 그들은 왠지 보이지 않는 어떤 힘에 이끌려 발걸음을 뒤로 물렀다. 연화는 그들에게 걱정하지 말라는 안도의 눈짓을 전했다. 그리고 임금과 왕후의 걸음으로 고상하고 품격있게 발걸음을 내디뎠다. 이를 좀 떨어진 발치에서 쳐다보는 나인들은 그 위용에 주눅이 들었다. 참으로 고결하고 웅혼한 자태였다. 게다가 발밑에 낮게 드리워진 연기는 신성함까지 자아냈다. 일관의 예측은 빗나갔다. 구름이 두툼하게 끼었지만 지나가는 소낙비는 없었다. 낮 동안 그렇게 잿빛을 드러냈던 하늘이 노을을 구름 사이로 새빨갛게 황홀경을 이루며 내뱉더니, 이내 밤이 깊어지며 맑아졌다. 그 새를 뚫고 동녘에서 살포시 모습을 내민 달은 일 년 일도의 휘황찬란한 보름달빛을 온 누리에 쏟아내고 있었다. 연화는 임금의 발걸음을 영복사 마당으로 인도하며 서서히 걱정이 들기 시작했다. 오늘이 과연 개기월식이 맞다면 잠시 후 을야 무렵에 달이 이지러질 것이다. 이때를 맞춰 섬광이 내리비쳐야 먼 미래로 갈 수 있는데, 하늘은 구름만 자욱할 뿐 통 그러한 기색이 보이지는 않았다. 임금은 신이 나 발걸음도 가볍게 사푼거렸다. 그러면서 "이게 꿈인가, 생신가?"를 혼잣말로 계속 되뇌었다. 이제 엎질러진 물이었다. 이왕 내친김에 뽑으라는 말처럼, 운명에 모든 것을 맡기기로 연화는 마음을 다잡았다. 설혹 이 일이 버그러져 능지처참이 되어도 내 팔자고 운명이라 생각했다. 마음이 편안해졌다. 연화는 낮은 목소리로 읊조리며 임금에게 귓속말을 전했다. "정말 아름답고 평온한 밤이옵니다. 소인은 여기서 이렇게 있다 사라져도 여한이 없사옵니다."라고 전했더니, 임금은 짐이 할 말을 그대가 다 해버리면 나의 존재감은 무엇이냐며 싱긋이 웃음 띤 말을 전했다.

순간 연화는 자신이 왕후가 된 듯한 착각에 빠졌다. 불과 이백 년 전이 좀 못 되던 무신정권 아래에서 최충헌의 노비 만적이 부르짖던 "왕후장상에 어찌 원래부터 씨가 있겠는가?"라는 주장이 새록새록 했다. 자신의 의지대로 결정되지 않은 팔자이지만 그간 그 운명에 순응하며 살아온 인생이었다. 고려 왕국은 엄연히 신분이 구별되어 있었다. 왕족, 종친, 척신, 공신 등이 문벌 귀족이 되어 중앙과 지방의 요직을 차지하고 지방에는 호족들이 향직을 맡았다. 물론 과거 제도를 통해 신분 상승의 기회가 주어지긴 했다. 하늘의 별 따기처럼 힘든 통과의례였고, 이를 통과한 사람도 손에 꼽을 만할 정도로 몇 사람에 불과했다. 자신은 이 땅에 중간계층인 서인층으로 남반에 해당되어 그나마 나은 편이었다. 진척, 역정, 양수척, 광대, 상인, 공장, 악공, 노비, 향, 소, 부곡, 도민들처럼 가장 천대를 받던 하층에 비하면 인간다움을 누릴 수 있었다. 자신의 능력에 따라 펼쳐지는 세상이 아니라 미리 결정된 운명에 따라 살아야 하는 인생. 전에 가본 현대라는 세상은 모두가 평등하고 능력

위주로 사는 세상이었다. 사람들은 모두 환하게 웃었고, 능력 본위의 사회에서 바쁘게 제 할 일을 하면서 살아갔다. 고질적으로 신분제로 인해 인간의 능력을 발휘할 기회를 얻지 못한 지금의 현실이 안타까웠다.

"계연공주! 안색이 썩 좋지 않소. 무슨 걱정이라도?"

연화는 얼른 얼굴빛을 바꿨다. 곁에 있는 임금을 잠시 놓치고 엉뚱하게 딴생각에 빠졌던 자신을 질책하며, 환한 낯빛으로,

"걱정은 무슨 걱정요. 지금 소인의 기쁨이 감개무량일 뿐이옵니다. 이렇게 폐하와 손을 맞잡고 마당을 누빈다는 것이 꿈만 같사옵니다."

그리고 잠시 뜸을 들인다.

"폐하. 소인이 무람없이 폐하를 지금과는 전혀 다른 세상으로 안내한다 하여도 정말로 무방하시겠사옵니까?"

임금은 잠시도 멈추지 않고 곧바로

"좀 전에도 말했지만, 짐은 공주와 함께라면 지옥이라도 좋소. 공주와 함께인데 무슨 선택과 사양이 있겠소."

연화는 앞뒤 재지 않고 무조건 따르는 임금에게 송구했다. 본인의 의향과 상관없이 계연공주의 탈을 쓴 자신에게 인생의 전권을 이양하고 따르는 임금의 안위가 걱정도 되지만, 이토록 두 사람의 애정이 돈독함에 부러움이 다시 한번 일었다. 미래의 어느 세상에 갔을 때 과연 순순히 적응을 잘할 수 있을 것인지, 자신이 계연공주가 아닌

상궁 연화임이 밝혀졌을 때 임금의 충격은 어떨지, 자신의 직위를 내려놓고 현대인들과 평등한 삶을 살 수 있을지 하는 시름에 연화는 잠겼다. 자신이 감히 임금의 미래 인생을 새롭게 만드는 것이 과연 옳은 길인가를 되새겨봤다. 그러나 다시 머리를 절레절레 흔들었다. 이미 물 건넌 상황이고 돌이킬 수 없는 시점에 도달했다. 전에도 이에 대해 몇 날 며칠을 전전긍긍하며 고민하지 않았던가? 이것이야말로 임금과 고려를 위한 최선의 선택은 무엇이고, 계연공주의 총애를 받았던 자신이 할 수 있는 보은의 길이라고 판단해서 내린 결정이 아니었던가. 연화는 흔들리는 자신을 바로 세우고, 임금과 동행하며 서서히 발걸음을 내디뎠다.

밤이 깊어졌다. 구름에 달이 가려졌다 내밀다를 반복했다. 을야가 거의 다 되어가는 무렵. 달은 서서히 이지러지며 월식을 진행했다. 연화는 임금의 어수를 더 꼭 잡았다. 미래로 가는 시간이 점점 가까워졌다. 어느 순간 섬광이 과연 번뜩일 것인가? 괴괴한 산속의 사찰은 바람에 흔들리는 나뭇잎의 살랑거림과 습기를 머금은 찬 공기로 꽉 차있었다. 달빛은 마치 등불이 소등되고 점등되듯 오락가락하며 임금과 연화의 앞길을 소담스레 비추었다. 그때였다. 후두둑 갑자기 빗방울이 나뭇잎을 때리며 불규칙한 빗소리를 자아냈다. 근처의 나인들은 조용한 발걸음으로 멀찌감치 떨어져 간격을 유지하며 따라나섰다. 절 식구들의 침소에 있던 동자승도 갑작스러운 빗소리와 절 마당의 서성이는 기척을 문틈으로 보다가 이내 문을 닫고 잠자리에 들었다. 바로 그 순간. 번쩍하는 방전과 동시에 흰 불꽃을 일으키며 번개가 쳤고, 손을 맞잡은 임금과 연화는 갑작스러운 충격에 잡던 손을 놓고 종적도 없이 순식간에 사라져 버렸다. 그 둘이 사라진 마당에는 떨어진 나뭇잎만 덩그러니 나뒹굴고, 돌개바람이 휭 하며 지나갔다.

# 17.

호수 위에 연꽃은 자발없이 이곳저곳 흐드러지게 피어있었다. 한창 필 하절이 지난 이후인데도 홍련과 백련이 자태를 뽐내느라 서로 아귀다툼을 하듯 다닥다닥 붙어 마지막 최후를 불사르고 있었다. 홍련 속에는 샛노란 꽃술들이 연실방을 에워싸고 촉을 일제히 세운 모습이 마치 폐하를 호위하는 충용위의 장군들처럼 우뚝 섰고, 이에 질세라 백련도 하얀 꽃잎 속에 노란 씨방과 꽃술을 보기 좋게 오뚝이처럼 쏘아 올렸다. 우주를 오롯이 품은 씨앗을 안고 있는 수련들의 모습이 경건하고 웅장하기까지 했다. 수면에서 스며 나오는 물안개는 여러 수련에 지지 않으려는 듯 뭉게뭉게 피어오르고 있었다. 안개는 호수 크기를 가늠하기 어려울 정도로 수북이 세상을 에둘러 가렸다. 주위는 연꽃이 흐드러지게 피어올랐지만, 물의 흐름을 방해하기 싫다는 듯 뱃길을 옹졸하게 한쪽 편을 내어주는 모습이 임금의 행차에 조용히 자리를 비켜주는 백관의 모습 그대로였다. 그 위를 돛단배 하나가 안개와 수련을 요리조리 피해 유유히 흘러가는 모습은 신선이 먼 행차를 위해 떠나는 그 자체였다.

임금은 조용히 연화를 내려보았다. 그리고 여한이 없는 듯 황홀한 안광을 내비치며 계연공주와의 깊은 사랑을 다독였다. 사공도 없었지만 돛단배는 그렇게 소리 없이 잠잠하게 흘러가고 있었다. 그 찬란함과 화려함에 빠진 임금은

"계연공주! 이제 짐은 이 자리에서 죽어도 여한이 없소. 참 좋소. 피어나는 안개와 그를 받쳐주는 수련의 향연. 여기에 선녀 같은 그대

가 있으니, 더 부러워할 것이 뭐가 있겠소."

연화는 말을 잇지 못하고 조용히 머리만 숙일 뿐이었다. 그러나 이를
더 이상 지체하지 못하고 행복감에 젖은 임금을 위해 입술을 뗀다.

"정령 그렇게 행복하시옵니까? … 폐하께서 그토록 행복해하시는
모습에 몸 둘 바를 모르겠사옵니다. 죄 많은 사람을 이렇게 환대하
심에 성은이 망극할 따름이옵니다. … 하찮은 이 몸 이제 성은을 거
두시고 모든 것을 내려놓으시면서 편히 쉬셨으면 하옵니다. 늘 용안
이 수척해 있는 모습을 뵈면 송구하고 안습이 마르질 않사옵니다."

임금도 연화의 말뜻을 이해했다. 자신의 집착과 몰입으로 인해 사리
분별은 물론 올바른 판단을 내리지 못하고 우왕좌왕하면서 조정이 흔
들리는 현실을 모를 리 없기 때문이다. 그런 무능한 군주 밑에서 백성
은 고통스러운 나날들을 군소리 없이 잘 이겨내고 있었다. 계연공주의
부탁은 그간 소홀히 대했던 조정과 백성들을 위해 군주의 도리를 제대
로 수행하지 못한 점에 미루어 유구무언의 죄책감을 불러일으켰다.

"짐이 무능한 탓이오. 과거에 젖어 미래를 열어젖히지 못하는 군주
가 어찌 성군이라 할 수 있겠소. 짐은 그 그릇이 못 됨을 잘 아오. 못
되는 짐을 계연공주가 있었기에 흠이 가려지고 그나마 버텨온 세월이
었소. 신덕 왕사의 초심은 훌륭했으나 사람이란 본래 욕심이 본능적
으로 지닌 영물인가 보오. 그도 애초처럼 항상 그대로였으면 짐과 함
께 개혁의 고삐를 한껏 옥죌 수 있었을 텐데. 계연공주가 떠나고 그마
저도 저버리게 되니, 세상에 덩그러니 남은 것은 짐 혼자뿐이었소. 집
안 꼴은 말이 아니고 아이들은 밥 달라 젖 달라 아우성인데, 그를 챙
길 여력과 능력이 되지 않아 그냥 될 대로 되라지 하는, 가장과 같은

처지였소. 그래도 세상은 어떻게 그럭저럭 돌아가긴 돌아가더이다."

연화는 고뇌하던 임금을 늘 지켜보았기에 그 마음을 미량이나마 알고 있었다. 임금은 계연공주의 눈을 다시 한번 부드럽게 내려보았다. 마치 구원의 손길을 원하는 구도자의 눈빛이었다.

"계연공주의 직언이 너무나 그립소. 늘 곁에서 우매한 짐을 도와 탁견과 현명한 결단을 종용하던 그대는 나의 전부였소. 이제 그대와 한 배를 타고 지금 어디론가 가고 있지만, 짐은 그곳이 인간계의 아래에 유황이 흘러내리는 천열지옥 구덩이라도 흔쾌히 갈 의향이 있습니다."

연화는 임금의 사랑이 진솔하게 담겨있는 말 한 마디 한 마디가 심금을 울렸다. 참 선한 분이신데….

두 사람의 돛단배는 그저 유유히 흘러갔다. 안개도 배를 따라 하얀 띠를 두르며 쫓아오고 있었다. 배가 지나갈 때마다 남기는 궤적은 두세 줄기 세모꼴을 만들며 퍼지고 있었다. 그 물결에 백련과 홍련은 꽃대와 잎사귀들을 하늘하늘 출렁거렸다. 그런 배에 서서히 속도가 줄기 시작했다. 처음과는 다르게 점점 줄어드는 속도를 시간이 지난 후에 감지한 연화는 이러한 사실을 거의 동시에 감지한 임금도 함께 놀라지 않을 수 없었다. 배의 구석구석을 살펴보았다. 뱃고물에서 엄지손톱만 한 구멍이 생겼고, 그 틈으로 호숫물은 손가락 굵기만큼 배 안에 밀려 들어왔다. 갑작스러운 상황에 두 사람은 당황하지 않을 수 없었다. 일단 연화는 급한 나머지 자신의 손으로 그곳을 틀어막았다. 그러나 위에서 누르는 배의 중량을 호숫물은 넉넉히 견뎌내지 못하고 작은 알갱이라도 배 안에 들이밀고자 비집고 들어왔다. 그래도 임금은 역시 임금이었다. 찹찹히 마음을 가라앉히고 잠시 눈을 감은 후

숙고의 짬을 가졌다. 드디어 임금은 구순을 열어 뜻을 전했다.

"이거 야단났구려. 계연공주와 짐의 재회시간은 운명적으로 여기까지인가 보오. 신께서 우리들의 재회를 탐탁지 않게 여기시나 봅니다. 허허. 어차피 배가 가라앉는 것은 정해진 운명. 배에 더 물이 차기 전에 이리합시다. 우선 배를 저어 호숫가로 최대한 접지를 합시다. 그리고 계연공주부터 내리고…"

말이 끝나기가 무섭게 임금은 어수를 호수 속에 집어넣고 노를 대신해 노질을 쉼 없이 했다. 연화는 갈수록 밀고 들어오려는 물구멍을 안간힘을 써서 틀어막고 있었다. 그런데 이게 또 무엇인가? 설상가상으로 가랑비가 내리기 시작하더니 점점 빗방울이 굵어지면서 장대비로 변하고 있었다. 가랑비에 옷이 젖더니, 이게 두 사람은 물에 빠진 생쥐마냥 몰골이 말이 아니었다. "주위에 누구 없느냐? 도와주시오! 배에 물이 차오!"를 목청이 찢어져라 부르짖지만 사위는 물안개가 소리를 다 먹었는지 괴괴하기만 했다. 땀 범벅 반 빗물 범벅 반으로 온몸은 꿉꿉하게 젖어들었고, 배는 점점 가는 속도가 더디기만 했다. 잠시 후 두어 길 앞에 호숫가의 땅이 살포시 모습을 드러냈다. 마지막 젖먹던 힘까지 쏟아 배가 접지하려는 순간 배에 물이 거의 반 차올랐다. 그때 임금은 결의에 찬 듯 갑자기 연화 옆으로 오더니 그녀를 불끈 들어 육지로 내던지며, "미안하오, 우선 급하니 공주부터 땅을 밟으시오."를 외치면서 팔을 내둘렀다. 순간 갑자기 임금의 품에 안겨 내던져진 연화는 공중으로 부웅 뜬 채로 팔다리를 허우적거렸다.

# 18.

철퍼덕!

연화는 어느 잔디밭에 뚝 떨어졌고, 두 발은 갑작스러운 땅 디딤을 감당하지 못하고 뒤뚱거리며 넘어졌다. 연화는 얼른 몸을 추스르고 사지 상태를 점검했다. 온몸은 땀으로 흠뻑 젖어있다. 정신은 꿈을 덜 깬 듯 아직 몽롱했다. 일단 외상으로 크게 다친 곳은 보이지 않아 안도의 숨을 내쉬었다. 그나저나 또 시대와 공간을 초월해 도착한 이곳은 어디인가 둘레둘레 고개를 돌렸다. 임금도 주위 어디에 같이 왔을 텐데 하며 두리번거렸다. 그러나 임금의 옥체는 사방 어디에도 전혀 눈에 띄지 않는다. 몸을 곧게 세우고 사방 한 마장 되는 거리 구석구석을 찾아 헤맸다. 늦은 오후 주위는 사방이 쥐 죽은 듯 고요하며 흔한 풀벌레 소리도 들리지 않았다. 날이 어두워지면서 소리도 모두 잡아먹은 듯했다. 이각 가량을 정신없이 찾아 헤맸으나 끝내 임금의 종적은 묘연하기만 했다.

'세상에! 같이 오지 않았나 보다. 이를 어쩌나!'

임금과 함께 미래로 오고자 했는데, 용체는 간곳없고 자신만 홀로 덩그러니 미래에 떨어진 것이 아닌가? 임금은 그냥 그 시대에 머물었는지, 아니면 자신과는 다른 시대로 갔는지 알 수 없었다. 고요하고 엄숙함이 스밀었다. 임금의 안위가 큰 걱정이었지만, 그렇다고 그것에 머물 수만 있을 순 없진 않은가? 마음을 가라앉히고 잠자코 숙고에 들었다. 이제 나의 미래는 또 어떻게 전개될 것인가? 뒷목부터 뻐근하게 근심이 올라왔다. 그리고 침착함을 유지한 채 눈을 뜨고 앞을 내다보았다. 사위는 어두컴컴하고, 해는 주황빛을 황홀하게 발산하며 뉘엿뉘엿 서산으로 지고 있었다. 주황 빛살이 우뚝 솟은 돌기둥에 내리꽂았고, 그 빛은 노랗게 조각되어 흩어졌다. 그 옆에는 당당하게 달린 대문이 하나 위용을 자랑하듯 당당히 서있는데, 결코 낯설지 않았다.

'아! 여기는 2019년에 처음 도착했던 한국미래과학연구원이 아닌가!'

때마침 대문을 나서는 한 중년 남성이 있었다. 오십 대를 넘은 듯, 옆머리에 희끗한 서리가 앉았고, 앞머리는 이 대 팔로 가르마를 탔으며 육 척의 키에 배가 펑퍼짐하게 나왔다. 배를 맞댄 엉덩이는 커다란 늙은 호박 두 개를 튼실하게 달고 있었다. 무엇이 맘에 안 드는지 표정에 세상 모든 것이 귀찮다는 인상을 잔뜩 품고 있었다. 연화는 그에 아랑곳않고 서슴없이 그 남성에게 다가갔다.

"실례지만 뭣 좀 여쭙겠습니다. 혹 지금이 몇 년도 몇 월 며칠이고 이곳은 '한국미래과학연구원'이 맞나요?"

중년은 별 우스운 이야기를 하는 여인의 등장에 잠시 위아래를 훑는다. 복색이나 머리 모양이 예사롭지 않다. 그러나 크게 괘념치 않는다. 요즘 온통 세상이 초개성 시대이지 않은가? 몸에 쇠붙이를 치렁치렁 매다는 것도 모자라 머리에 새집을 얹혀 새를 키우는 사람도 있지 않던가. 자동차가 하늘로 날아다니고 길이 저절로 움직이는 세상이다. 천팔백여 킬로미터 떨어진 블라디보스토크도 하이퍼루프(Hyperloop)를 타고 한 시간이면 가는 세상이다. 하이퍼루프 기차는 진공에 근접하게 공기를 빼낸 지름 3.2m의 터널을 28인승 캡슐 기차 형태로 운행한다. 불과 십여 년 전만 해도 고작 여객기가 최고 빠른 이동 수단이었음을 상기하면 실로 엄청난 교통수단의 발달이었다. 무릇 이거 말고 스핀 론치는 또 어떤가? 원반 안을 빠르게 회전하는 막대기의 원심력을 가지고, 우주선을 대기권 밖으로 내보냈다가 최대 거리 이천 킬로미터에서 다시 중력에 의해 지상으로 떨어지면서 목적지로 향하는 운송 시스템이다. 지구 반대편 유럽도 족히 한 시간이면 간다. 세상은 별천지가 된 지 오래인 지금, 중년의 남성은 연화의 복고주의적 개성이 오히려 특이하게 돋보인다며 대수롭지 않은 듯,

"네. 오늘은 2035년 4월 15일이고, 말씀하신 것처럼 이곳은 한국 미래과학연구원이 맞습니다."

연화는 '아뿔싸', 그간 다녀간 서기 2020년 즈음보다 무려 15년이나 지난 미래까지 왔구나. 그렇다면 이곳에 근무했던 최성주 씨도 이젠 마흔. 불혹을 맞이하여 늙수그레한 중년에 접어든 즈음이었다.

"혹 이곳 연구원에 계신 최성주 씨는 지금?"

중년 남성은 다시 한번 눈을 꺼먹대더니, 연화를 자세히 쳐다보며,

"우리 최 부장을 아세요? 지금 3D센터 기획부장입니다. 그런데 실례지만 댁께서는?"

연화는 움찔한다. 최 부장이라 일컫는 걸 보면 성주 씨보다 연상임은 분명하고 직책도 그를 뛰어넘는 자임을 눈치챈다. 덕이 좀 모자란 듯 보이는 저 사람보다 성주 씨가 낮은 직책이라 생각하니 좀 씨무룩해진다. 그래도 지금까지 최성주 씨가 잘 지내고 계시는구나. 참 다행이라고 안심한다. 그리고는

"네, 저는 예전에 좀 친분이 있었던 사람입니다. 유연화라고. 마침 이곳을 지나는 길이라 안부가 궁금해서 여쭈었습니다. 한 가지만 더 여쭙겠습니다. 혹 남북이 지금은 통일되었나요?"

중년 남성은 별생각 없이 짜증 나는 낯빛으로

"통일되었으면 여북이나 좋겠어요? 될 듯 될 듯하면서 안 되는 게 그거 아닙니까?"
"네. 그렇군요. 감사합니다. 살펴 가십시오."

고개를 정중히 숙이고 중년 남성을 보냈다. 그는 다시 자세를 고쳐 잡고 자기 갈 길을 향해 발걸음을 터벅터벅 옮겼다. 성주 씨는 개성 영복사 부처님 안에 복장했던 편지를 받았을까? 2023년에 도착할 내용으로 작성했는데. 그 편지를 읽었을 가능성은 희박했다. 2020년 대에도 분단되었던 나라는 2035년에도 그대로 유지되었고, 설혹 복장한 편지가 발견되었다손 치더라도 이념이 다른 두 나라의 국경을 넘어서 전달되기란 애당초 불가능에 가까웠으므로.

눈을 감고 잠시 생각에 잠겼다. 심호흡을 대여섯 번 했다. '만나야 하나 말아야 하나.' 선택의 기로에서 숱한 생각이 뒤죽박죽되고 지나간 추억이 빠르게 질주하는 고속버스 차창 너머의 풍경처럼 파노라마로 스친다. 선택했으면 집중하라. 그래. 현세에서 만날 사람은 성주 씨 말고 또 누가 있을까. 어쩌면 자신이 이 미래에 온 것도 성주 씨와는 전혀 무관하다고 할 순 없었다. 고려의 국운을 향한 충정을 성주 씨가 있는 현세에서 펼치려던 것 아니었던가? 선택하고 도전하자. 그리고 그 이후의 일은 만남 이후에 찬찬하게 순서를 세우며 이뤄나가자. 주먹에 힘이 불끈 쥐어지며 용기가 샘솟았다. 옷차림새를 다시 고쳐 입었다.

성주를 처음 만났을 때의 십육 년 전 복색과는 많이 달라졌지만, 그래도 여전히 고려 궁인의 복장이니 큰 차이는 별로 없었다. 참 재밌는 인연이다. 성주를 처음 만날 때와 십육 년 만에 만날 때가 모두 고려 궁인의 차림이라니. 이 또한 얼마나 기구하고 재밌는 인연인가? 연화는 잠깐 선웃음이 입가에 맴돈다. 한 발 한 발 종아리에 힘을 주고 한국미래과학연구원 정문을 지키는 수위에게 다가갔다. 3D 기획부장으로 계신 최성주 씨를 만나러 왔다고 알리고, 출입대장에 성명과 방문 목적을 밝힌 후 연구원 건물로 들어섰다. 방문 목적을 쓸 때 좀 난감했으나 고향 여동생의 방문으로 그냥 적었다. 적으면서 내심 어떻게 그렇게 쓸 생각이 불쑥 나왔는지 내심 크으 하고 또 한 번 웃음이 일었다.

연구원은 과거보다 규모도 훨씬 커지고 몰라볼 정도로 확장되었다. 전에 팔뚝만 했던 전나무와 소나무 줄기는 이젠 제법 육상 선수의 허벅지 근육처럼 울퉁불퉁하게 두툼해졌고, 오종종하게 심겨있던 울타리 꽃나무들도 가지가 벌릴 대로 벌어져 자기 세를 이제는 마음 놓고 뽐냈다. 한쪽 편에 작은 연못 주위로 가지런히 빙 둘러 있던 물망초들도 자신을 절대 잊지 말라는 메시지를 내뿜듯 도도하게 자리 잡고 있었다. 성주가 근무하는 3D센터는 본동에서 떨어져 나와 별도로 동을 이루고 있었다. 십오 년 전에는 별동으로 떨어져 나온 천문우주센터에 비해 왜소하고 궁벽한 곳에 자리 잡았었는데, 이제는 3D센터와 천문우주센터가 대등하게 마주 보며 겨루기를 준비하는 태권 선수마냥 우뚝 서있었다. 규모도 몰라볼 정도로 확장되고 막대했다. 정문에서 수위가 연락했는지, 센터 동 앞 정문에 다다를 즈음, 어떤 중년이 숨을 헐떡거리며 달려왔다. 연화는 단번에 그가 최성주임을 감지했다. 과거의 그의 걸음걸이나 뜀박질 모습이 그대로 실루엣처럼 자기 마음에 남아있었는데, 그대로의 모습이었다. 아직 얼굴은 먼발치라 분명하게 확인되지는 않지만, 어렴풋하게 그려지는 얼굴선이 그였다. 가슴의 심장 박동수가 급격하게 올라가며 쉴 새 없이 벌렁거렸다. 연화는 뛰는 가슴을 얌전히 가라앉히고자 오른손을 심장 가까이 조심스레 대고, 차분해지자는 자기 암시를 걸었다.

근 이십 년이 지난 두 남녀의 조우는 몰라볼 정도로 변한 상대의 세월의 흔적을 첫인상으로 받아들이면서 시작되었다. 그 매끈하고 곱던 피부는 하나둘 주근깨와 기미가 포진했고, 빛깔은 예전에 비해 다소 까무잡잡하기도 했다. 당당하며 늘 주위에 활력이 넘쳤던 그의 기품은 어느새 차분하게 가라앉고 동작도 느릿느릿하고 거만한 거북이처럼 찬찬했다.

"혹시나 해서 나왔는데…. 십오 년 전에 고려로 홀연히 떠난 그 유연화 씨 맞나요?"

연화는 가만히 고개를 끄덕이며 대답을 대신했다. 이유 없이 두 줄기 눈물이 양목에서 가느다란 선을 그으며 아래로 떨어졌다. 성주는 곧이어 가는 떨림과 흥분, 그리고 통통 튀는 목소리로

"아니! 이게 말이 되나! 말이. … 연화 씨! 여기서 이럴 것이 아니라, 어디 커피숍이라도 가죠? 우리 원 안에 있는 커피숍으로 갈까요? 아니, 아니다. 아니에요. 정문 앞에 조용하고 분위기 근사한 커피숍이 걸어서 오 분 안에 있어요. 거기로 가죠."

연화는 앞선 성주의 꽁무니를 조용히 따른다. 성주는 앞서가며 이게 생시인가 꿈인가 하는 표정으로 뒤돌아보며 연화의 얼굴을 보고 또 보고 확인하고 또 확인한다. 성주의 눈시울도 모르는 사이에 촉촉하게 눈물이 자리를 잡았다. 그리곤 혼잣말로 "이럴 수가, 이럴 수가!"를 연거푸 내뱉는다. 궁금한 마음으로 급한 성주는 가는 동안도

미처 기다리지 못하고 결국 몇 마디를 성급하게 묻는다.

"그래, 어찌 지내셨어요? 언제 현세로 왔나요?"

쉬지 않고 묻는 성주의 말에 연화는 답할 겨를도 없다. 그러면서 어느덧 커피숍 앞에 들어섰다. 커피숍이라기보다는 전통찻집 같은 곳이었다. 지붕은 고색창연한 검정 기와에 흰 벽이 건물을 에울렀다. 현관 옆에 조그마한 정원이 있고, 옹기종기 낮은 꽃과 풀들이 누워있다. 정원 한가운데에는 물레방아가 끊임없이 돌아갔다. 물레방아 앞에는 시비가 조그맣고 귀여우면서 깜찍하게 서 있었다.

끝없이 돌아가는 물레방아 바퀴에
한 잎씩 한 잎씩 이내 추억을 걸면
물속에 잠겼다 나왔다 돌며
한없는 뭇기억이 잎잎에 나부끼네.

바퀴는 끝없이 돌며 소리치는데
맘속은 지나간 옛날을 찾아가
눈물과 한숨만을 지어서 주고 있네.

연로한 방아지기의 머리는 하얗고
나약한 눈빛이 무엇 찾아 헤매는지
찌거덩대는 방아 소리 날 때마다
물은 그냥 그렇게 흘러가기만 하네.

물레방아 첫바퀴 돌 듯 세월은 무심히 그렇게 십오 년이 흘렀다. 참으로 눈물과 한숨과 그리움이 함께 지나온 과거였다. 애가 타도록 부르고 불러도 아깝지 않은 그 이름이 불현듯 내 눈앞에서 나타났다. 놀라운 건 둘째이고, 고맙고 미안한 세월이고 존재였다. 배은망덕하며 떠났던 과거가 부끄럽기도 하고, 영민왕과 계연공주에 대한 성원과 지지가 늘 가슴에 못이 박히도록 감사한 존재였다. 배려에서 비롯된 감정이 호감으로 변하고 감사한 마음에 추억이 덧붙여지면서 사랑으로 변하는 순간 둘은 헤어졌다. 그것도 잠시 잠깐이 아닌 무려 십오 년간. 지치고 잊을 만도 하건만 세월이 지날수록 기억은 더 또렷해지고 과거의 추억은 새록새록 남달랐다. 그것이 무엇인지 몰라도 가슴 명치 아래에는 늘 한 주먹의 답답함이 있었고, 기억 저편에는 이를 거부하는 관자놀이가 지끈거리기도 했었다.

점심 식사 시간이 한참 지난 이후여서 그런지 커피숍은 한산했다. 뷰가 좋은 자리에 중년 여인 넷이 가볍게 수다 떠는 모습이 보였다. 동년배로서 아이들 교육 얘기나 시집, 남편을 안주 삼아 키득거리며 회포를 푸는 듯했다. 연화는 여인네들의 한가한 수다 떪에 한껏 부러움이 일었다. 저렇게 하면서 많은 고민과 갈등을 조금씩 해결하는 현대 여성은 복 받은 존재란 마음마저 들었다. 햇볕이 한낮을 지나면서 많이 누그러진 구석지고 어둑시니하며 중년 여인들과 좀 떨어진 곳에 자리를 잡았다. 서둘러 온 탓인지 둘은 가느다란 숨을 서로 몰아쉬었다. 그리고 서로 누가 먼저라고 할 거 없이 마주 보며 피식 웃음을 주고받았다.

성주는 테이블 구석에 있는 책 크기의 키오스크에 차를 주문했다. 연화에게 무슨 차를 마실지 물어볼까 하다가 과거 그녀가 잘 마시는 쌍화차와 자신의 카페 모카를 화면을 터치하여 주문하면서,

"연화 씨! 전에 잘 마시던 쌍화차로 시킬게요. 괜찮으시겠어요?"

연화는 다시 한번 놀란다. 전에 둘이 서너 번 가서 자신이 먹었던 쌍화차를 지금도 기억하다니. 그의 기억력은 가히 존경할 만했다. 쌉싸래하고 한약 같았던 쌍화차를 참으로 오랜만에 맛보는구나. 둘이 서로 얼굴만 보며 아무 말이 없었다. 성주는 어느새 눈가에 물기가 이슬처럼 또 몇 방울 내비친다. 연화도 왠지 그러한 성주의 얼굴을 보며 오른쪽 눈에서 소리 없이 한 줄기 눈물이 또다시 주르륵 흘러내렸다. 서로 서먹서먹한 가운데, 서빙을 보던 로봇이 쟁반에 차 두 잔을 놓고 테이블로 다가와 차가 왔음을 알린다. 연화는 십오 년 만에 또 엄청난 발전을 한 현실에 어안이 벙벙했다.

"어떻게 지내셨어요?"

아까보다 많이 차분해진 목소리다.

"잘 지냈어요. 건강하고 무탈하게."

성주는 찬찬히 고개를 까딱거린다. '당신의 관심과 걱정 때문에 이렇게 잘 와서 있어요.'라고 속으로 중얼거렸다. 다행이라는 안도의 몸짓으로 마치 보호자가 어린아이를 대하듯,

"…. 홀연 고려로 떠나시고 오랫동안 그 후유증에 사실은 많이 힘들었어요…"

한참을 망설이다 용기를 내 하는 말 같았다. 그 말에 연화는 어떤 대꾸를 할 수 없었다. 유구무언. 그저 죄인이고 미안할 뿐이었다.

"죄송해요."

연화의 몸 둘 바를 모르고 위축되어 움츠러드는 처량한 몸짓에

"아~ 아니에요. 그런 사과를 받고자 드린 말씀은 아니에요. 제 심정이 그랬다는 거고요."

의외의 반응에 성주는 계면하게 움찔한다.

"연화 씨를 보낸 후의 제 마음만 표현할 것뿐이고요. 그냥 제 얘기만 잠깐 들어주세요. 떠나신 연화 씨를 뒤로하고 잊어야 한다는 마음으로 하루를 지내고 저녁에 내 방에 들어서면 아직도 연화 씨에 대한 추억의 향기가 솔솔 남아있었어요. 홀로 천장을 향해 누워있으며 3D 마스크를 신나게 만들던 일, 함께 서울 가서 고려 흔적을 찾던 일, 쉼터 앞 느티나무 그늘 아래서 나누었던 여러 이야기 등. 천장 한가운데 연화 씨의 잔상이 고스란히 남아 저를 향해 웃고 있었죠. 소리 없는 눈물이 흘러내리더군요. 겨울날은 방 안 유리창의 서린 입김에 연화 씨 이름을 수십, 아니 수백 번을 썼다가 지우기도 했지요. 마치 김광석이라는 가수의 「잊어야 한다는 마음으로」라는 가사가 그대로 제 신세이더군요."

성주는 잠시 그때를 회상하면서 목이 잠긴다. 아! 불쌍한 사람. 현실의 운명을 거부하며 고통스러워했을 나약한 인간의 잔상, 잊지 못하고 몸부림치는 그 모습을 상상하니 더욱 가슴이 아팠다. 연화는 어쩔 줄 모른다.

"연화 씨는 첫 여인으로 제게 다가왔고, 참으로 참하고 고왔어요. 물론 지금도 그러시지만…."

연화는 낯이 발그레 상기된다. '나도 사실, 이성으로 느낀 첫 남자

가 성주 아니던가? 같은 마음이었구나.'

"연화 씨와 만들었던 추억 속에 묻혀서 벗어나지 못하고 긴긴밤을 허우적대며 새우기도 했답니다. 참 재수 없죠? 사내놈이."

그러면서 피식 웃는 자조 속에서 서글픔을 본다. 연화는 더 미안하고 안쓰럽다.

"그렇게 밤을 보내고 출근해서는 정신 나간 사람처럼 멍하니 있다가 윗분들에게 지청구를 듣기 일쑤였죠. 흐흣. 제 책상의 낙서장에는 나도 모르게 연화 씨 이름과 추억의 장소만 끄적거렸더라고요."

분수에 맞지 않고 덤벙대는 자신이 갑자기 창피한 듯,

"별 얘기를 다하죠? 푼수처럼."

연화는 겸손하지만 그동안 지나온 한을 내뱉는 시집간 딸처럼 쉴새 없이 이야기하는 성주가 내심 안타깝고 더욱 그에게 죄책감이 들었다. 그리곤 성주는 겸연쩍었던지 말을 멈춘다. 조용하게 얼마간의 시간이 흐른다. 드디어 이제는 연화가 나부죽하게 다물던 입에 약간의 힘을 주며 사분하게 열었다.

"궁궐에서 밤하늘을 자주 보았답니다. 별이 참 많더군요. 그렇게 많은 별 중에서 유독 붉은 빛을 띠는 선명한 별이 있었어요. 내부에서 뿜어내는 빛살이 넉넉하고 온화했어요. 저는 그 별을 성주 씨 이름을 거꾸로 해서 주성(朱星)이라 이름 지었죠. 별들은 저마다 아름답고 휘황찬란했지만, 제 마음속에 빛나는 별은 그 주성 하나뿐이었죠."

잠시 호흡을 가다듬는다. 저편에 있던 중년 여인들은 이제 실컷 떠들었는지 자리를 박차고 커피숍을 나간다. 카운터에 앉아있는 주인은 환한 미소로 "또 오세요."를 외치면서 밝게 배웅했다. 어수선한 커피숍이 다시 암묵의 여유를 찾으며 괴괴하다. 주인은 눈치를 살피더니, 조용한 피아노곡 경음악을 틀었다. 괴괴한 안은 그 소리로 인해 더 고요 속에 잠든다.

"그러셨군요. 연화 씨도…. 외려 제가 그냥 죄송하네요. 고맙고요."

연화는 침을 한 번 꼴깍 삼키고 이어서

"고려 말의 조정은 풍전등화였어요. 신덕 왕사의 폭정과 영민왕의 실정, 후사를 둘러싼 흑막의 내정. 하루하루가 숨 가쁘게 돌아가는 세상이었죠. 미래를 알고 있는 제게 늘 마음의 짐이었고, 부담감만 가중되는 세상이었어요. 참 신기하죠? 미래를 알면 더 신났을 거 같은데 말이죠. 그래서 곰곰이 몇 날 며칠을 생각하다 겁 없이 결단을 내렸어요. 영민왕이 올곧게 설 수 있도록 감히 궁인 주제에 고관대작에게 읍소하고 간청도 많이 드렸답니다. 그래도 여엉 고려 조정은 마치 지정된 수로를 벗어나지 못하고 그냥 그 길로만 가는 강물처럼 그렇게 흘러가더군요. 그래서 다시 한번 더 큰 용단을 내렸습니다. 영민왕을 모시고 미래의 세상으로 가자. 물론 후계 문제나 조정 운영에 대한 최소한의 대비는 해놓고 말이죠."

성주는 손바닥을 마주치듯 추임새로 한마디 거든다.

"미래를 아는 처지에서 참 고통스러웠겠어요. 힘드셨겠네요."

연화는 성주의 동조에 힘을 얻는다.

"모르는 게 약이요, 아는 게 병이라고. 한낱 궁인 주제에 이러지도 저러지도 못하는 자신을 많이 탓하기도 했어요. 역사라는 대하의 흐름을 조그마한 삽자루로 방향을 바꿀 수 없듯 그냥 그렇게 무력하기만 했어요. 제 욕심이었죠, 뭐."

그리고 또 정적이 흐른다. 이제 잠자코 바통을 성주가 이어받는다.

"연화 씨가 떠나고 오랫동안 제 가슴에 들어오는 여자는 없었어요. 그냥 연구원에서 일만 열심히 했던 것 같아요. 그런데 어느새 시간이…. 정말 빨리 훌떡 지나가더군요. 열심히 일한 덕에 승진도 동료들보다 좀 빠르고, 여러 프로젝트를 기획해 성공도 하고, 새로운 제품도 만들어내긴 했죠. 그런데 어느 순간 옆구리가 휑하며 이제 제발 가정을 꾸리라는 부모님의 질책과 요구가 심해지더군요."

한심하다는 듯 목소리에 힘이 줄어든다. 연화는 점점 앞으로의 이야기가 더 흥미롭고 궁금해지면서 눈을 동그랗게 뜨고 귀를 더 쫑긋거리며 얼굴을 내밀었다.

"서른세 살이 되던 해, 부모님의 성화도 있고 이제는 가정을 쉴 공간으로 삼아 심적으로 안착하고 싶더군요. 그래서 같은 연구원 총무과에 있는 행정직 여사원과 화촉을 밝혔지요. 아내는 활기차고 기민하며 늘 도전적인 사람이었어요. 거리낌도 없었고요. 대학교를 졸업하고 모 국립대학교 행정실 주무관으로 입사하여 지내다가 우리 연구원에 와 근무한 지 한 이 년 정도 되었을까, 저돌적으로 저에게 다가오며 발랄하고 친근하게 저를 챙겨주고 맞이하더군요. 저 정도 여자면 내가 인생을 의탁하여 평생의 반려자로 삼아도 되겠구나 하는 짧은 생각에 이왕 결심한 거 빨리 해치운다는 마음으로 내 마음 한구석을 그녀에게 내어주었어요…. 당시에 성격유형 검사로 유행했던 MBTI 성격유형 검사가 있었어요. 설문 검사를 통해 사람의 성격유형을 16가지로 분류하는 검사인데요, 아내는 ENTP형이었죠. 이 유형은 재빠르고 영리하며 새롭고 도전적인 문제를 해결하는 데 수완이 좋고, 개념적 가능성을 창출하며 그 이후에 이를 잘 분석하는 유형이죠. 게다가 일상적인 일에 지루해하며 똑같은 일을 동일한 방식으로 처리하는 경우를 힘들어하거나 드문 편이고 흥미를 지속적으로 바꾸는 경향이 있기도 하고요."

연화는 심리 검사를 통한 성격유형이 있다는 말에 신기해한다. 망설이다가

"그럼 성주 씨는 실례지만 어떤 유형인가요?"

성주는 미리 그 질문을 예상이나 했다는 듯,

"네. 궁금해하실 줄 알았어요. 저는 ESTJ형인데요, 구체적이고 현실적이며 결단력이 있어 결정 사항을 이행하기 위해 빠르게 움직이는 성격이죠. 프로젝트, 아니 어떤 기획을 구조화하고 업무를 성취하기 위해 사람들을 잘 조직하는 성격. 일상적으로 반복되는 세부 사항들을 잘 처리하고 명확한 일련의 논리적인 기준을 갖고 있어 규칙적으로 기준을 따르고 다른 사람들도 자신의 기준에 따르길 바라며, 계획을 단호하게 이행하는 그런 성격이라네요. 크크. 근데 저는 그 성격 유형의 반 정도만 맞는 거 같긴 해요."

연화는 설문을 통해 성격 유형을 파악하는 것을 왜 미리 몰랐을까? 그래 그거다. 여러 설문의 답을 통해 그 사람의 취향을 이해하고 그 결과를 유별화시켜 정리하면 하나의 성격유형으로 정리될 수도 있

겠구나. 그런데 그 설문 결과가 성격과 행동을 이해하는 방식을 될 수 있으나 과연 설문 몇 가지로 나온 결과가 신뢰성과 타당성이 있을까? 개인의 성격은 정말 무수하게 다양하고 복잡한데 단 16가지로. 아울러 개인의 성격을 고정된 유형으로 파악하는 전제에서 이루어지는 설문인데, 인간은 성장하면서 얼마나 많은 변화가 있지 않은가? 이러한 한계가 있음에도 불구하고 다양한 요인과 상호 작용을 고려하는 다면적 접근 방식만 취한다면 개인을 이해하는 데는 어느 정도 도움이 되겠다 싶었다. 하여튼 현세는 참 재미있는 세상이다. 심지어 정성적 평가 영역까지 계량화하여 정량화시키는 현상까지 있는 신기한 세상.

"참 재밌네요. 성격을 나눈다니…."

연화는 환한 얼굴로 빙그레 웃으며 말했다. 처음 만났을 때의 처연한 얼굴빛은 이제 싹 가시고 홍조빛을 되찾았다고 할까? 숨을 고른 성주는 이어서 말을 지속했다.

"결혼하고 초창기에는 그냥 다른 부부들처럼 아웅다웅하면서 살았어요. 결혼 후 바로 아이도 생겼고. 열 달이 지난 후 딸도 하나 얻었어요. 이게 가정이구나 했어요. 사실 그때가 행복한 시절이었지요. 자기 핏줄을 후세에 남긴다는 건 동물이나 식물이나 대단히 숭고하고 영험한 책무라는 마음까지 들었어요. 내가 이 세상에 다녀간 흔적으로 유전인자를 남기고 홀연히 떠날 인생이지만 말이죠. 참! 그딸 이름이 뭔지 아세요?"

연화에게 이름을 묻는 것이 혹 자신의 이름과 무슨 연관이 있을 것 같았다.

"설마 연화라고 짓지는 않았겠죠?"

연화는 선수를 쳐본다. 성주는 기다렸다는 듯,

"네, 맞아요. 연화로 지었어요. 최연화. 얼마나 예뻐요. 최연화."

세상에나. 성주는 이토록 자신을 잊지 못하고 심지어 딸 이름에까지 자신의 흔적을 남겼구나. 보통 사람들의 가정생활을 늘 꿈꾸었지만, 신분상 그러지 못한 연화는 성주의 신접살림이 부럽기도 했다. 성주는 목이 마른 지 잠시 테이블에 있는 카페 모카를 한 모금 삼킨다. 연화도 같이 쌍화차 한 모금을 마신다. 쌉싸래한 맛에 끝맛의 달곰함까지. 참 묘한 맛이라고 재삼 생각하며 잔을 놓는다. 커피숍 안에는 잔잔하고 평화로운 음악이 온 공간을 고요하게 휘감는다. 잠깐 동안 참 아늑하고 편안한 시간임을 느낀다. 카운터 앞에 있는 주인 여인은 가만히 있는 무료함에 지쳤는지 꾸벅꾸벅 의자에서 졸고 있다.

"그런데 결혼 생활이란 것이 제 뜻대로 그렇게 살아지는 건 아니더라고요. 아이가 커오며 손도 많이 타고 곁을 꼭 지켜보며 살펴야 했고, 친·인척 행사나 그 관계를 소홀히 해서는 안 되는 아주 복잡다단한 그런 생활이었어요. 맞벌이를 했던 우리 부부는 점점 지치고 그 생활이 반복되고 누적되면서 서서히 금이 갔던 것 같아요. 차츰 싸움이 잦아지고 서로 말을 안 하며 며칠씩 지내기도 하고, 홱 토라져 잠을 별도로 자면서 각자 혼자인 것처럼 살고. 특히 아내는 틀에 박혀 육아에 얽매인 자신을 정말 힘들어했어요. 낮에는 보육시설에 맡기고, 제가 퇴근 후나 주말에는 딸 곁에 항상 있었죠. 그래선지 딸은 자기 엄마보다 저를 무척이나 잘 따랐어요. 같이 한 시간에 비례한 거니 어쩌면 당연한 일이지만. 아내는 저와 딸을 내버려둔 채 매일 저녁 외출하고 밤늦게 와서 잠만 자고 다음 날을 시작했지요."

보통 집 안에서 아이 하나 키우기가 고려 시대 때만 해도 세월이 키워준다고 방치하다시피 했지만, 현세는 아이에게 모든 것을 쏟아붓는 세태를 보면서 녹록지 않았을 거라는 추측을 하던 연화는 성주의 힘든 결혼 생활을 상상해 보았다. 힘들었을 거라는 대꾸를 대신해 긍정의 눈 깜빡임을 보여주었다.

"딸 연화가 돌이 막 지났을 때였어요. 집사람은 친구들과 이박삼일 겨울 여행을 갔다 오겠다고 통보하며 금요일 저녁에 배낭을 메고 휙 하니 집을 나갔어요. 물론 저의 허락 없이 일방적인 통보였죠. 그때가 1월 초순이었을 거예요. 원체 그런 사람이니, 그러려니 하고 행선지와 동행인을 묻지도 않았죠. 애 엄마인 그 사람을 믿었으니까요. 집사람은 뭐든지 일이 잡히면 강렬한 추진력으로 밀어붙이고 안 되면 말고 하는 스타일이라 제가 말린다고 안 갈 사람도 아니고 해서 그냥 내버려둔 거죠. 그녀는 제 딴에는 완벽한 사람이었거든요. 근데 그게 마지막이었어요. 그렇게 끈질기게 오래 살 것처럼 핏대를 세우며 살던 사람이 순식간에 홀연히 떠나더군요. 마치 십오 년 전 연화 씨가 고려 시대로 홀연히 떠난 것처럼 말이죠. 집사람은 간다는 아주 자그마한 암시도 없이. 이제 막 한 살 된 핏덩이만 제 품에 남긴 채…."

서로 사랑해서 결혼했을 두 사랑의 가슴 아픈 현실이 좀 안쓰러웠다. 연애 시절, 사소한 티도 작고 귀여운 매력으로 좋았을 텐데…. 벌어지기 시작한 금은 점점 넓어졌을 것이다. 성주는 이제 어렵고 힘든 이야기를 하려는지 한숨을 크게 몰아쉰다. 이윽고

"1월 7일. 그날을 잊을 수 없죠. 밤 11시 울진 왕피천 계곡. 아내가

전날 온 눈이 다 녹지 않은 것을 모르고 계곡길을 차로 달리다가 오십여 미터 되는 낭떠러지 계곡 밑으로 추락했어요. 그 옆에는 한 남자의 시신도 같이 있었죠."

연화는 급작스러운 성주 부인의 즉사에 어찌 반응해야 하는지 난감해졌다. '쯧쯧. 이를 어쩌나!'를 모기소리처럼 혼잣말로 되뇌었다. 성주는 어렵게 말을 맺으며 어깨에 무거운 쇳덩이를 얹은 듯 풀이 죽은 채로 입술의 여력을 다하고 파르라니 움직였다. 마침 커피숍에서는 피아노로 연주하는 「문라이트 세레나데」가 새벽 아침 강가에서 조용히 피어오르는 안개처럼 흩뿌렸다. 또 아무 말도 서로 못하고 있으려는데, 이런 것쯤은 아무렇지도 않은 듯 호기를 부리는 성주,

"벌써 오 년이나 넘은 이야기인 걸요. 전 이제 괜찮아요. 제 어깨를 보세요. (툭툭 치면서) 단단하고 한 가정의 가장으로서, 한 아이의 아빠로서 힘차게 보이지 않나요? 불쌍한 건 우리 연화뿐이죠. 딸 말이에요."

연화는 그냥 지나가기 멋쩍어 추임새로 말대꾸를 한다.

"아! 네에. 많이 힘드셨겠어요."

"연화는 그 이후 엄마 없이 보모의 손에 키워졌어요. 용케도 자기 엄마의 빈자리를 눈치챈 듯했어요. 그렇지만 구김 없이 곧 잊고 해맑아지는 모습을 보면서 남몰래 울기도 많이 했긴 했죠. 그래도 같은 사원 아파트의 친한 형님의 형수님께서 보모를 자청하셔서 자기 딸처럼 금이야 옥이야 잘 키워주셨어요. 그 애가 이제 벌써 여섯 살이네요. 아주 눈망울이 또렷하고 꽁지진 머리를 해올리면 무슨 인형 같기도 하죠. 자식 자랑하면 팔불출이라고 했는데…. 흐흣."

구김살 없이 무럭무럭 잘 자라주었다는 어린 연화의 이야기에 큰 연화는 내심 심쿵 하며 감사한 마음이 들었다. 그래, 역시 이름값을 하나 하는 엉뚱함도 들었다.

"그래도 다행이네요. 예쁘게 잘 자라줘서."

용기를 북돋우고자 연화는 한마디 거들었다. 성주는 감사한 듯 눈인사를 살짝 했다.

시간은 어느새 이십 여분이 훌쩍 지나고 말았다.

"제가 지금은 근무 시간이라 자리를 오래 비울 수 없어서 여기까지 일단 이야기하고 이따 퇴근 후에 나머지 이야기보따리를 마저 푸시는 게 어떨까요? 그런데 그 시간이 되려면 두 시간가량 남았는데, 어디 가 계실 곳이라도?"

연화는 지난 이야기를 하느라고 시간이 이렇게 흐른 지도 그제서야 깨닫는다.

"제가 그만 바쁜 사람 잡고 일하시는 데 훼방을 하지 않았나 모르겠네요. 그래요. 그러면 이따 두 시간 후에 정문에서 다시 뵙죠. 전 그때까지 전에 가보았던 유성도서관에 한번 가보려고요. 지금도 그 자리에 있겠죠?"

자리를 서서히 일어서려는데

"네. 그럼 그러셔요. 그리고 유성도서관은 그 자리에 지금도 있긴 한데, 유성정보문화관으로 개명해서 각종 컴퓨터와 AI 기계까지 설치된 곳으로 바뀌었어요. 그곳에 들어가면 이젠 책보다는 각종 첨단과학 기기들이 아마 더 많을 거예요. 찬찬히 구경해 보시고 이따 뵙겠습니다."

연화도 접었던 다리를 펴면서 자리를 일어섰다. 이야기에 쏙 빠져있는 동안 커피숍 한편에는 다른 청춘 남녀 한 쌍이 서로 눈을 마주치고 각자의 손을 모은 채 사랑의 대화를 속삭이고 있었다. 잠시 잠깐 젊음이 부러워진다. 순식간에 흘러간 세월. 남녀의 인연이란 알다가도 모르겠다. 이렇게 다시 성주 씨를 재회한 것도 인연이라면 정말 끈질긴 인연이다. 어쩌면 둘의 관계는 추억으로 맺어진 인연이 아닐까? 추억이 많은 사람은 아름답다고 하는데, 과연 성주와 자신의 관계가 그런 관계일까 자문해 본다. 연화는 서서히 발걸음을 내디디고 직장으로 되돌아가는 성주의 뒷모습을 한참 굽어본다. 어느 곳에 살아도 인생은 진행된다. 인생은 어디에 사는 것보다 어떻게 사느냐가 핵일 터이고 그것이 한 인간의 일생이리라. 혼자 사는 인생은 지치고 외로울 수 있다. 인생은 먼 곳을 갈 때 누가 말동무라도 하면서 가면 훨씬 덜 버겁고 어려움이 반감되리라. 연화는 성주에게 그런 존재가 되었으면 하는 바람을 가져본다. 이따 퇴근 후에 다시 만나면 그의 집을 보고 싶다. 가서 어린 연화도 보고 그곳의 분위기도 맘껏 가슴에 품고 싶다.

# 19.

어느덧 해가 덧없이 서향으로 지는 중이었다. 연화는 조용히 유성정보문화관을 향해 몸을 다그쳤다. 오 리도 채 안 되는 거리. 예전보다 우람하고 웅장해진 건물의 위세를 보며 입을 다물지 못하고 멍하니 섰다. 가만히 현관문을 열고 들어섰다. 데스크에 놓인 안내 책자를 우선 한 권 들었다. 정보 시각화 시스템 기반의 첨단 멀티터치 기능이 내장된 실감형 터치 테이블을 활용해 자유롭게 도서를 검색하고 검색된 정보 화면을 원거리 데이터 연동 기술이 적용된 대형 미디어 월로 전송되는 신기술이 적용된 도서관이라고 선전했다. 무슨 말인지 전부 이해하긴 곤란했으나 대략 도서 검색이 예전보다 더 간단하고 자료도 쉽게 받을 수 있다는 내용으로 이해했다. 도서 검색이 낯설어 안에 있는 사서직원에게 도움을 청했다. 『고려사절요』를 찾고 있는데 도와달라고 부탁을 드렸더니, 오래된 고서는 디지털화 초고밀도 이미지센서가 내장된 고서 재질의 책자에 빛을 통해 문자와 동영상 이미지로 표현되도록 만들었다며 너스레를 떨었다. 심지어 고서를 터치하면 고서의 내용에 포함된 이야기가 움직이는 그림으로 생동감 있게 구현된다면서 어느 부분을 보고 싶은지 사서직원은 물었다. 연화는 고려말 영민왕에 대한 부분, 특히 영민왕의 말년 부분에 대해 알고 싶다고 했다. 직원은 손가락으로 화면을 몇 번 톡톡 치더니 바로 영민왕의 말년 부분에 대한 곳을 큰 화면으로 보여주었다. 예상대로 영민왕은 1375년 가을, 향년 45세에 붕어하셨다. 『고려사절요』에서 그를 사관이 평가하기를, "즉위한 후에는 온갖 힘을 다해 올바른 정치를 이루었으므로 온 나라가 크게 기뻐하면서 태평성대의 도래를 기대했다(卽位 勵精圖治 中外大悅想望大平). … 후사를 두지 못한 것을 근심한 나머지 남의 아들을 데려다가 대군으로 삼고서 다른 사람들이 믿지 않을까 염려해 몰래 폐신을 시켜 후궁을 강간하게 한 다음 임신하게 되면 그자를 죽여 입을 막아버리려 했다. 패륜적 행동이 이와 같았으니 죽음을 면하려고 한들 어찌 피할 수 있었겠는가(患無嗣 旣取他人子 爲大君 而慮外人不信 密令嬖臣 汚辱後宮 及其有身 欲殺其人 以滅其口 悖亂如此 欲免得乎)?"라 했다. 화면의 동영상 부분을 손으로 건드렸더니, 개성 영복사에 보관되었던 영민왕의 어진을 살아생전의 모습으로 재현해 자기 스스로 말을 했다.

"짐은 친원 세력을 제거하며 고려의 개혁을 꿈꾸고 영토도 중국의 요양까지 넓히긴 했지요. 북쪽의 홍건적도 완전히 평정까지 했고요. 그러나 계연공주를 영원히 잊지 못하고 주색에 빠져 말년을 보내다 측근에 의해 45세의 나이로 죽었습니다. 말년에 좀 정신을 차렸더라면 고려의 쇠퇴는 더 늦췄을 텐데, 그러지 못해 죄스럽긴 합니다. 여러분들은 짐처럼 후회하는 인생 사시지 말고 일생을 정말 찬란하고 당당하게 개척하며 후회 않는 삶이 되도록 노력하시길 바랍니다."

정말로 놀랍고 신기하고 대단한 기술 발전이었다. 말 그대로 신통방통한 세상. 특히 마지막의 영민왕이 자기 자신의 인생을 돌이키며 마무리한 동영상을 보며 연화는 한참 동안 끊임없는 눈물을 흘렸다. 오늘은 수시로 끝없는 화수분처럼 눈물이 흐르니 참으로 인체마저 신비감이 들었다. 목소리는 영민왕의 것이 아니었지만, 참회의 모습은 영락없이 영민왕 살아생전 그대로였다. 연화는 동영상 속 영민왕에게 고개를 깊이 숙이고, 나지막이 한 마디 읊조렸다.

"폐하! 죄송하옵니다. 고맙사옵니다. 그리고 저 세상에서 계연공주와 영원한 사랑으로 이승에서의 고통스러운 삶에서 벗어나 편안한 삶을 영속하시길 소인은 간절히 바라옵나이다."

말을 마치고 정보문화관을 침착하고 나붓하게 벗어나 건물 앞 벤치에서 마음을 추스르고자 발길을 옮겼다. 조그마한 인공 정원인데 아기자기하니 잘 꾸며놓았다. 좁은 오솔길 아래에 디딤돌과 자갈석을 깔고 자연석을 양쪽 끝에 조화롭게 놓아 계단식으로 단차를 두었다. 맨 아랫녘엔 샛노란 수선화와 하얀 튤립으로 융단을 만들고, 어른 키 정도의 철쭉나무를 즐비하게 줄을 세워 심었다. 맨 뒤에는 덩치 큰 수양단풍나무 너덧 그루가 이를 내려보고, 그사이에 하얀 벤치가 멋스럽게 안치되어 예쁜 조화를 이루는 곳. 그곳에서 얌전하게 자리를 잡았다.

우리는 과거를 잊지만, 역사는 과거를 잊지 않았다. 흑과 백이 난무하고 오욕과 행운이 출몰하는 역사의 물줄기는 어제의 그 물줄기였고 내일의 물줄기이기도 했다. 물줄기는 샛강을 내어 흩어지지만, 종국에는 본줄기에 합세하는 게 강물이듯 역사도 큰 흐름 앞에 작은 힘들은 무용지물일 뿐이었다. 건물 앞의 시계탑을 올려봤다. 초바늘은 일정한 간격과 시간을 두고 바지런히 올라섰다 내려섰다 반복하며 쳇바퀴를 돌고 있다. 시간은 그렇게 흐르고 역사는 그 흔적으로 하나하나 남는 것이리라. 시계의 시 바늘과 분 바늘이 가운데를 딱 반으로 가르며 일자로 올곧게 섰다. 6시. 그제야 자리를 툭툭 털고 일어난 연화는 연구원 정문을 향해 서서히 몸을 옮겼다. 아직 밤이 아닌 초저녁인데도 거리의 네온사인들은 노랗고 하얀 빛을 촘촘히 꽂았고, 땅과 하늘 위에서 오가는 택시들은 헤드라이트를 앞세우며 분주히 다녔다.

성주는 연화가 연구원에 도착하기 전에 벌써 정문 앞에서 발을 동동 구르며 기다리고 있었다. 아마 6시 땡 치자마자 곧바로 자리를 박차고 나온 듯했다. 단 몇 시간 만에 만난 둘이지만 못다 한 이야기 때문인지 새록새록 하고 애틋했다. 성주는 정문 앞에 주차된 자가용으로 연화를 안내하고 조수석의 뒷문을 열어주었다. 연화는 열린 조수석 뒷좌석에 치마를 가지런히 모으고 차분하게 자리를 잡았다.

성주는 신이 난 목소리로,

"연화 씨! 전에 같이 갔던 실비집 기억나요? 시간이 꽤 지났지만 지금도 그 집이 그대로 있어요. 세월은 강산이 두 번 바뀔 정도로 흘렀는데, 아직도 남아있는 노포집이죠. 제 나이 또래나 그 위 선배들은 그 집을 지금도 추억을 되새기며 찾고 있죠. 가끔가다 젊은 청춘들도 옛것을 체험한답시고 꽤 많이 찾아요. 뜨거운 명소가 되었어요. 저녁 식사도 겸하고 오랜만에 소주 한잔하시며 회포도 풀 겸 어떠서요?"

세상이 번개처럼 흐르고 문물은 최첨단으로 발달했건만 먹거리는 아직 과거를 버리지 못하고 있는 불균형이 있는 현세였다. 과거를 되새기자는 성주의 말은 연화에게 또 다른 회생의 기쁨을 간접적으로 느낄 기회라 생각했다. 연화는 주저 없이 입술을 움직였다.

"좋아요. 어떻게 변했나 무척 궁금도 하고, 옛날을 돌이키며 먹는 저녁 식사, 꽤 낭만적일 것 같아요. 가시죠."

차는 성주 씨가 운전하지 않아도 목적지를 입력한 후 자율주행으로 알아서 움직였다. 성주도 운전석 뒷좌석에 연화와 나란히 자리를 잡았다. 연화는 운전은 누가 하나 하는 걱정스러운 얼굴빛을 띠자,

성주는 이를 벌써 간파하고 말을 걸었다.

"걱정 마세요. 연화 씨. 지금은 운전자 없이 자동차가 알아서 목적지로 갑니다. 자동차가 각종 첨단기구를 활용하여 도로를 감지하고 상황을 파악해서 다니죠. 신기하죠? 그때보다 또 엄청난 발전을 한 거죠."

정말 알다가도 모르는 세상이다. 그 발전 속도가 급속도로임을 알았지만 이 정도까지일 줄이야. 인간의 능력은 무궁무진함을 새삼 절감한다. 차 안은 안방처럼 푹신하고 편안하다. 앞뒤에는 각종 어린이용 만화가 화면을 통해 동영상으로 나왔고, 들려오는 음향은 사방에서 나오며 생생하게 주위를 휘감았다. 아마 딸 연화를 위해 그리했던 것 같았다. 자가용까지 아이의 정서적 안정과 교육적 목적을 위해 배려한 아빠의 마음이 포근하게 느껴졌다. 성주는 연화를 위해 어린이용 화면을 아름다운 자연 풍경으로 바꿨다. 바꾸는 절차도 간단했다. "화면을 아름다운 자연 경치로." 하고 외쳤을 뿐인데, 순식간에 화면과 음악이 바뀌었다. 어느 시골의 한적한 자연풍광으로, 호수와 나무들의 색이 어우러져 멋진 풍경을 자아냈다.

잠시 후 실비식당 주차장에 도착했다. 이른 저녁 시간이라 그런지 아직 주차장은 번잡하지 않고 한산한 편. 시동이 꺼지고 둘은 문을 열고 차에서 내렸다. 성주의 안내에 따라 연화는 뒤를 쫓았다. 외관을 다시 고치고 색을 입히며 산뜻하게 해놓았으나 규모는 예전 그대로 이십 평 남짓한 공간이었다. 둘은 안쪽으로 유리창이 밖으로 훵하니 뚫려 시야가 확보된 공간에 자리 잡았다. 과거 보았던 주인장은 보이지 않고 젊은 사내가 데스크를 차지하고 있었다. 아마 전 주인의 아들이 아닌가 추측했다. 테이블은 과거처럼 그대로 원탁형을 유지하되, 커피숍에서 보았던 키오스크 주문기가 놓여있고, 여기도

로봇종업원이 서너 대 바삐 움직이고 있었다. 성주는 익숙하게 화면을 통해 주문했다. 순대전골과 소주 두 병. 역시 사람의 입에서 즐기는 복이나 기쁨은 살면서 누릴 수 있는 큰 행복 중의 하나였다. 제아무리 과학 기술이 발달했어도 인간의 먹거리는 씹고 맛보고 혀를 통해 식감을 느낀 후 식도를 타고 내려가 위장에서 소화하는 것은 그대로였다. 그래서 식복을 중시하는 선조들은 먹고 죽은 귀신 때깔도 좋다고 하지 않았던가? 사람은 먹어야 체면이고, 먹은 놈이 똥도 잘 눈다고도 했다. 심지어 먹을 것을 훔쳐 들킨 죄인은 죄가 없다고 할 정도로 아량을 베풀기도 했다.

십여 분 뒤에 음식은 로봇종업원을 통해 나왔다. 순대전골의 순대는 예나 지금이나 매한가지. 소주는 병 색깔이 바다 빛에서 주황색으로 바뀌었을 뿐 병 모양도 그대로다.

성주는 음식을 테이블에 보기 좋게 차려놓았다. 인덕션 레인지 위에 전골 냄비를 놓고, 소주 잔을 하나 연화에게 내어준 뒤 소주 병뚜껑을 눌러서 열었다. 소주 잔에 알코올을 채운 뒤 성주는 자연스레 건배 제의를 했다. 건배사를 걸쭉하게 "우리들의 재회를 축복하며!"라고 거창하게 부르짖었다. 쑥스러운 몸짓으로 연화도 잔을 댔다. '쨍'하는 경쾌한 잔 부딪힘이 어느 성당의 신성한 종소리만큼 청량하고 맑았다. 잔을 비우고 이번에는 연화가 한잔 따랐다. 연화도 건배 제의를 했으면 하는 눈치였다. 연화는 골똘히 머리를 굴린 후 한마디 하며 건배했다. "그동안의 미안함을 이 잔에 담아…" 연거푸 두 잔을 하고, 다시 한번 성주가 곧바로 잔을 채우며, "석 잔은 먹어야 술은 시작이죠." 하며 성급하게 건배를 서둔다. 그러더니 이번에는 건배사 없이 "연화 씨는 편하신 대로 드셔요." 하며 자신은 쨍만한 뒤 홀짝 입안에 털어버린다. 석 잔이 들어가자 성주의 볼은 불콰해지기 시작했다. 전에도 그닥 성주는 술을 잘 먹는 사람답지는 않았다. 오늘은 너무 반가운 나머지 축하주 형식으로 급하게 서두는 모습이 물가에 내놓은 천진난만한 아이였다.

그러더니 갑자기 성주의 얼굴이 밝지 않고 어두워진다.

"그런데 사실 요즘 고민이 생겼어요. 우리 연화가 요즘 아이들과 좀 다른 모습이 보이기 시작했거든요. 그래서 얼마 전 대학병원 정신병동에 가서 발달장애 검사를 받았어요. 신경이 다른 아이들보다 훨씬 예민하고 이로 인해 과도한 감각 자극을 수용하지 못하면서 극도의 스트레스를 받고 폭발 반응을 일으키거든요. 검사 결과 '언어적 사고의 자폐성 장애'라고, 남들과 눈 맞춤을 극도로 회피하고 시각 정보에 의해 과민한 사람의 얼굴을 볼 때 과도한 정보가 쏟아져 들어오는 것을 막기 위해 눈 맞추는 걸 못하는 것이라네요. 뇌에서 전두엽이 발달하지 못하고 측두엽과 후두엽이 크게 발달했는데, 그래도 특이한 것은 단어의 뜻을 기억하기 위한 뛰어난 기능의 기억 능력을 지니고 있다고는 해요. 지능 검사로 IQ 검사란 것이 있는데, 보통 정상인은 90에서 110 사이인데 우리 연화는 68 정도고요. 장애 검사 중 전반적 발달 평가 척도라 해서 GAS 검사를 받았는데, 수치가 49로 가족과의 불화를 겪으면서 다른 데에 집중하기 어려워지기도 하고 학업 활동에 다소 뒤처지는 사소한 장애를 가졌다고 합니다. 그래서 자폐성 장애 3급 판정을 받았어요. 현재는 특수유치학교에 다니고 있죠. 참 안 됐어요. 다 제 탓인 것처럼 여겨지기도 하고요. 자기 엄마도 없이 그렇게 힘들게 사는 모습이 날마다 미안하고 안쓰럽답니다."

여섯 살배기 어린 꼬마 소녀가 헤쳐 나온 인생의 길을 추측하니 큰 연화마저 동정심을 불러일으킬 수밖에 없었다. 그간 엄마 없이 커온 것도 대견하지만, 앞으로 엄마 없이 클 아이의 미래를 생각하니 더욱 애처로웠다. 큰 연화는 가만히 성주의 낯을 연민에 찬 눈빛으로 올려보았다. 그러나 그러한 눈빛이 싫었던지 성주는 곧바로,

"그렇지만, 전 우리 연화를 세상에서 가장 좋아한답니다. 제겐 가장 소중한 보물이고 희망이고 전부입니다. 저를 그렇게 볼 필요까진 없어요. 우리 딸 아주 잘 살고 있답니다. 걱정 마세요. 흐흣."

가녀린 웃음 속에 갇힌 무거운 울음을 본다. 부모의 마음은 그래서 하해 같다고 하지 않던가? 질곡의 가시밭길을 맨발로 아이를 등쳐 업고 지나온 세월의 흔적이 가슴을 아리게 했다.

성주가 숨을 돌리자 연화가 이제 자신의 이야기를 한 꺼풀 끄집어낸다.

"영민왕과 함께 현세로 다시 돌아오고자 성주 씨가 만들어 주신 3D 마스크를 쓰고 손을 맞잡으며 오고자 했는데, 이상하게 저만 이곳으로 오게 되었어요. 아마 영민왕은 그냥 그 시대에 머무신 것 같아요."

성주는 임금과 같이 못 온 연화가 근심에 젖어있는 모습을 보며,

"어쩌면 그게 더 잘된 건지 모르겠습니다. 우리가 역사를 바꾼다는 것은 어쩌면 신과 진리의 영역을 침범하는 행위일 테니까요. 연화 씨야 그 출몰에 대해 역사에서 큰 비중을 두지 않겠지만, 영민왕의 갑작스러운 실종은 역사상 큰 사건이 아닐 수 없잖아요?"

연화는 수긍하는 목소리로

"맞아요. 제가 욕심이 과했나 봐요. 오히려 전화위복이 되었으면
했어요. 영민왕께서도 재임 기간을 잘 마무리하시리라 믿었는데….
근데 아까 유성정보문화관에서 영민왕의 최후를 찾아보았답니다. 주
위 사람으로부터 45세에 살해되셨더라고요. 너무 안 됐어요. 그분은
현명하고 영민한 분이셨는데 말이죠. 어차피 폐하는 그렇게 정해진
운명을 타고나신 듯해요. 어쩔 수 없는 일이었지만, 그래도 가슴 한
켠에 연민의 응어리와 안쓰러움이 많이 남아요."

살짝 연민의 낯빛을 자아내고 만다. 실비 식당은 하나둘 자리가 채
워지더니 이제는 빈자리 없이 꽉 차고 만석이다. 여기저기 하루 일을
토로하며 나 오늘 힘들었다, 난 오늘 신났다, 오랜만이다, 우리 애들
은 왜 그러냐, 직장 상사의 스트레스 때문에 그만둬야겠다 등 이런저
런 이야기로 도떼기시장을 방불케 하며 혼란스럽게 붐볐다. 직장은
각기 다르고 할 일이 모두 각양각색이지만 사람 사는 것은 다 한가
지였다. 사람 간의 관계 속에서 갈등도 있고 사랑도 있고 미움도 있
었다. 그들은 그 응어리를 오늘 실비 식당 테이블에서 지인들과 알코
올을 기울이며 풀고 있었다. 예나 지금이나 이 모습은 변하지 않고
그대로였다. 인간 세상이 아무리 흐르고 발전한다 해도 늘 같은 결
로 지내는 삶의 과정은 별반 차이가 없었다.

밤이 깊어졌다. 어둠이 피부 가까이 내려앉았다. 낮 동안의 태양
열기는 모두 사라지고 달빛은 차가운 숨소리만 잔잔하게 내뿜는 그
런 즈음이었다. 이 어둠에 성주는 연화의 등불 같은 존재였다. 성주
를 어득하게 볼수록 점점 밝아오며 커져만 갔다. 그런 속마음을 들
킬까 봐 조심하던 연화는 이 어둠 속에서 자신을 되돌아본다. 고려

시대 궁인의 삶은 암벽길 잔도길을 거닐 듯한 모험의 길이었다. 집안의 빈궁한 삶을 벗어나기 위한 도전이었지만, 나라를 통치하는 조정의 한가운데서 지켜본 모습은 속박과 자유를 가질 수 없었던 가시덤불이었다. 물론 자애로운 임금 내외의 사랑도 누려보았고, 먹성과 입성을 해결하며 풍족한 삶도 영위했었다. 그러나 가족 없이 사는 삶은 마음에 한구석을 항상 아리게 하는 말 못할 뭐가 있었다. 고려시대를 등지며 이 나인에게 부모님께 드리는 글을 주었지만, 이제 자기는 자신만의 너그럽고 여유 있는 귀착점을 찾고 싶었다. 마치 풍랑 속을 거칠게 헤매다가 항구에 차분히 정박한 선박처럼. 그 항구가 성주 씨 가정이고 그 배는 성주였으면 하는 욕심을 내보았다. 어린 연화를 품에 안고 성주 씨와 나머지 인생 항로를 펼쳐 나간다면 어떤 풍랑이나 바람도 두렵지 않았다. 힘들면 쉬었다 가고 바람불면 세 사람이 꼭 껴안고 헤쳐 나가면 될 듯싶었다. 나의 집은 천 년 전 물 맑고 산 좋은 고려 땅이었다. 생각건대 배고팠지만 즐거운 날도 많았다. 바람이 밤나무 숲을 건너오면 붉은 열매를 한 알씩 따는 행복도 있었다. 울타리에 친 탱자밭 옆 작은 오솔길을 거닐다 보면 시가 읊조려지고, 그림이 그려졌다. 어머니는 한 줌씩 아껴놓은 쌀톨로 농한기에 아버지가 드실 가용주를 담아 주셨고, 뒤뜰에 익어가는 홍시는 한겨울 단칸방의 중요한 식량 겸 화목의 매개체였으며, 화롯불 안에 던져진 쥐밤 여러 알도 사랑을 돈독하게 해주는 열매였다. 그 품은 헐렁하고 서늘한 듯해도 포근하고 안락했다. 이제 다시는 볼 수 없는 객지이며, 시대에 온 이상 그때는 되돌릴 수 없는 아름다운 추억으로밖에 남지 않았다. 이제 이곳 현세에서 그 가족의 아늑함을 느끼고 싶었다. 그래서 성주 씨 가족이 더 친밀하게 격이 없어지며 그리워지는 것일까? 누구는 혼자 살면 외롭지만 둘이 살면 괴롭다는 우스갯소리도 하지만, 셋이 살면 따사롭지 않을까?

한편 성주는 소주 두 병을 함께 먹다가 좀 부족했는지 두어 병을 더 시켜 먹었다. 그리고 히죽히죽 웃으며 신바람 난 박수무당처럼 그렇게 마셨다. 연화가 "뭐가 그렇게 좋은가요?" 물었더니, 자기는 지금 너무 행복해서 만취하고 싶단다. 옛 연인을 다시 만나 너무너무 좋다는 얘기를 대여섯 번 반복하며 한 말을 또 하고 또 했다. 더 이상 정신을 가눌 수 없다고 생각해 연화는 이제 그만 자리에서 일어서자고 했더니, 성주는 그럼 자기 집에 가서 딱 한 잔만 더하자며 나이에 걸맞지 않게 떼를 썼다. 못 이기는 척 동의하고 실비 식당을 나와 주차장으로 향했다. 비틀거리는 성주를 어렵사리 뒷좌석에 앉히고 자기도 그 옆에 다소곳이 자리 잡았다. 성주는 취한 중에도 집에 가야 한다는 사실만은 아는지, 자율주행차에 명령을 내렸다. "집으로". 자가용은 머뭇거리지 않고 차를 돌려 성주와 어린 연화가 사는 아파트로 향했다. 가면서 성주는 보모에게 전화를 걸었다. 자기가 십 분 후 집에 도착하니 그쯤에 집으로 연화를 돌려 보내주시면 고맙겠다는 말이다. 연화와 저녁을 먹기 위해 밤늦게까지 돌봐달란 부탁을 해놓은 듯했다. 직접 데리러 가야 하나 자신이 과음으로 시쳇말처럼 꽐라가 되어 양해를 구하고 데려달라는 부탁과 함께 늘 미안하고 고맙다는 말을 연신 입으로 지껄였다. 드디어 아파트 주차장에 들어선 연화와 그녀의 어깨에 걸쳐진 성주. 연화는 성주를 옆에 끼고 가만히 하늘을 올려보았다. 봄의 싱그런 바람이 연화의 허리춤을 한 바퀴 휘돌아 창공으로 솟구쳤다가 이내 내려왔다. 고려 왕궁의 복색을 한 연화의 마음가짐은 무거웠지만 새 도약을 약속하며 힘있게 한 걸음 한 걸음 내디디며 성주의 집으로 향했다. 힘들고 지친 성주에게 기댈 수 있는 언덕이 되고 싶었다. 성주도 지금 자신을 연화에 던져놓고 푹 쉬는 몸가짐이 그래서 더욱 사랑스러웠다. 하늘의 무수한 별들도 이들의 재회를 축하하듯 소금을 뿌려놓은 메밀밭의 꽃망울처럼 그렇게 살랑거리며 내려오고 있었다.

# 고려에서 날아온 궁녀

**펴 낸 날**  2024년 4월 5일

**지 은 이**  김홍석
**펴 낸 이**  이기성
**기획편집**  윤가영, 이지희, 서해주
**표지디자인**  윤가영
**책임마케팅**  강보현, 김성욱
**펴 낸 곳**  도서출판 생각나눔
**출판등록**  제 2018-000288호
**주    소**  경기도 고양시 덕양구 청초로 66, 덕은리버워크 B동 1708, 1709호
**전    화**  02-325-5100
**팩    스**  02-325-5101
**홈페이지**  www.생각나눔.kr
**이 메 일**  bookmain@think-book.com

• 책값은 표지 뒷면에 표기되어 있습니다.
  ISBN    979-11-7048-690-9 (03810)